FLORENZ
Ein literarischer Reiseführer

FLORENZ

Ein literarischer Reiseführer

Herausgegeben von
Franz Peter Waiblinger

Für Florentine, Julian und Cornelius

Die Deutsche Nationalbibliothek verzeichnet diese Publikation in der Deutschen Nationalbibliografie; detaillierte bibliografische Daten sind im Internet über http://dnb.d-nb.de abrufbar.

Die Herausgabe des Werkes wurde durch die Vereinsmitglieder der WBG ermöglicht.
Einbandgestaltung: Neil McBeath, Stuttgart
Einbandabbildung: Florenz, der Dom von Nordwesten
Foto: © picture-alliance
Satz: Setzerei Gutowski, Weiterstadt
Gedruckt auf säurefreiem und alterungsbeständigem Papier
Printed in Germany

Besuchen Sie uns im Internet: www.wbg-darmstadt.de

ISBN 978-3-534-26519-0

INHALT

VORWORT

Goethe ist schnell weitergefahren, Andy Warhol fand, das Schönste in Florenz sei McDonald's, Fanny Lewald hat in der Stadt am Arno das Meer vermisst und eher deutschen Fleiß als italienische Lebenslust bemerkt, während Gustav Nicolai lauter Gesindel mit struppigem Haar und widriger Ausdünstung erlebte. Stendhal behauptete, die Florentiner seien alle mager und sparsam, und Dante tadelte die unverschämten Florentinerinnen, weil sie auf der Straße ihre Reize allzu offen zeigten.

In jedem Kopf ein anderes Bild der Stadt, ein und derselben Stadt, und jeden Augenblick entsteht ein neues. Viele haben versucht, dieses Bild in Worte zu fassen. Daraus ist ein Stimmengewirr geworden, das seit Jahrhunderten immer weiter anschwillt und trotz aller Widersprüche und Dissonanzen doch unverwechselbar und charakteristisch ist.

Der literarische Reiseführer will diese Stimmen zum Erklingen bringen, in subjektiver Auswahl, geordnet nach Plätzen, Bauwerken, Monumenten, auf die sich die Texte beziehen.

Nicht immer gibt es für bedeutende Objekte auch große Texte, und manches Kunstwerk, das in der Vergangenheit mit höchster Bewunderung beschrieben wurde, findet heute nur noch am Rande Erwähnung. Unvermeidlich wird mancher Leser Paläste, Kirchen und Kunstwerke vermissen, zu denen es keine geeigneten Texte gibt, oder aber Texte, die der Aufmerksamkeit des Herausgebers entgangen sind oder die im Rahmen dieses Bandes keinen Platz mehr finden konnten.

Auch Historiker und Kunsthistoriker wie Ferdinand Gregorovius und Aby Warburg, die auf allen Wissenschaftsjargon verzichten, kommen zu Wort. Aber sie sind die Ausnahme. Die meisten Autoren schreiben als gebildete Betrachter, als „empfindsame" Reisende, die dem Leser ein Werk vor Augen stellen und die Wirkung, die es auf sie ausgeübt hat, deutlich machen wollen. Sie nehmen den, der zu Hause geblieben ist, mit auf die Reise und lassen ihn teilnehmen an ihren Erlebnissen und Empfindungen.

Einige Texte beschreiben markante Ereignisse der Stadtgeschichte, wie die Pest von 1348, die Verschwörung der Pazzi, die Hinrichtung Savonarolas, die Ankunft des Königs, als Florenz für kurze Zeit Hauptstadt Italiens geworden war, die große Flut von 1966. Man kann daraus, auch mit Hilfe der Zeittafel im Anhang, einen ersten Einblick in die Geschichte von Florenz gewinnen. Doch auch die Schilderung des Alltags in der Stadt kann unseren Blick um eine historische Dimension bereichern: Die Phantasie dringt durch die Gegenwart hindurch, und vor dem Hintergrund des Vergangenen erhält das, was wir heute sehen und erleben, umso deutlichere Konturen.

Einige Autoren sprechen zu uns, die nicht nur Augenzeugen waren, sondern selber die Geschicke oder das Bild der Stadt geprägt haben, wie Ghiberti, Savonarola, Machiavelli, Cellini, Vasari oder Michelangelo. Wir werden zu Zeitgenossen der Epoche, durch deren Kunst und Kultur Florenz zum „italienischen Athen“ (Grillparzer) geworden ist.

So kommen Texte aus verschiedenen Epochen, Literaturen und Gattungen miteinander in ein imaginäres Gespräch. Manchmal führt ein Autor fort, was ein anderer gesagt hat, ein anderer wiederum vertritt genau das Gegenteil. Florenz sei ein männlicher Ort, behauptet Mary McCarthy, Henry James spricht von der femininsten aller Städte. Karl Eugen Gass versinkt in existentielle Reflexionen vor den großen Werken der Renaissance, Michelangelo geht es in einem Brief über die geplante Fassade von San Lorenzo in erster Linie um die Finanzierung.

Das Ergebnis ist eine Art Collage, in der möglichst viele Seiten der Stadt sichtbar werden sollen. Der eine wird darin gerade *sein* Florenz erkennen, ein anderer wird Neues finden, das den Blick erweitert und zur weiteren Erkundung reizt.

München, im Januar 2007 — Franz Peter Waiblinger

STADTANSICHTEN

Anblick von Florenz

Endlich den letzten Hügel hinauf,
Und unter mir
Das weite, blühende Tal,
Rings die Gebirge,
Die herrliche Stadt
Im Glanz der scheidenden Sonne.
Das Abendrot erglänzt
Im vielfachen Purpur
An den Felsen, und die Gebäude
Brennen im Strahl,
Und hundert Villen
Erglänzen fern und ferner.

Der Himmel spielt mit Grün und Blau,
Und hüpfende Lichter
Lachen auf dem Strom.
Süße Dämmrung
Tritt aus dem Äther
Die Welt umfassend,
Und in schweigender Rührung
Empfängt uns die dunkelnde Stadt.

Ludwig Tieck (1773–1853)

Das italienische Athen

Endlich Florenz von weitem – näher und näher – nun fahren wir in die Stadt ein. Das Schloß ist schon voll, uns wird unsere Wohnung im englischen Gasthof al pelicano angewiesen.

Nach dem Essen sogleich die Stadt besehen. Florenz hat das mit Venedig gemein, daß der Anblick der Stadt die ganze Vergangenheit derselben lebhaft in die Erinnerung bringt. Überall, wo man in die Stadt geht, kommen einem die Mediceer und ihr edler, großer, grandioser Geist entgegen. Man hat Florenz das italienische Athen genannt; ich finde nichts Passenderes, wenigstens was die zuerst auffallende Oberfläche betrifft.

Franz Grillparzer (1791–1872)

Wie Gold in der Sonne

Aber welche Schönheit ganz anderer Art bietet sich einem, wenn man an einem heiteren Morgen von einer Anhöhe auf Florenz hinunterblickt! Man hat es vor sich in seinem besonnten Tal, durchschnitten vom gewundenen Band des glitzernden Arno und eingeschlossen von schwellenden Hügeln. Seine Kuppeln, Türme und Paläste ragen aus der gesegneten Landschaft in einem schillernden Haufen und blitzen in der Sonne wie Gold.

Würdevoll streng und bedrückend sind die schönen Straßen von Florenz, und die massigen alten Bauten werfen derart schwere Schatten auf den Boden und die Wasser des Flusses, daß eine ganz anders geartete Stadt von mannigfaltigstem Formenreichtum ständig zu unseren Füßen liegt. Gewaltige Paläste, die mit ihren kleinen, mißtrauischen, vergitterten Fenstern und ihren dicken Mauern aus unbehauenen Quadern ganz auf Verteidigung eingerichtet sind, schielen in finster greisem Staat auf jede Straße hinab.

Charles Dickens (1812–1870)

Lob der Stadt (1403)

Was soll ich zur großen Bevölkerungszahl sagen, zum Glanz der Gebäude, zum Schmuck der Kirchen, zur unglaublichen und wunderbaren Eleganz der ganzen Stadt? Alles ist wirklich prachtvoll und mit außerordentlicher Schönheit geschmückt, aber das kann man besser aus dem Vergleich mit anderen Städten erkennen. Deshalb verstehen im allgemeinen nur diejenigen, die für einige Zeit fortgewesen sind, bei ihrer Rückkehr nach Florenz, wie sehr diese blühende Stadt alle anderen übertrifft. (…)

Wir sehen Florenz so gepflegt und sauber, daß sich nirgendwo etwas Schöneres finden ließe. Jedenfalls ist dies die einzige Stadt in der ganzen Welt, in der die Augen auf nichts Häßliches fallen, die Nasen auf nichts Ekelerregendes und die Füße auf keinen Schmutz stoßen. (…)

An Pracht übertrifft sie alle Städte, die es zur Zeit gibt, an Glanz und Sauberkeit jedoch unstrittig alle die, die es gibt und die es jemals gegeben hat. (…)

In dieser unserer Stadt gibt es keine Straße und kein Viertel, die nicht voll von wunderschönen großen Gebäuden wären. Unsterblicher Gott, welche Palastbauten, welch prachtvolle Ausstattung! Was für ein edler Charakter der Bauherrn zeigt sich in diesen Gebäuden, was für ein Luxus ihrer Bewohner! Gleichwohl werden die Gebäude der Stadt aufgrund ihrer noch majestätischeren Größe und Pracht von den Kirchen und Heiligtümern übertroffen, die, in großer Zahl über die Stadt verteilt, wie es heiligen Orten gebührt mit wunderbarer Frömmigkeit und Gottesfurcht von ihren jeweiligen Gemeinden verehrt werden. Daher sind diese das Kostbarste, Schönste und Prachtvollste, was es gibt. Denn man ließ es sich nicht nur angelegen sein, weltliche, sondern auch geweihte Orte schön auszustatten, und man wollte nicht nur prachtvolle Behausungen der Lebenden, sondern auch prachtvolle Gräber der Toten. (…)

Mitten unter den Häusern der Bürger erhebt sich ein stolzer burgartiger Palast von großer Schönheit und wunderbarer Pracht, der schon beim ersten Anblick seine Bestimmung zeigt. Denn wie in einer großen Flotte das Schiff des Feldherrn leicht erkennen läßt, daß auf ihm der Führer und Kommandant aller anderen fährt, so läßt schon die äußere Erscheinung dieses burgartigen Palastes jeden erkennen, daß darin die Männer wohnen, die die Republik regieren. Denn er ist so prachtvoll gebaut und erhebt sich in solche Höhe, daß er weithin alle Häuser ringsum beherrscht und offensichtlich mehr ist als ein hohes Privatgebäude. (…)

Leonardo Bruni (um 1370–1444)

Zu wenig italienisch

Im allgemeinen könnte man die Schar der Reisenden in zwei Klassen teilen, die streng voneinander geschieden sind: in diejenigen Menschen, welche reisen, um recht viel zu sehen, und diejenigen, welche reisen, um zu genießen. Dies letztere schließt das „recht viel sehen" entschieden aus. Es gibt nichts Qualvolleres, als immerfort und obenein in Eile eine Menge fremder Eindrücke in sich aufzunehmen, und grade darum sind gewöhnlich die ersten Tage in einer fremden Stadt wenig genußreich, ja unangenehm.

Erst wenn man den Haupteindruck des Ganzen erfaßt, bewältigt hat, wenn man das einzelne selbständig darin unterscheiden und sondern kann, beginnt der Reiz des ruhigen Genießens. Indes ist der erste Eindruck von Florenz kein so ungemein überraschender, verwirrender als der von Genua. Teils ist man, von Genua kommend, schon einigermaßen an das lautere, italienische Volksleben gewöhnt, teils fehlt dies in Florenz, das viel eleganter, reinlicher, modern-zivilisierter ist als Genua. Bei aller zierlichen Pracht von Florenz vermißt man aber sehnsüchtig das blaue Meer von Genua, und trotz der schöngeputzten Menschenmenge, welche auf dem Corso degli Adimari umherwanderte, fehlte mir das fröhliche Treiben am Porto Franco und die Teerjacken der Matrosen und die brodelnden Bratöfen auf offener Straße.

Florenz kam mir zu physiognomielos vor, zuwenig italienisch, als ich es zum ersten Male sah, und dieser Eindruck wiederholte sich in höherm Grade, als ich ein Jahr nachher von Rom dorthin zurückkehrte. Die Zivilisation, die allgemeine Bildung haben im Volksleben das Gepräge der Nationalität verwischt. Der Italiener im übrigen Italien ist vornehm, wenn er ruht, und hastig lärmend, wenn er arbeitet, tätig ist. Die Florentiner sind wie die Deutschen nicht nur tätig, sondern fleißig, das heißt arbeitsam mit ruhiger Überlegung.

Die Stadt, mit ihrem Pflaster aus großen, schönen Quadern, ist ungemein sauber. Sie erschien mir dies doppelt, als ich von Rom zurückkam; volklos und still gegen Neapel, trotz dem ameisenhaften Gewühle in den Straßen. Alle Menschen in Florenz gehen nach der Mode ordentlich gekleidet, es sind viel weniger Geistliche als in den andern Städten sichtbar, man könnte sich mitunter in Deutschland wähnen. Da gibt es keine Matrosen und Orientalen wie in Genua, keine Pifferari wie in Rom; keine ausgeflaggten Schiffe, keine Brunnen, aus denen Esel die reiche Mahlzeit grüner Kohlblätter herausfischen, während die rüstigen Carrettieri mit schmutzigen Mönchen und stolzen, wasserschöpfenden Frauen schwatzen wie in Rom.

Florenz ist eine moderne Stadt ihrem Totaleindrucke nach, aus dem dann freilich allmählich das kampfgerüstete italienische Mittelalter hervorsieht, wenn man die alten Paläste erblickt, die wie unbesiegbare Riesen, wie alte Rolandsbilder auf die Häuser umher hinabschauen.

Fanny Lewald (1811–1889)

Durchschnittliche Schönheit

Das Vorurteil, eine außerordentlich schöne Stadt zu sehen, womit ein Reisender gewöhnlich nach Florenz kommt, betrügt diejenigen, die ihre Erwartungen zu hoch gespannt, und andre schöne Städte gesehn haben. Unmöglich kann ein unbefangener Mann, der Europa durch getane Reisen kennt, mit übermäßiger Bewunderung von der Schönheit dieser Stadt reden, die alles Lob verdient, aber doch ihresgleichen hat. Eine Anzahl schöner Statuen, die in der Stadt zerstreut stehen, und zum Teil sehr unschicklich plaziert sind, folglich oft wenig ins Auge fallen, machen doch nicht allein die Schönheit einer Stadt aus. Das so gerühmte Steinpflaster, das aus großen Steinen besteht, ist gut, hat aber bei weitem nicht die Bequemlichkeit der Fußwege in den Straßen zu London, ja es ist nicht besser, als wie man es in Venedig, Genua und andern Städten in Italien sieht. Hier sind keine große und breite Straßen, keine prächtige Plätze, kurz nichts Auffallendes im Äußern, als einige Paläste und öffentliche Gebäude, die Domkirche, das Batisterio, worin alle Kinder der Stadt getauft werden, verschiedene andere Kirchen und eine schöne Brücke über den Arno; hiezu kommen die vorbesagten Bildsäulen: alles übrige hat nichts Auszeichnendes. Der große Platz, wo der alte großherzogliche Palast *(palazzo vecchio)* steht, ist der unansehnlichste von allen, obgleich verschiedene schöne Statuen und Gruppen hier angebracht sind, die mit dem schlechten gotischen Palast einen widrigen Kontrast machen. Sonst ist der Platz mit gemeinen Häusern und der sogenannten Loggia besetzt, die zur Zusammenkunft der Kaufleute bestimmt ist. Unter den Arkaden derselben sind einige der vortrefflichsten Werke des Meißels aufstellt. Der Anblick von Florenz ist ebenfalls nicht schön, von welcher Seite man sich auch nähert, so wenig als von den Terrassen des großherzoglichen Gartens, Boboli, wo man die Stadt übersehen kann. Der Prospekt aber von hier in die umliegenden Gegenden, und besonders ins Arnotal ist sehr reizend, wo man eine Menge kleiner Hügel und Weingärten sieht; allein Florenz selbst hat an dieser schönen Aussicht nur geringen Anteil. Dieses also ist das Wunder einer schönen Stadt, von welcher einer ihrer Großherzoge zu sagen pflegte, daß man sie den Fremden nur des Sonntags zeigen sollte.

Johann Wilhelm von Archenholtz (1741–1812)

Rasch hindurch

Den Dreiundzwanzigsten früh, unserer Uhr um zehne, kamen wir aus den Apenninen hervor und sahen Florenz liegen in einem weiten Tal, das unglaublich bebaut und ins Unendliche mit Villen und Häusern besät ist.

Die Stadt hatte ich eiligst durchlaufen, den Dom, das Baptisterium. Hier tut sich wieder eine ganz neue, mir unbekannte Welt auf, an der ich nicht verweilen will. Der Garten Boboli liegt köstlich. Ich eilte so schnell heraus als hinein.

Der Stadt sieht man den Volksreichtum an, der sie erbaut hat; man erkennt, daß sie sich einer Folge von glücklichen Regierungen erfreute. Überhaupt fällt es auf, was in Toskana gleich die öffentlichen Werke, Wege, Brücken für ein schönes grandioses Ansehen haben. Es ist hier alles zugleich tüchtig und reinlich, Gebrauch und Nutzen mit Anmut sind beabsichtigt, überall läßt sich eine belebende Sorgfalt bemerken. Der Staat des Papstes hingegen scheint sich nur zu erhalten, weil ihn die Erde nicht verschlingen will.

Johann Wolfgang von Goethe (1749–1832)

Schmutziger als die Polizei erlauben dürfte

So weit wir durch die Stadt kamen, bemerkten wir, was wir bis jetzt in allen italienischen Ortschaften gesehen hatten, daß die Handwerker auf den Straßen arbeiten. Welch abscheuliche Gewohnheit, und wie trägt sie dazu bei, Gestank und Unflat zu erzeugen und zu vermehren! – Wie kann so etwas von der Polizei gelitten werden? – Je schmutziger das Gewerbe ist, um so sicherer darf man in Italien darauf rechnen, daß es im Freien getrieben wird. Wer irgend Sinn hat für Reinlichkeit und Ordnung, wird mir beipflichten müssen, daß es keinen erfreulichen Eindruck hervorbringen kann, wenn in engen Straßen der blutbesudelte Schlächter, der schmutzige Schuhflicker, der Schneider, Tischler, Schlosser und Klempner seine Werkstätte aufgeschlagen hat, und wenn man das Pflaster durch Lederstücke, alte Sohlen, Tuchflicken, Hobelspäne oder Fleischabgang verunreinigt sieht. Vorzugsweise erblickt man Schuster, die das Privilegium zu haben scheinen, Pfriemen und Pechdraht auf der Straße zu handhaben. Man denke sich außerdem diese arbeitenden Handwerker als ein ekelhaftes Gesindel mit schwarzem struppigem Haar, voller Ungeziefer, mit unreinlicher Kleidung und widriger Ausdünstung, und man wird nicht besondere Lust verspüren, eine italienische Stadt kennen zu lernen. Das Thermometer meiner Hoffnungen sinkt immer mehr.

Gustav Nicolai (1795–1852)

Merkwürdig amerikanische Stadt

Seit fast vier Stunden bin ich in dieser merkwürdig amerikanischen Stadt, die im Stil der italienischen Renaissance gebaut ist und in der es zu viele Deutsche gibt.

Valery Larbaud (1881–1957)

Sommer in der Stadt

Ich erinnere mich jetzt, daß ich den Sommer in Florenz habe einziehen sehen, wie er bis in die dunkelsten Gassen drang, wo den verstümmelten Häusern mitten am Tage der kalte Schweiß auf der Stirn steht, wo sich alte Brunnen aus zerfressenem Stein verbergen, die an Schandpfähle und Marterinstrumente erinnern und keuchend ein schmutziges Wasser ausspeien. Besonders in diesen Gassen zwischen den Lungarni und dem Borgo SS. Apostoli und hinter San Firenze bin ich herumgelaufen, in der Via Filippo und der Via Borgognona, wo das Pflaster durch Erdbeben aufgerissen zu sein scheint, wo aus den offenstehenden Türen kalter, feuchter Schatten seibert, während hohe Fenster mit Rahmen aus schwarzem, behauenem Stein, wie man sie an Palästen findet, teilnahmslos auf dieses Elend herabblicken.

Ich erinnere mich, daß der Sommer in die Stadt einzog, trotz den Tagen, an denen der Himmel von Wolken zerrissen war und der Wind aus Siena das trockene Pflaster ohrfeigte und den Staub in alle Richtungen trieb. Die Eishändler stehen in der Nähe des Bahnhofs, hinter der Santa Maria Novella. Der Passant, der sich bei dem kalten Luftzug aus einer düsteren Tür umdrehte, sah jenseits der Gitter aus geschnitztem Holz und der Glastüren das sonnendurchflutete Herz des schwarzen Palastes, den inneren Garten, in dem die Blätter zitterten, das Licht flutete und das Wasser rauschte. Die Kutscher haben die roten Wolldecken ihrer Pferde durch gelbe oder rosa Leinendecken ersetzt. Auf den Terrassen des Gambrinus und der Giubbe Rosse hört man kein Englisch oder Russisch mehr. Man weiß, auf welcher Seite der Straße der Schatten ist, morgens und abends, und dort hält man sich auf. (...)

Aber in den Gassen, in die ich mich geflüchtet hatte, habe ich plötzlich den florentinischen Sommer mit furchtbarem Gesichte kommen sehen. Es war ein altes Gesicht, wie das eines Gefängniswärters, rot und blau, hinter grünen Vorhängen. Und unter dem Gesichte der Körper, der dazugehört, die schweißtriefenden Schultern und die nackten Arme eines dicken Weibes. In allen Gassen dasselbe Gesicht und dieselben Arme im Fenster – die Wäscherin, die Lastträgerin, die ihre Mieder ausgezogen hatten, um weniger zu schwitzen. Und wenn ich vorbeiging, immer wieder dieselbe Stimme, die auf mich niederfiel aus der Höhe: *Venga!*

Valery Larbaud (1881–1957)

Florenz ist eine männliche Stadt

Florenz ist eine männliche Stadt; dagegen sind die Kunststädte, die das moderne Empfinden mehr ansprechen, so weiblich wie Venedig und Siena. Was heute den Touristen an Florenz stört, ist, daß die Stadt keine Zugeständnisse an das Vergnügungsprinzip macht. Geradlinig und direkt steht sie da, ohne den Schimmer des Geheimnisvollen, Einschmeichelnden, ohne Borten und Schnörkel. Vor dem Hintergrund des grünen Arno hat die ockerbraune Reihe der Hotels und Palazzi das ordentliche Aussehen eines angetretenen Regiments. Die tiefen melonen- und mandarinenfarbenen Schatten, die man in Rom sieht, die Rosatöne von Venedig und Siena, das Rot von Bologna sind aus Florenz wie durch Amtserlaß verbannt. Von Senf- und Lederfarben wandert das Auge über Ecru, Blaßgelb und Creme zum ernsten Schwarz-Weiß des Baptisteriums und der Fassade von Santa Maria Novella oder zum Dunkelgrün und Weiß und dem blinkenden Gold von San Miniato. Am Dom, an Giottos Campanile und der Fassade von Santa Croce nimmt man einen Anflug von Rosa wahr, der diesen Gebäuden ein seltsam festliches Aussehen gibt, so, als wären sie für einen Ball herausgeputzt. In die strenge Atmosphäre dieser Stadt paßt sogar der schwarz-weiße Florentiner Vogel – die Schwalbe, ein Junggeselle im Frack, wie die Florentiner sagen.

Die großen Bildhauer und Architekten, die das Bild der Stadt auf Jahrhunderte hinaus prägten – Brunelleschi, Donatello, Michelangelo –, waren sämtlich Junggesellen. Mönche, Soldatenheilige, Propheten, Eremiten sind die Helden der Stadt gewesen; Johannes der Täufer, der von Heuschrecken und Honig lebte und sich in zottige Felle kleidete, ist ihr Schutzheiliger. Außer der Madonna mit dem Jesusknaben spielen weibliche Heilige in der florentinischen Ikonographie kaum eine Rolle. Santa Reparata, eine kleine syrische Heilige, einstmals Patronin des Domes, vom Volke verehrt und geliebt, wurde zu Anfang des 15. Jahrhunderts von der Madonna (Santa Maria del Fiore) abgelöst.

Mary McCarthy (1912–1989)

Florenz ist eine weibliche Stadt

Die göttliche kleine Stadt hat keine sterbliche Verwandtschaft. Sie hat weder Vater noch Mutter, weder einen Bruder noch ein Kind. Sie sitzt allein auf der großen Erde, nur mit einem Liebhaber – und dieser Liebhaber bin ich! – Ich war etwa zwei Wochen da (...). Tag für Tag wuchs meine Zuneigung bis zu dieser unseligen Leidenschaft. Ich habe mein Herz hier verloren (...). Sie ist die weiblichste Stadt. Sie spricht zu dir mit derselben sanften leisen Stimme, die bei Frauen etwas so Herrliches ist. Aber Florenz hat eine unsterbliche Seele. Du schaust in ihre tiefen grauen Augen (...) und liest die Geschichte ihrer anfänglichen Sympathien und ihres suchenden Denkens – so lernbegierig, so einfühlsam, so menschlich.

Henry James (1843–1916)

Was in Florenz am schönsten ist

Das Schönste in Tokio ist McDonald's.
das Schönste in Stockholm ist McDonald's.
das Schönste in Florenz ist McDonald's.
Peking und Moskau haben bis jetzt noch nichts Schönes.

Andy Warhol (1928–1987)

L' ANTICO CENTRO DELLA CITTA
DA SECOLARE SQUALLORE
A VITA NUOVA RESTITUITO
MDCCCXCV

HISTORISCHE STREIFLICHTER

Ursprungsphantasien

Als Fiesole zerstört war, zog Caesar mit seinem Heer in die Ebene hinab zum Ufer des Flusses Arno an die Stelle, wo Florinus mit seinen Leuten von den Fiesolanern getötet worden war, und ließ dort eine Stadt erbauen, damit Fiesole sich nie mehr erhebe. Die römischen Reiter, die er bei sich hatte und die man Tudertini nannte, schickte er mit reicher Beute aus Fiesole zurück nach Rom. Als Caesar sich also daranmachte, die Stadt zu erbauen und zwei Villen darin zu errichten, die Villa Camarti und die Villa Arnina, wollte er die Stadt nach seinem Namen *Caesaria* nennen. Der römische Senat, der davon gehört hatte und nicht erlaubte, daß er sie nach sich benennen wollte, erließ ein Gesetz, nach welchem die vornehmsten Bürger, die am Krieg und an der Belagerung Fiesoles teilgenommen hatten, die Stadt gemeinsam mit Caesar errichten und bevölkern sollten, und wer auch immer von ihnen am besten arbeite, d. h. sein Haus baue, solle die Stadt nach sich nennen oder wie es ihm beliebe. (...)

Die genannten römischen Bürger bemühten sich eifrig, ein Gebäude schneller als das andere fertigzustellen, aber alle wurden zur selben Zeit vollendet, so daß keiner von ihnen das Vorrecht erlangte, die Stadt nach seinem Willen zu benennen, weshalb sie von vielen am Anfang „kleines Rom" genannt wurde.

Andere nannten sie „Floria", da Florinus, der als erster an dieser Stelle gebaut hatte und der eine Blüte in der Waffen- und Reitkunst war, dort sein Leben verlor, und weil in der Stadt und auf den umliegenden Feldern immer Blumen und Lilien wuchsen. Schließlich kam die Mehrheit der Einwohner darin überein, die Stadt „Floria" zu nennen, da sie in Blüten errichtet worden war, das heißt mit viel Pracht. Und sicher verhielt es sich so, denn sie wurde von den vornehmsten Familien Roms bewohnt und von den reichsten, die von den Senatoren aus jedem Stadtteil Roms gegen Entgelt geschickt worden waren, weil es ihnen zufiel, sich dort anzusiedeln. Und sie nahmen jene Fiesolaner auf, die mit ihnen leben und an diesem Ort bleiben wollten. Aber später wurde die Stadt in der Volkssprache „Fiorenza" genannt, das bedeutet „blühendes Schwert".

Florenz wurde 682 Jahre nach der Gründung Roms errichtet und 70 Jahre vor der Geburt unseres Herrn Jesus Christus. Es ist bekannt, daß die Florentiner immer im Krieg und untereinander zerstritten sind, was nicht verwunderlich ist, da sie von zwei so verschiedenen, verfeindeten und in ihren Bräuchen so unterschiedlichen Völkern abstammen, wie es die anständigen adeligen Römer und die rauhen und kriegslüsternen Fiesolaner waren.

Giovanni Villani (um 1280–1348)

Die Pest von 1348

Ich sage also, daß seit der heilbringenden Menschwerdung des Gottessohnes eintausenddreihundertachtundvierzig Jahre verstrichen waren, als in die herrliche Stadt Florenz, die alle andern italischen Städte an Schönheit überragt, die todbringende Pest gekommen ist, die, entweder durch die Einwirkung der Himmelskörper oder wegen unseres schlechten Wandels von dem gerechten Zorne Gottes zu unserer Besserung über die Sterblichen geschickt, einige Jahre vorher in den östlichen Ländern begonnen, diese einer unzähligen Menge von Menschen beraubt und sich unaufhaltsam von Ort zu Ort vordringend, grausam nach Westen verbreitet hat. Umsonst war da alle Klugheit oder menschliche Vorsicht, mit der die Stadt durch dazu bestellte Beamte von vielen Unsauberkeiten gereinigt und jedem Kranken der Eintritt verwehrt und mancher Rat zur Erhaltung der Gesundheit gegeben wurde, und umsonst waren die demütigen Gebete, die nicht einmal, sondern zu often Malen, sowohl in angeordneten Bittgängen als auch in anderer Weise von den Frommen an den Herrgott gerichtet wurden: etwa zu Frühlingsanfang des genannten Jahres begann sie ihre schmerzensreichen Wirkungen auf eine gräßliche und erstaunliche Art zu zeigen. Und das nicht so, wie sie es im Morgenlande getan hatte, wo es für jeden ein offenbares Zeichen des unvermeidlichen Todes war, wenn ihm Blut aus der Nase drang, sondern es entstanden bei ihrem Beginne, gleicherweise bei Mann und Weib, entweder an den Leisten oder unter den Achseln Geschwülste, die, bei dem einen in größerer, bei dem andern in geringerer Anzahl, zum Teile die Größe eines gewöhnlichen Apfels, zum Teile die eines Eies erreichten und vom Volke Pestbeulen genannt wurden.

Von diesen zwei genannten Stellen aus begannen die besagten todbringenden Beulen unterschiedslos überall am Körper zu entstehn und zum Vorschein zu kommen; und dann begann sich das Bild der besagten Krankheit in schwarze oder blauschwarze Flecken zu verändern, die bei vielen an den Armen und an den Lenden und an jedem andern Körperteile auftraten, bei dem einen groß und in geringer Zahl, bei dem andern klein und zahlreich. Und wie zuerst die Beulen ein sicheres Zeichen des kommenden Todes gewesen waren und noch waren, so waren es nun auch diese Flecken bei jedem, den sie befielen.

Zur Heilung dieser Krankheit schien weder der Rat eines Arztes noch irgendeine Arznei etwas zu vermögen oder von Vorteil zu sein; ob es nun die Natur der Seuche nicht zuließ, oder ob die Ärzte – deren Zahl außer den studierten Leuten ebenso durch Frauen, wie durch Männer, die nie einen Unterricht in der Arzneikunst gehabt hatten, übermäßig groß geworden war – in ihrer Unwissenheit nicht erkannten, woher sie rühre, und folglich nicht die richtigen Mittel anwandten, jedenfalls genasen nur sehr wenige, während schier alle binnen drei Tagen von dem Auftreten der oben erwähnten Zeichen, der eine rascher, der andere langsamer und die meisten ohne irgendein Fieber oder einen sonstigen äußern Anlaß starben.

Und diese Pest war noch schrecklicher dadurch, daß sie von denen, die daran erkrankt waren, durch den Verkehr auf die Gesunden übergriff, nicht anders als das Feuer mit trockenen oder fetten Dingen tut, wenn sie in seine nächste Nähe gebracht werden. Und das war noch nicht das ärgste; denn nicht nur das Sprechen oder der Umgang mit den Kranken teilte den Gesunden die Krankheit oder den Keim des gemeinsamen Todes mit, sondern es stellte sich auch heraus, daß schon die Berührung der Kleider oder irgendeines andern Gegenstandes, den die Kranken berührt oder gebraucht hatten, den Berührenden mit dieser Krankheit ansteckte. (...)

Diese und viel andere oder noch ärgere Vorfälle erzeugten bei denen, die am Leben geblieben waren, mancherlei Angst und Einbildungen, und schier alle strebten dem einen, gar grausamen Ziele zu, die Kranken und deren Sachen zu meiden und zu fliehen; und durch diese Handlungsweise glaubte jedermann seine eigene Rettung zu finden.

Und da waren manche, die dachten, daß ein mäßiges Leben, wobei man sich vor aller Üppigkeit hüte, die Widerstandskraft erheblich fördere: sie vereinigten sich zu Gesellschaften und lebten sonst von allen abgesondert; und indem sie sich in Häusern, wo kein Kranker war, versammelten und einschlossen, genossen sie die schmackhaftesten Speisen und den besten Wein, aber mit Maß und auf der Hut vor aller Schwelgerei, und verbrachten ihre Zeit mit Saitenspiel und all den Vergnügungen, die sie sich verschaffen konnten, ohne sich von jemand sprechen zu lassen oder sich um das, was außerhalb ihres Hauses vorging, weder um den Tod noch um die Kranken, zu kümmern.

Von einer gegenteiligen Meinung geleitet, behaupteten andere, die sicherste Arznei bei einem solchen Übel sei, reichlich zu trinken, sich gute Tage zu machen, mit Gesang und Scherz umherzuziehen, jeglicher Begierde, wo es nur möglich sei, Genüge zu tun und über das, was kommen werde, zu lachen und zu spotten; und so wie sie sagten, setzten sie es auch nach ihren Kräften ins Werk: bei Tag und Nacht zogen sie, um ohne Maß und Ziel zu trinken, bald in diese, bald in jene Schenke, viel lieber aber noch in fremde Häuser, wenn sie nur dort etwas gemerkt hatten, was ihnen zur Freude und Lust war. Und das konnten sie leichtlich tun, weil jedermann all sein Eigentum geradeso wie sich selber aufgegeben hatte, als ob sein Leben verwirkt gewesen wäre; auf diese Art waren die meisten Häuser Gemeingut geworden und der Fremde schaltete damit, wenn er nur einmal drinnen war, ebenso wie der eigene Herr getan hätte. Aber samt ihrem viehischen Vorsatze mieden diese Leute die Kranken, soweit sie nur konnten. (...)

Viele andere schlugen zwischen den zwei obengenannten einen Mittelweg ein, indem sie sich weder eine solche Mäßigkeit im Essen wie die ersten auferlegten, noch im Trinken und in den anderen Ausschweifungen so ausarteten wie die zweiten, vielmehr alles zur

Genüge und nach ihrer Lust genossen und sich keineswegs absperrten, sondern umhergingen, wobei der eine Blumen, der andere wohlriechende Kräuter und manche verschiedene Spezereien in den Händen trugen, um sie oft an die Nase zu führen, weil sie meinten, es sei gar gut, das Gehirn mit derartigen Wohlgerüchen zu erquicken, da die ganze Luft von dem Gestank der Leichname und der Krankheit und der Arzneien dumpf und stinkend geworden war.

Andere waren eines grausamern Sinnes – obwohl das vielleicht sicherer war – und sagten, gegen die Pest gebe es keine bessere oder ebenso gute Arznei als die Flucht: und von diesem Grundsatze geleitet, verließen viele Leute, sowohl Männer als auch Frauen, ohne auf etwas anderes als auf sich selber bedacht zu sein, die Vaterstadt, die eigenen Häuser, ihre Würden und ihre Verwandten und ihr Gut und suchten, wenn nicht gar fremde, so doch die eigenen Landsitze auf, als ob sie der zornige Wille Gottes, die Schlechtigkeit der Menschen mit dieser Pest zu strafen, nicht an jeglichem Orte hätte erreichen können, sondern sich, einmal erregt, hätte darauf beschränken wollen, nur die zu vernichten, die sich innerhalb der Mauern ihrer Stadt fänden, oder als ob sie der Meinung gewesen wären, in dieser Stadt dürfe kein Mensch verbleiben und ihre letzte Stunde sei gekommen. Und obwohl diese Leute mit den also verschiedenen Meinungen nicht allesamt starben, kamen doch auch nicht alle davon: vielmehr erkrankten von einer jeden Richtung viele, und die gingen dann überall, da sie zur Zeit ihrer eigenen Gesundheit denen, die auch jetzt noch gesund geblieben waren, das Beispiel gegeben hatten, von allen verlassen elendiglich zugrunde.

Schweigen wollen wir davon, daß ein Bürger dem anderen aus dem Wege ging und daß sich schier niemand um seinen Nachbar kümmerte und daß die Verwandten einander nur zu seltenen Malen oder nie oder nur von weitem sahen, aber diese Heimsuchung hatte in den Herzen der Männer und der Frauen einen solchen Schauder erregt, daß ein Bruder den anderen verließ oder der Oheim den Neffen und die Schwester den Bruder und oft die Frau ihren Gatten; und was gewichtiger und schier unglaublich ist, sogar die Väter und die Mütter scheuten sich, nach ihren Kindern zu sehen und sie zu pflegen, als ob sie nicht die ihrigen gewesen wären. Aus diesem Grunde blieb der unzähligen Menge derer, die krank wurden, sowohl Männern als auch Frauen, keine andere Hilfe als entweder die Teilnahme der Freunde, und die war selten, oder die Habsucht der Wärter, die sie, durch einen hohen und unverhältnismäßigen Lohn bewogen, warteten, obwohl sich samt alledem nicht viele dazu hergaben, und die, die es taten, Männer und Frauen von grobem Sinne und zumeist in einer derartigen Dienstleistung unerfahren waren, so daß ihre ganzen Dienste schier darin bestanden, die Sachen zu bringen, die die Kranken verlangten, oder zuzusehen, wann sie starben; indem sie aber derartige Dienste leisteten, fanden sie oft mit dem Gewinne zugleich den Tod. Und weil die Kranken von den Nachbarn, den Verwandten und den Freunden verlassen wurden und weil Not an Wärtern war, bürgerte sich etwas bis dahin Unbekanntes ein, daß nämlich keine Dame, wie groß auch ihre Lieblichkeit oder Schönheit oder Anmut war, wann sie erkrankte, Bedenken trug, sich von einem Manne, ob er nun jung oder alt war, bedienen zu lassen und vor ihm ohne die mindeste Scham, wenn dies nur die Not der Krankheit erheischte, jeden Teil ihres Körpers zu entblößen, nicht anders als sie bei einer Frau getan hätte: das wurde wohl später bei denen, die genasen, zum Anlasse einer geringeren Ehrbarkeit. Überdies starben auch viele, die sich vielleicht, wenn sie betreut worden wären, erholt hätten: daher war die Menge derer, die in der Stadt bei Tag und Nacht, sowohl wegen des Mangels einer gehörigen Wartung als auch wegen der Heftigkeit der Pest starben, so groß, daß es gräßlich war, nur davon zu hören, geschweige denn es mitzuerleben. Auf diese Art entstanden unter den Überlebenden notwendigerweise Gebräuche, die den früher von den Bürgern beobachteten entgegengesetzt waren. (...)

Bei den kleinen Leuten und wohl auch bei einem großen Teile des Mittelstands ging es noch viel jämmerlicher zu: da sie entweder von der Hoffnung oder von der Armut in ihren Häusern zurückgehalten wurden und also mit der Nachbarschaft in Berührung blieben, erkrankten sie täglich zu Tausenden; und da sie weder irgendwie bedient noch gepflegt wurden, starben sie fast alle rettungslos dahin. Und nicht wenige waren, die bei Tag oder bei Nacht auf der öffentlichen Straße verschieden; und bei vielen, die in ihren Häusern verschieden waren, erfuhren die Nachbarn erst durch den Gestank ihrer verwesenden Körper, daß sie tot waren: und der Gestank von diesen und den andern, die überall starben, machte sich weit und breit bemerkbar. Meistens hielten sich die Nachbarn an dieselbe Maßregel, wozu sie die Furcht, daß ihnen die Verwesung der Leichname schaden könnte, nicht weniger antrieb als die Barmherzigkeit, die sie mit den Toten hatten: sie zogen die Leichname entweder allein oder, wann sie Träger haben konnten, mit deren Hilfe aus den Häusern und legten sie vor die Türen, so daß einer, der dort, sonderlich am Morgen, vorübergegangen wäre, eine Unzahl von Leichen hätte sehn können; dann ließen sie Bahren kommen oder legten sie auch, wenn es an diesen gebrach, auf irgendein Brett. Und es war nichts Außergewöhnliches, daß eine Bahre zwei oder drei auf einmal trug, und es geschah nicht etwa nur einmal, sondern man hätte eine Menge Bahren zählen können, wo Frau und Mann, zwei oder drei Brüder oder Vater und Sohn oder dergleichen beisammen lagen.

Und unzählige Male geschah es, daß sich, wenn zwei Priester mit einem Kreuze einen holten, drei oder vier Bahren, die von Trägern getragen wurden, anschlossen; und hatten die Priester einen zu begraben geglaubt, so hatten sie nun sechs oder acht und bisweilen noch mehr. Freilich wurden diese weder durch eine Träne noch durch Lichter noch durch ein Geleite geehrt, vielmehr war es so weit gekommen, daß man sich um die Menschen, welche starben, nicht anders kümmerte, als man es heute bei Ziegen täte. Daraus erhellt klärlich, daß etwas, was kein Weiser aus dem natürlichen Laufe der Dinge mit seinem kleinen und seltenen Ungemach gleichgültig zu ertragen lernt, bei einer gewissen Größe des Unheils auch von Einfältigen mit gelassener Achtlosigkeit hingenommen wird.

Da für die geschilderte große Menge Leichname, die alltäglich und schier allstündlich zu jeder Kirche gebracht wurden, die geweihte Erde nicht ausreichte, sonderlich nicht, wenn nach dem alten Gebrauche jedem hätte sein eigenes Grab gegeben werden sollen, wurden, da die Kirchhöfe allenthalben voll waren, große Gruben gemacht und die neu Hinzukommenden zu Hunderten hineingelegt; dort wurden sie, wie im Schiffsraume die Waren, Schicht auf Schicht übereinandergeschlichtet und mit wenig Erde bedeckt, bis die Grube bis zum Rande voll war. (...)

Was ließe sich (...) mehr sagen, als daß die Grausamkeit des Himmels und vielleicht auch teilweise die der Menschen so groß war, daß die Zahl der menschlichen Geschöpfe, die durch die Heftigkeit der Pestseuche und dadurch, daß viele Kranke wegen der Angst, die die Gesunden hatten, schlecht gewartet oder in ihrer Not verlassen wurden, zwischen dem März und dem Juli desselben Jahres innerhalb der Mauern der Stadt Florenz aus dem Leben gerafft worden sind, auf mehr als hunderttausend geschätzt wird, wo man doch vor der todbringenden Heimsuchung nicht einmal so viele Einwohner angenommen hätte. Wie viele stolze Paläste, wie viele prächtige Häuser, wie viele adelige Wohnsitze, einst voll von Gesinde und Herren und Damen, standen nun leer bis auf den letzten Knecht! Wie viele altangesehne Geschlechter, wie viele reiche Erbschaften, wie viele berühmte Reichtümer blieben ohne einen rechtmäßigen Nachfolger! Wie viele wackere Männer, wie viele schöne Frauen, wie viele anmutige Jünglinge, denen, von andern zu schweigen, sogar Galenus, Hippokrates und Äskulap das Zeugnis einer blühenden Gesundheit ausgestellt hätten, hatten am Morgen mit ihren Verwandten, Gesellen und Freunden gespeist, um an dem Abende desselben Tages in der anderen Welt mit ihren Vorfahren zu essen!

Giovanni Boccaccio (1313–1375)

Die Verschwörung der Pazzi im Jahr 1478

Der Papst [Sixtus IV.] hatte den Raffaello di Riario, Neffen des Grafen Girolamo, nach der Universität zu Pisa gesandt, um sich dort im Abfassen päpstlicher Schreiben zu üben. Während der Jüngling noch dort verweilte, erteilte er ihm die Kardinalswürde. Nun kamen die Verschwornen auf den Gedanken, diesen Kardinal nach Florenz zu führen, um auf solche Weise ihre Anschläge zu verheimlichen, indem die Leute, deren sie zur Ausführung bedurften, im Gefolge des Riario auftreten konnten.

Als dieser also angelangt, ward er von Jacopo de' Pazzi in seinem Landhause zu Montughi dicht bei der Stadt empfangen. Die Verschwornen wünschten mittels seiner den Lorenzo und Giuliano vereint zu treffen und sie so zu ermorden. Sie veranstalteten es daher, daß diese den Kardinal auf ihre Villa bei Fiesole luden, wo indes

Giuliano, sei es Zufall oder Absicht, nicht erschien. Da dies nun fehlgeschlagen, dachten sie, daß bei einem in Florenz anzustellenden Gastmahl beide zu erscheinen sich nicht würden enthalten können. So luden sie denn für den Sonntag des 26. April 1478 zu diesem Feste ein. Im Glauben, daß es ihnen nun gelingen würde, sie bei demselben zu ermorden, versammelten sie sich in der Nacht vom Sonnabend, und besprachen alles, wie es am folgenden Tage geschehen sollte. Als aber der Tag gekommen, wurde dem Francesco gemeldet, Giuliano sei verhindert teilzunehmen. Die Häupter der Verschwornen berieten sich nun von neuem und kamen überein, man dürfe keine Zeit verlieren, die Sache ins Werk zu setzen, indem bei so vielen Mitwissenden längere Verheimlichung unmöglich sei. So wurden sie denn eins, die beiden Brüder in der Kirche Santa Reparata zu töten, wo sie zugleich mit dem Kardinal ihrer Gewohnheit gemäß sich einfinden würden. Sie wollten, Montesecco sollte es übernehmen Lorenzo zu töten, Francesco de' Pazzi und Bernardo Bandini den Giuliano. Giovan Batista aber weigerte sich, sei es, daß der vielfache Umgang mit Lorenzo ihn milder gestimmt, oder daß andere Gründe bei ihm obwalteten. Er erklärte, er könne sich nie entschließen, eine solche Tat in der Kirche zu begehen und Verrat mit Tempelschändung zu verbinden. Dies legte den Grund zum Mißlingen des ganzen Unternehmens. Denn da die Zeit drängte, waren sie genötigt, dies Geschäft dem Messer Antonio von Volterra und dem Priester Stefano zu übertragen, die beide von Natur, wie wegen ihres Mangels an Übung in Führung der Waffen, dazu völlig untauglich waren. Denn wenn zu irgendeiner Tat Seelenstärke und Entschlossenheit, Erfahrung und Todesverachtung erfordert werden, so ist es bei einer solchen der Fall, wobei man oft waffenkundige und an Blut gewohnte Männer den Mut verlieren gesehen hat. Nun bestimmten sie noch, das Signal zur Ausführung sollte die Kommunion des messelesenden Priesters sein; der Erzbischof Salviati mit den Seinen und Jacopo, der Sohn Messer Poggios, sollten unterdes den Palast besetzen, damit die Signorie, freiwillig oder unfreiwillig ihnen beistimmen müßte nach der Ermordung der beiden Medici.

Nachdem sie alles dies angeordnet, begaben sie sich nach der Kirche, wo der Kardinal bereits mit Lorenzo eingetroffen war. Die Kirche war mit Menschen gefüllt und schon hatte der Gottesdienst seinen Anfang genommen, als Giuliano noch fehlte. Da begaben sich Francesco de' Pazzi und Bandini, die ihn zu morden bestimmt waren, nach dessen Wohnung und führten ihn unter Bitten und gleisnerischen Worten nach der Kirche. Es ist wahrhaft bemerkenswert, daß Francesco und Bernardo so heftigen Haß und so verruchte Absicht unter so vieler Freundlichkeit und Zureden zu verbergen vermochten: denn während sie mit ihm gingen, unterhielten sie ihn durch Scherze und heitere Reden. Und Francesco, unter dem Scheine, ihn zu liebkosen, berührte ihn mit der Hand und dem Arme, um sich zu vergewissern, ob er einen Panzer oder eine sonstige Schutzwaffe trüge. Giuliano und Lorenzo kannten wohl die Abgeneigtheit der Pazzi und ihren Wunsch, ihnen die Regierung zu entreißen: aber sie waren nicht für ihr Leben besorgt, indem sie glaubten, daß jene einen Versuch, zur Herrschaft zu gelangen, ohne Gewalttätigkeit durch die seither üblichen Mittel machen würden. Deshalb stellten auch sie sich, als wären sie ihre Freunde, ohne auf eigne Sicherheit zu achten. So waren denn die Mörder bereit, neben Lorenzo die einen, wo sie wegen der Volksmenge ohne Verdacht stehn konnten, die andern um Giuliano herum.

Da kam der verabredete Moment: Bernardo Bandini durchbohrte mit einer kurzen Waffe die Brust Giulianos, der nach wenigen Schritten niedersank, worauf Francesco de' Pazzi sich über ihn hinwarf und mit solcher Wut auf ihn losstach, daß er sich selbst eine schwere Schenkelwunde beibrachte. Auf der andern Seite griffen Messer Antonio und Stefano den Lorenzo an: von ihren Streichen aber verwundete nur einer ihn unbedeutend am Halse, denn, sei es, daß sie ungeschickt waren, oder daß Lorenzo mutig mit seiner Waffe sich verteidigte, oder daß Hilfe von den Umstehenden ihm ward: alle ihre Bemühungen scheiterten. In ihrer Angst flohen sie und verbargen sich, wurden aber entdeckt, schmachvoll erschlagen und durch die ganze Stadt geschleppt.

Unterdes eilte Lorenzo mit den Freunden, die sich rasch um ihn sammelten, nach der Sakristei, in die er sich einschloß. Als Bernardo Bandini sein Opfer daliegen sah, ermordete er noch den Francesco Nori, einen vertrauten Freund der Medici, entweder aus altem Haß oder weil dieser dem Giuliano zu helfen sich bemühte. Und noch nicht zufrieden mit diesem zwiefachen Mord, eilte er Lorenzo nach, um durch seine Entschlossenheit und Raschheit wieder gut zu machen, was die andern durch Langsamkeit und Schwäche verdorben: aber er vermochte nichts auszurichten, da er die Sakristei verschlossen fand. Inmitten dieser grauenvollen Auftritte, die so entsetzlich waren, daß die Kirche darüber einzustürzen schien, hatte der Kardinal sich an den Altar gedrängt, wo er mit genauer Not von den Priestern beschützt ward, bis nach dem Aufhören des Tumults die Signorie ihn nach ihrem Palast geleiten konnte, wo er unter starkem Verdacht bis zu seiner Freilassung wohnen blieb.

Niccolò Machiavelli (1469–1527)

Lorenzo de' Medici stirbt (1492)

Und am 8. April 1492 starb Lorenzo de' Medici in Careggi, auf seiner Besitzung; und man sagte, als er so krank die Neuigkeit von der Wirkung des Blitzes [am 5. April hatte ein Blitz die Domkuppel beschädigt] gehört, habe er gefragt, von wo jener herabgefahren und nach welcher Seite. Wurde ihm geantwortet und ihm gesagt; und daß er hierauf sprach: „O weh, nun ist es aus mit mir; denn er fiel gegen mein Haus zu herab." Und vielleicht war es gar nicht so, aber doch erzählte man es.

Und am genannten Tag brachten sie ihn nach Florenz, um 3 Uhr, in der Nacht, und legten ihn in San Marco nella Compagnia, und hier blieb er den ganzen 9., welcher ein Montag war. Und am 10., Dienstag, begrub man ihn in San Lorenzo, ungefahr um 20 Uhr. Wohl kann sich da jeder denken, was dieses unser menschliches Leben ist. Dieser Mann war, der Welt nach, der glorreichste Mensch, den man nur finden konnte, und von reichstem und höchstem Stand, dem größten Ruf. Jeder predigte es, daß er Italien regiere, und in der Tat war er ein weiser Kopf, und jede seiner Unternehmungen ging ihm gut aus. Und gegenwärtig hatte er ausgeführt, was seit langer Zeit kein Bürger machen konnte: er hatte seinen Sohn zum Kardinalat gebracht. Und nicht so sehr hat er sein Haus geadelt, als die ganze Stadt. Und mit all diesen Dingen hat er sich nicht eine Stunde zulegen können, als das Ende kam. Und deshalb:

Mensch, o Mensch, was haben wir denn, um darauf stolz zu sein? Die wahrhaft menschliche Eigenschaft ist die wahre Demut, und darum, jedesmal, so oft wir uns etwas einbilden und wir uns für mehr erachten als die anderen und nicht jedes geistige, körperliche und zeitliche Gut als von Gott erkennen, überschreiten wir die menschlichen Grenzen. Jede Sache, die aus ihren Grenzen tritt, die ist verdorben, und was ihr nützen sollte, schadet ihr. Die wahre Zugehörigkeit des Menschen ist die wahre Sanftmut und Demut, und Gott alles zuschreiben und den Rest für nichts erachten, außer insoweit, als Gott ihn gut gemacht: welcher gesegnet sei in Ewigkeit von allen Geschöpfen, wie er dessen würdig ist. Der mir meine Sünden vergebe, und so sie dem obengenannten Toten vergebe, wie ich will, daß er mir vergebe, und ebenso aller menschlichen Kreatur.

Luca Landucci (1436–1516)

Savonarola über die Regierung der Stadt (1493)

Da der Mensch ein soziales Wesen ist und nicht allein zu leben versteht, ist es notwendig, daß die Menschen – sei es in Städten, Burgen oder Dörfern – Vereinigungen bilden für die gemeinsamen Bedürfnisse des einen wie des anderen. (...)

Jedes Volk und jeder Platz brauchen eine Regierung, und diese Regierungen sind unterschieden in vielen Arten. Die einen regieren sich durch einen Herrscher, andere durch mehrere Personen, wieder andere durch das gesamte Volk. Das Regiment eines Herrschers ist die beste aller Formen, wenn es ein guter Herrscher ist. (...)

In der heißen Hemisphäre sind die Menschen kleinmütig, weil sie nur wenig Blut haben: deshalb lassen sie sich leicht von einem einzigen beherrschen. Im kalten Norden dagegen haben die Menschen zwar reichlich Blut, aber wenig Verstand: deswegen sind sie ebenfalls einzelnen unterworfen. In der mittleren Region aber, wie z. B. Italien, haben die Menschen sowohl reichlich Blut als auch Verstand. Sie ertragen daher die Herrschaft eines einzelnen nur mit Mühe; jeder möchte selbst an der Spitze stehen und die anderen beherrschen. Es gibt großen Streit und Zwietracht zwischen den Bürgern der Stadt, wenn einer groß sein und die anderen dominieren möchte. (…)

Deshalb ist an solchen Orten die Herrschaft mehrerer besser als die eines einzelnen. Und am allermeisten trifft dies auf Florenz zu. (…)

O Florenz, ich kann dir nicht alles sagen, was ich fühle, weil du im Moment noch nicht bereit bist, es zu ertragen. O, wenn ich dir nur alles sagen könnte. Sieh, daß ich wie ein neuer Krug bin, voll des Mostes, aber verschlossen. Viele Geheimnisse sind in mir eingeschlossen, die nicht herauskönnen, vor allem weil du sie nicht glauben würdest. (…) Begreife Florenz, was ich dir heute sage: begreife, daß Gott es mir eingegeben hat. Ich vertraue nur auf Christus, in dessen Name ich dir sage: tu, was gut für dich sein wird, wenn du es tust. Tu, sage ich dir, vor allem zwei Dinge, die ich dir schon oft gesagt habe, nämlich jeder soll beichten und sich von den Sünden reinigen, und alle sollen ihre Aufmerksamkeit auf eine gute Regierung der Stadt richten. Wenn ihr das tut, wird eure Stadt glorreich sein. Und Florenz wird reicher und mächtiger sein, als es je war, und seine Herrschaft auf viele Orte ausdehnen. Aber, wenn du nicht tust, was ich dir sage, wird Gott jene wählen, die deine Entzweiung wollen, und das wird deine endgültige Zerstörung sein.

Girolamo Savonarola (1452–1498)

Der König kommt (1865)

Seine Majestät traf am Abend des 3. Februar 1865 überraschend in Florenz ein. Wie bekannt, löste die im September in Turin verbreitete Nachricht von einer unmittelbar bevorstehenden Verlegung der Hauptstadt damals einen regelrechten Volksaufstand aus, der leider blutig unterdrückt wurde. Aus diesem Anlaß entließ der König seinen Minister Minghetti-Peruzzi, der für das Abkommen verantwortlich war.

Am Morgen des 3. Februar stieg der König in den Zug und reiste nach Florenz ab. Hier hatte sich seit dem Mittag das Gerücht von der Ankunft des Königs verbreitet, und sofort begann eine allgemeine Geschäftigkeit, um dem Souverän einen würdigen Empfang zu bereiten, teils weil sich Vittorio Emanuele tatsächlich großer Beliebtheit erfreute, teils um Turin zu strafen, das, wie die Florentiner Zeitungen betonten, mit seinem Verhalten das Herz des Königs betrübt hatte, das „Herz des Vaters aller Italiener", nicht nur (wollte man betonen) der Turiner.

Um halb elf Uhr abends fuhr der Zug in den Bahnhof ein. Es hatten sich alle Repräsentanten des städtischen Lebens eingefunden und auch solche der Region Toskana: Senatoren, Abgeordnete (...).

Eine große begeisterte Menge auch außerhalb des Bahnhofs, entlang der ganzen Fahrt bis zum Palazzo Pitti. Vor dem Caffè Doney, in der Via Tornabuoni hatten sich rund hundert Adelige des Circolo dell' Unione und des Circolo Borghesi versammelt, jeder mit einer Fackel versehen, und mit einem Fackelzug begleiteten sie den König zum Palast, wo er sich, trotz der späten Stunde, auf dem Balkon zeigen und die Menge grüßen mußte. (...)

In den ersten Tagen schien sich eine Atmosphäre herzlicher Sympathie zwischen dem König und den Florentinern einzustellen, so daß die Autoritäten, die für die Ordnung zuständig waren, sogar vermuten mußten, daß endlich jener Teil der Aristokratie, der der Autonomie oder dem Großherzogtum anhing, und sich bisher hochmütig zurückgezogen hatte, sich aufgelöst und den neu geschaffenen Tatsachen gebeugt hätte: dem Königreich Italien.

Doch schon Mitte Februar entschloß sich die Turiner Stadtverwaltung nach langem Hin und Her zu einem wichtigen Schritt. Der Bürgermeister Marchese di Rorà wurde mit einer eigens dazu bestimmten Delegation in S. Rossore, wohin sich der König als Jäger mit Leib und Seele sofort zurückgezogen hatte, vorstellig, um den erwarteten Reuebeweis zu überbringen. Vittorio Emanuele hatte auf nichts anderes gewartet. Trotz der Unfreundlichkeit, die ihm entgegengebracht worden war, trotz dem Zorn im ersten Augenblick, war sein Herz doch dort in Turin geblieben, zwischen den Bergen des Piemonte, wo er frei umhergehen konnte, ohne Verpflichtung gegenüber den Ministern, die ihn, der seinem Wesen nach mehr zum Befehlen als zum Gehorchen neigte, immer nötigten, dies oder jenes zu tun oder zu sagen, vor allem keine unklugen Dinge zu sagen.

Es genügte diese fast mit Sehnsucht erwartete Geste, um ihn umzustimmen. „Es war nicht länger möglich ihn aufzuhalten", schrieb ein bißchen verärgert der Baron Ricasoli seinem Freund Celestino Bianchi. Auch die anderen Mitglieder des Hofes unternahmen alles, um das Gefühl des Unbehagens und der Ungeduld des Herrschers zu steigern: sie sprachen vom unzuträglichen florentinischen Klima und fanden tausenderlei Vorwände, um sich über die Stadt, die Gewohnheiten der Bevölkerung, kurz über alles zu beklagen. So kam es, daß der König am 23. Februar, nicht einmal drei Wochen nach seiner Ankunft, in die ehemalige Hauptstadt zurückkehrte.

Es verging ein Monat – es vergingen zwei. Der König war nicht zu sehen. Die Florentiner begannen ärgerlich zu werden. Die Hauptstadt hatten sie nicht haben wollen, aber von dem Augenblick an, wo man sie ihnen gebracht hatte, erwarteten sie, daß wenigstens der König dabliebe.

Eines Tages fand sich auf den Stadtmauern folgender Spruch: „Großzügige Belohnung für den, der den König von Italien zurückbringt."

Sergio Camerani (1971)

Die Flut von 1966

Es gab keine Warnung; Florenz' größte Überschwemmungskatastrophe fand die Betroffenen unvorbereitet. Ein paar Ausnahmen, wie die Unterrichtung einiger Juweliere des Ponte Vecchio durch den Nachtwächter, ändern daran nichts. Zwar gab es in den Archiven und Bibliotheken der Stadt reiches Material über eine lange Reihe früherer Arnoüberschwemmungen im Stadtgebiet, aber die Erinnerung daran war in dieser sonst so geschichtsbewußten Stadt offenbar verdrängt. Auch die schweren Regenfälle, die sich seit dem Morgen des 3. November 1966 zu immer heftigeren Wolkenbrüchen gesteigert hatten, vermochten dies Wissen nicht freizulegen. Durchweg begannen die Menschen erst zu handeln als die Gefahr schon vor ihnen stand, das Wasser sie im Zimmer, oft sogar schlafend im Bett überraschte. In den höher gelegenen Teilen der Stadt, wo die Straßen erst im Lauf des Vormittags zu Kanälen wurden, standen die meisten Anwohner in den Türen ihrer Häuser, gebannt von dem gefährlichen Schauspiel, in dem sie erst selber nasse Füße bekommen mußten, ehe sie merkten, daß sie Mitspieler waren.

Die Katastrophe fiel in eine Reihe von Feiertagen. Der 4. November ist als „Giornata delle forze armate" italienischer Nationalfeiertag, und für diesen Tag waren die Plätze der Stadt bereits geschmückt, Stände für Andenkenverkäufer, Buden mit Ausstellungsstücken aufgestellt. Im Palazzo Vecchio sollten Feiern stattfinden. Viele Leute hatten die zusammenhängenden arbeitsfreien Tage genutzt, um die Stadt zu verlassen. So waren – ein ungewohntes Bild – wenig Wagen auf den Straßen, und so kam es auch, daß fast nirgends etwas aus Bibliotheken, Kirchen, Museen, auch Läden und Werkstätten gerettet werden konnte. Wo, wie in den Restaurierungswerkstätten der Uffizien und im Museo di Storia della Scienza verhältnismäßig spät noch mit den Bergungsarbeiten begonnen werden konnte, war dies dem Zufall und der Privatinitiative weniger Menschen zu verdanken. Zufall war es, daß das Telephon noch funktionierte, durch das ein Angestellter die Direktorin der Uffizien morgens um 7.00 Uhr benachrichtigte; eine harte Entscheidung aber war es, daß die Direktorin des Museo di Storia della Scienza die eigene Wohnung ihrem Schicksal überließ, um die kostbarsten Stücke ihres Museums – zum Teil unter dramatischen Umständen – immer weiter in sichere Zonen hinaufzutragen. (...)

Zwischen 2.00 Uhr und 3.00 Uhr morgens überflutete, zunächst aus den überströmenden Kanälen heraus, der Arno den noch weiter unterhalb gelegenen linksseitigen Brückenkopf des Ponte Vecchio. Schließlich drang aber auch hier das Wasser unmittelbar durch Keller und Erdgeschosse der Uferhäuser in den Borgo San Jacopo – eine Straße der Antiquare, die nur durch eine Häuserzeile vom Fluß getrennt parallel dazu verläuft. Es überströmte von da aus die Gegend um Santo Spirito – sparte die hochgelegene Kirche aus und drang bis San Frediano vor. In den engen mittelalterlichen Straßen Borgo San Jacopo und Borgo San Frediano erreichte die Strömung eine Geschwindigkeit, die den Autos innerhalb der Stadt nicht erlaubt wäre, und so trieben die führerlosen Wagen als Wracks schneller von ihren Parkplätzen fort, als sie dorthin gefahren worden waren. Der Stadtteil San Frediano, eine arme Handwerkergegend, bekam gegen 7.00 Uhr morgens weiteren Zufluß vom Arno, der am Lungarno Guicciardini überlief. Auch hier stieg das Wasser an einigen Stellen höher als 2 m, meist jedoch auf 0,5 m bis 1,5 m über Straßenniveau.

Eine Brücke nach der anderen war im Laufe der Nacht und der frühen Morgenstunden unpassierbar geworden. Seit Mitternacht bemühten sich die Goldschmiede, die von den Nachtwächtern gewarnt waren, ihre Preziosen zu bergen. Um 1.15 Uhr berührte der Fluß die Brückenbogen, das Wasser stieg weiter an, der Druck auf die Brücke wurde immer stärker und zugleich der Durchlaß im Verhältnis zur Wassermenge kleiner. Der Fluß führte viel Gerümpel mit sich, ganze Bäume, darunter Stämme von beachtlicher Größe. Sie stauten sich vor den Brückenpfeilern. Auf dem Höhepunkt der Flut stand der Ponte Vecchio als eine geschlossene Barriere gegen die Strömung. Schließlich durchbrach der Fluß die Außenmanern der meisten Läden auf der Brücke und schuf sich so einen (wenn auch unzureichenden) Überlauf. Der Inhalt der Läden wurde zum größten Teil mitgerissen und weggespült, selbst Panzerschränke widerstanden dem Druck nicht. Die beiden Brücken, die als letzte noch passierbar blieben, waren die äußeren: Ponte della Vittoria und Ponte San Niccolò. Doch bald nach 7.00 Uhr früh versperrte auch hier das über die Ufermauern schießende Wasser die Zufahrt.

Gegenüber der linken Seite des Arno hatte die rechte durchweg einen Vorsprung von mehreren Stunden. Zwar war schon am Abend des 3. November gegen 22.30 Uhr das Wasser in dem gegenüber Nave di Rovezzano liegenden Ort Mulino di Rovezzano eingedrungen, doch floß es von da aus wieder in den Arno und wendete sich zunächst mit gegen das linke Ufer. Etwa um 1.00 Uhr in der Nacht aber bekam die nahe den Uffizien gelegene Piazza Mentana einen Zufluß, und von hier aus breiteten sich rasch verschiedene Ströme aus. Vor der Biblioteca Nazionale durchbrach der Arno gegen 6.30 Uhr früh die Brüstungsmauer und drang wegen des starken Gefälles mit großer Kraft in die Magazine der Bibliothek und in das ganze Viertel von Santa Croce ein. Von dort ging dann eine der stärksten Strömungen aus. Schon gegen 8.00 Uhr war die Via de' Neri ein Kanal von 3 m Tiefe. In die Altstadt strömte auch der Teil des Hochwassers, der vom Stau vor dem Ponte Vecchio seitlich weggedrückt wurde und so seine Richtung in die Stadt nahm. Weitere Durchbrüche der Ufermauern speisten diesen Strom ebenfalls. Gegen 7.00 Uhr morgens war die Piazza della Repubblica, der Platz des ehemaligen römischen Forums, noch von der Flut verschont. Vom oberen Ende der Stadt her, aus der Gegend von Bellariva drang gegen 6.30 Uhr (und schon seit 2.30 Uhr von einer wenig unterhalb gelegenen Stelle aus) ein Strom in die östlichen Vorstädte ein.

Ein Karbiddepot explodierte gegen 11.30 Uhr in der Nähe der Piazza Beccaria. Die Detonation war in der ganzen Stadt zu hören. Um den Explosionsherd herum brach Feuer aus. Drei Stunden später wurde derselbe Häuserblock durch eine zweite Explosion erschüttert. Hier und da in der Stadt explodierte Gas. Die Luft war erfüllt vom Gestank der hochgeschwemmten Abfälle aus der Kanalisation. Das durch die Stadt strömende Wasser war von Schlieren schwarzen Heizöls gefleckt und gestreift. Alle gewohnten Großstadtgeräusche fehlten. Seit den frühen Morgenstunden fehlte aber auch jeder Tropfen Trinkwasser in den Leitungen. Die elektrischen Uhren blieben um 7.26 Uhr stehen, die Telephone fielen nach und nach aus, nur wenige innerstädtische Verbindungen blieben intakt. Das Gas, soweit es nicht überhaupt schon ausgefallen war, wurde wegen der stets drohenden Explosionsgefahr eher eine zusätzliche Belastung. Die Heizungen erloschen, als der Strom versagte oder als das Wasser in die Keller drang, aber der Tag war für den späten Monat verhältnismäßig warm. – Die Florentiner Zeitung „La Nazione" meldete später, daß sich – nach den Berechnungen der Ingenieure der Stadtverwaltung – eine Menge von 45 bis 50 Millionen m^3 Wasser über die Stadt ergossen hatte. (…)

121 Menschen starben in allen von der Überschwemmung heimgesuchten Gebieten, neun von ihnen gaben ihr Leben bei dem Versuch, andere Leben zu retten.

Dagmar von Erffa (geb. 1928)

BAPTISTERIUM UND DOM

Baptisterium San Giovanni

Kurzer Augenblick der Weltenthobenheit

Ich bemerke, daß die Domfassade vom Ende des XIX. Jahrhunderts sich hinter Gerüsten verbirgt. Recht hat sie. Ganz in der Nähe, fast zu ihren Füßen, ein achteckiges Gebäude, das Baptisterium. Hier schlägt das Herz von Florenz deutlicher als anderswo. Ich trete ein, und zuerst sehe ich fast nichts, verspüre jedoch den Frieden der romanischen Kirchen, den der Dorfkirchen, ihrer Schwestern des großen Jahrhunderts, das für mich das XII. ist. Erhabene Verklärtheit, ein ruhiger, ein wenig plump massiver Glauben. Alles das atme ich, während ich mich im Halbdunkel vortaste, und als ich dann aufblicke, sehe ich einen nächtlichen Himmel, das in byzantinischem Mosaik gestirnte Kuppelgewölbe, auf dem Christus in dunkelrotem Gewand inmitten der erschreckenden Pracht des Jüngsten Gerichts thront. Für diesen kurzen Augenblick der Weltenthobenheit, den Florenz mir da geschenkt hat, bin ich bereit, auf alles andere zu verzichten, auch wenn ich die Stadt verlassen müßte, ohne ihre Paläste und Gärten gesehen zu haben.

Julien Green (1900–1998)

Dantes Kosmos

Doch all dies sei vergessen, wenn ich in das Baptisterium eintrete, das so unscheinbar und doch so edel in allen Maßen dem Dom wie zu Füßen ruht. Seine gewaltigen Maße und die Schaubühne seiner Fassade haben die alte Taufkirche zu einer Vorhalle erniedrigt, und doch ist's einzig hier, daß ich mich im Florenz Dantes fühle. Jedesmal, durchschreite ich die Tür, ist mir, als versänke draußen die lärmende Stadt und ich tauchte durch die Zeiten wie in einen Brunnen und erwachte im Dämmerlicht, im geheimen Mittelpunkt, im geistigen Kosmos Dantes. Wie stets in der „Hölle" ist die Situation derb, dinglich, lastend wirklich, in der sich Dante S. Giovannis erinnert: im Kreis der Simonisten, vor den flammenden kreisrunden Löchern, in denen sie kopfüber stecken, um mit den Füßen eine groteske Sprache zu führen, fällt Dante das Taufbecken im Fußboden der Florentiner Kirche ein, aus der er wenige Jahre zuvor einen Ertrinkenden rettete. „Nel mio bel San Giovanni" – das ist die Kirche, in der Dante wie seine Mitbürger getauft wurde, der Ort, an dem ihm himmlische und irdische Heimat am traulichsten verknüpft sind. Der platten Wirklichkeit bin ich entzogen, betreten meine Füße das Mosaik des Marmorbodens. Seltsam, daß es mir nicht möglich ist, eine Beschreibung der Architektur zu liefern – in mir ist nur noch das durchdringend deutliche Empfinden der Gedanken und Gefühle, die mich in diesem Raum erfüllten.

Karl Eugen Gass (1912–1944)

Diamant des Geistes

In der Mitte der Stadt steht als drohender, höchster Ort das Baptisterium, Dantes „schön San Giovanni" (aber was bedeutet „schön" bei Dante?). Das Baptisterium ist einer der exemplarischen Orte, ein nach Struktur und Funktion einmaliger Bau, etwas, das in seiner geistigen Gestalt ein Bild der STADT enthält; beim Betrachten des Baptisteriums erwachen verschiedene Empfindungen und Beunruhigungen, die sich erst nach und nach klären. Der achteckige Bau ist von einer absoluten Härte, förmlich ein Diamant des Geistes. Als geometrischer Ort ist er Beute und Sitz der Geometrie in allen seinen Teilen; seine Außenseite weist die perfekten Narben der verschiedensten abstrakten Zeichen auf: geschlossene oder sich zu Halbkreisen öffnende Rechtecke, kompakt geschlossene oder in die Länge gezogene Quadrate; über die rhythmische Abfolge der Linien herrscht die Symmetrie. Etwas Machtvolles und etwas im geistigen Sinn Schreckliches liegen in diesen Zeichnungen; das Baptisterium ist ein christlicher und gleichzeitig ein mathematischer Ort, ein Zeugnis für die willige Steinwerdung einer platonischen Idee. Es ist unmöglich, das Baptisterium zu lieben, denn das Baptisterium will nicht geliebt werden; es gibt Gebäude, die nicht angesehen werden wollen, und solche, die zum Ansehen auffordern und sich gleichzeitig dessen schämen; das Baptisterium aber ist zuinnerst blind; es kann nur sich selbst betrachten. Aus der Konzentration auf sich selbst gewinnt dieser Ort eine Macht, die sich auf die ganze Stadt ausdehnt.

Wer diesen geschlossenen, gleichgültigen Raum betritt, findet einen einzigen achteckigen Saal vor, an dessen Kuppel in kaltem, stacheligem Licht byzantinische Mosaiken leuchten; sie mögen das Werk venezianischer Meister sein. Es stimmt: das Baptisterium hat etwas Orientalisches, erinnert an Ravenna und den zweideutigen, überheblichen Glanz byzantinischer Bilder; es ist ein selbstherrlicher und allmächtiger Ort. Der christliche Mythos, der in der spitzbogigen – nicht runden – Kuppel über der Apsis, der sogenannten „scarsella", dargestellt ist, funkelt von Gold, vom erbarmungslosen Gold des Königtums: Er erzählt eine „heilige Geschichte", in der der Ort der Seligen, der himmlische Hof, genauso wesentlich ist wie der Ort der Verdammten, der höllische Hof; Christus ist eine riesenhafte Figur, die über die gesamte Welt herrscht; aber der Teufel ist nichtsdestotrotz ebenso eine königliche Gestalt, mit einer unheilvollen Königswürde, die sich von den Verdammten ernährt. Die Hölle des Baptisteriums ist absolut höllisch; um zu sehen, wie man hier in Florenz das Höllische mit ruhiger unversehrter Hand anfassen kann, braucht man diese Hölle nur mit dem *Letzten Gericht* des Fra Angelico im Museum des Klosters San Marco zu vergleichen, und man erfährt, daß es viele Höllen geben kann.

In der Mitte des Fußbodens bemerkt man mühelos einen leeren, schmucklosen Fleck, so als hätte man etwas von dort entfernt und durch nichts ersetzt. Auf diesem Platz stand einst der Taufstein, den Großherzog Francesco I. im späten 16. Jahrhundert hatte abreißen lassen, um seinen Pomp für irgendeine Taufe bei Hof zu verwenden und dort aufstellen zu lassen. Dieser verlassene, nie wieder heilgemachte Ort ist ein Gespenst im Gespenst; in der geometrischen Maschinerie eine geometrische Form der Abwesenheit, ein weiteres blindes, auf die Welt gerichtetes Auge, das aber anderswo hinblickt. Das Baptisterium ist ein eremitenhafter Bau und, obwohl es die Stadt regiert und streng verwaltet, scheint es sie zu ignorieren und mit seiner Umgebung keinerlei Gespräch zu führen. Und trotzdem durchziehen die Kraftlinien, die von hier wie von einer Radnabe ausgehen, den gesamten städtischen Raum mit geheimen Geraden.

Giorgio Manganelli (1922–1990)

Das „Tor zum Paradies"

Endlich wurde mir die andere, das heißt die dritte Tür von Sankt Johannes verdingt, und man ließ mir freie Hand, daß ich sie ausführen könnte, wie es mir gut dünkte, also daß sie in der vollkommensten, geschmücktesten und reichsten Art zustande käme. So begann ich besagte Arbeit in Feldern, die in der Größe eine und eine drittel Elle hielten; darauf kamen sehr figurenreiche Bilder, die Geschichten des Alten Bundes; darin strengte ich mich an, alle Maße zu beobachten und die Natur, so viel als mir nur möglich war, nachzuahmen mit allen Umrissen, die ich hervorbringen konnte und in trefflicher Anordnung, mit zahlreichen Figuren. In einigen Geschichten brachte ich wohl an die hundert Figuren an, in mancher weniger, in anderen mehr. Ich führte das Werk wahrhaftig mit größtem Fleiße und größter Liebe aus. Insgesamt waren es zehn Geschichten, und alles Bauwerk darin so, wie es dem Auge sich darstellt und derartig lebenswahr, daß es, wenn man in gehöriger Entfernung steht, rundkörperlich erscheint. Sie sind in sehr flacher halberhobener Arbeit, und die Figuren, die man auf den nahen Plänen sieht, erscheinen größer, entferntere kleiner, so wie es der Wahrheit entspricht. Und mit diesen Regelmaßen habe ich das Ganze ausgeführt.

Der Geschichten sind also zehn an der Zahl. Die erste: die Erschaffung des Mannes und des Weibes, und wie sie dem Schöpfer aller Dinge ungehorsam sind. Auch erblickt man auf derselben Geschichte, wie sie des begangenen Fehltritts halber aus dem Paradies vertrieben werden. Demnach finden sich auf gedachtem Feld vier Geschichten oder Handlungen.

Im zweiten Felde ist vorgestellt, wie Adam und Eva Kain und Abel gezeugt haben, die als kleine Kinder erscheinen. Dann wie diese das Opfer darbringen, und wie Kain das Geringste und Schlechteste, so er hatte, opferte, Abel dagegen das Schönste und Beste; und sein Opfer war Gott sehr wohlgefällig, das des Kain aber ganz das Gegenteil. Dann sah man da, wie Kain aus Neid Abeln erschlägt; in gedachtem Felde hütete Abel das Vieh und Kain ackerte den Boden. Dann war dargestellt, wie Gott dem Kain erscheint und ihn nach dem Bruder frägt, den er getötet hatte; so erscheinen auch hier wie in den folgenden Feldern die Handlungen von je vier Geschichten.

Im dritten, wie Noah aus dem Kasten hervorgeht samt den Söhnen, Schnuren [Schwiegertöchtern] und seinem Weibe, mit allem Getier und den Vögeln, und wie er mit seiner ganzen Sippe das Opfer darbringt. Dann wie er den Weinstock pflanzt und sich berauscht, wie sein Sohn Cham ihn verhöhnt, und die beiden anderen Söhne seine Blöße bedecken.

Im vierten Felde, wie Abraham die drei Engel erscheinen, und wie er den einen davon anbetet, wie seine Knechte und Esel am Fuße des Berges zurückbleiben, wie er Isaak entkleidet hat und ihn opfern will, aber der Engel ihm die Messerhand hält und auf den Widder weist.

Im fünften, wie Esau und Jakob geboren werden, wie Esau auf die Jagd geschickt wird und die Mutter den Jakob anleitet, ihm das Böcklein bringt und dessen Fell ihm über den Nacken legt und ihm sagt, er möge Isaaks Segen erbitten. Und wie Isaak ihm den Nacken betastet, haarig erfindet und den Segen erteilt.

Im sechsten, wie Joseph von seinen Brüdern in den Brunnen geworfen wird, wie sie ihn verkaufen und wie er dem Pharao, König in Ägypten, übergeben wird, um des Traumes willen, der die große Hungersnot, die da über Ägypten kommen sollte, voraussagte, und das Mittel, das Joseph wider sie angab, also daß alle Gaue und Landschaften errettet wurden und ihre Notdurft bekamen und wie Joseph vom Pharao sehr geehrt wurde. Und wie Jakob seine Söhne aussandte, und Joseph seine Brüder wiedererkannte und er ihnen sagt, daß sie mit ihrem Bruder Benjamin wiederkehren sollten, sonst bekämen sie kein Getreide. Und sie kehren mit Benjamin wieder, und er bereitet ihnen ein Mahl und läßt den Becher in Benjamins Sack legen; und wie er gefunden und Benjamin vor Joseph geführt wird, und dieser sich den Brüdern zu erkennen gibt.

Im siebenten Felde, wie Moses die Gesetzestafeln auf dem Berge empfängt, und wie Josua auf halber Höhe zurückbleibt und alles Volk sich ob des Erdbebens, des Blitzes und Donners entsetzt. Und wie es gar voll Erstaunens zu Füßen des Berges steht.

Im achten, wie Josua gen Jericho zog, an den Jordan kam und zwölf Zelte aufschlug. Wie er um Jericho zog, die Posaunen blasen ließ, und wie nach Verlauf von sieben Tagen die Mauern stürzten und Jericho eingenommen ward.

Im neunten, wie David den Goliath tötet und wie das Volk Gottes die Philister schlägt, und wie er mit dem Haupte Goliaths in der Hand heimkehrt, und wie das Volk ihm entgegenwallt, mit Spiel und Gesang und den Worten: Saul percussit mille et David decem milia.

Im zehnten, wie die Königin von Saba mit viel Gefolge Salomonem zu besuchen kommt; sie ist reich geschmückt und viel Volkes steht umher.

Es sind in den Friesen, die innen um diese Geschichten laufen, vierundzwanzig Figuren, und zwischen einem Fries und dem anderen ist immer ein Kopf angebracht, im ganzen vierundzwanzig. Das ist das Sonderlichste meiner Werke, und ich habe an ihm mit größtem Eifer und Kunstwissen geschafft, es auch mit aller Kunst, mit richtigem Maß und Verstand zu Ende gebracht. In den äußeren Friesen an den Türstöcken und dem Gesims läuft ein Ziermuster von Blattwerk, Vögeln und allerhand kleinem Getier, in der Art, wie es sich für einen solchen Zierat schickt. Ferner ist noch ein Karnies [S-förmiges Profil eines Gesimses oder Sockels] aus Erz vorhanden und ebenso ist an der Innenseite der Türstöcke ein flacherhobener Zierat mit großer Kunst gebildet. Und ebenso unten an der Türschwelle ein Ziermuster in feinem Erz.

Lorenzo Ghiberti (1378–1455)

Lo Scoppio del Carro

Unter den traditionellen Festen der Florentiner ist der Scoppio del Carro das verblüffendste. Ein Fest der Kirche, in der Heiliges und Weltliches, Hochamt und Feuerwerk ineinander übergehen.

Der Ursprung dieses Brauches: ein florentinischer Kreuzfahrer brachte aus dem Heiligen Land einen Splitter des Steines mit, der Christi Grab verschloß. Der Splitter wird als kostbare Reliquie im Hochaltar des Doms aufbewahrt. Am Ostersamstag wird symbolisch aus ihm ein Funke geschlagen, den „eine Taube" zum „bel San Giovanni", dem Baptisterium, trägt. Zwischen Dom und Baptisterium aber steht der Carro und beginnt die Volksbelustigung.

Den ganzen Ostersamstag über werden fieberhaft Tribünen vor der Domfassade, dem Campanile Giottos und der Loggia del Bigallo gezimmert. Am Abend versammelt sich ganz Florenz auf der Piazza.

Ein weißes Ochsenpaar zieht den „Carro", ein hohes, mit Bildern und Blumen geschmücktes Holzgebilde, das ringsum mit Feuerwerkskörpern besteckt ist und am ehesten einer chinesischen Pagode ähnlich sieht, auf den Platz zwischen Campanile und Baptisterium. In das Schweigen der Piazza klingt das Glöckchen des Hochamts, das der Erzbischof im Dom zelebriert. In dem Augenblick, in dem das Gloria von dem Altar ertönt, zischt ein Blitz – das mechanische Surrogat der Taube – aus dem Portal, schlägt gegen die Spitze des Carro und entzündet ihn. Indessen der Carro sich in dampfende Rauchschwaden hüllt, knattert, kracht und explodiert, beginnen alle Glocken der Stadt dröhnend zu läuten. Erst jetzt wird es den meisten klar, was ihnen zwei Tage lang gefehlt hatte: das Geläut. Ohne ihre Glocken ist Florenz eine tote Stadt. Seit dem Abend des Gründonnerstag schwiegen sie im Schmerz um Golgatha. Sie sind nach Rom geflogen, sagen die Mütter ihren Kindern. Jetzt sind sie auf einmal alle wieder da und läuten mit jubelndem Gedröhn Christi Auferstehung ein.

Aber nicht nur die Glocken tönen. Die Menschen springen plötzlich alle auf und begleiten mit Triumphgeschrei das prasselnde Feuerwerk. Denn die Überlieferung will es, daß die geglückte Explosion des Carro ein gutes Jahr, Früchte, Korn und Oliven im Überfluß verheißt.

Natürlich wissen es alle, daß der Carro immer explodiert, auch im strömenden Regen. Dafür sorgen die Feuerwerker – und Italiens Feuerwerker lassen sich von niemand etwas vormachen, seitdem Marco Polo als erster diese chinesische Kunst auf europäischen Boden brachte. Wenn es gar zu sehr gießt, haben sie die Knallkörper, die rings um den Carro befestigt sind, in Cellophan gepackt und den Tapfersten ihrer Gefährten in dem hohlen Holzturm versteckt, damit er nachhelfe, wenn die Taube ihren Flug verfehlt.

Monika von Zitzewitz (geb. 1923)

Santa Maria del Fiore und der Campanile

Schneeberg oder Zirkuszelt

Von außen überrascht der Dom noch heute durch seine Massigkeit, die in keinem Verhältnis zu den engen Straßen seiner Umgebung steht. Er lastet in der Mitte der Stadt wie ein großer Schneeberg, den irgendeine Naturkraft hierher versetzt hat, und er ist ja in der Tat eine Art künstlichen Berges, der sich aus der flachen Stadt erhebt und mit dem Felsen von Fiesole, den man in der Ferne erblickt, wetteifert. Im Gegensatz zum Petersdom in Rom, dem man seine Umgebung mit Kolonnaden, Brunnen und einem Obelisken umsichtig ausgeglichen hat, ist der Dom von Florenz etwas, auf das man aufprallt wie auf eine unabwendbare Tatsache, nachdem man sich seinen Weg durch Ladensträßchen, *pasticcerie* und das höllische Verkehrsgewimmel gebahnt hat. Er erschreckt durch seine Größe und überrascht, weil er so festlich aussieht mit seiner ausladenden, reichverzierten Apsis und dem farbigen Kleid aus toskanischem Marmor. Er gleicht einem Berg, aber auch einem bauschigen Zirkuszelt. Im Verein mit dem Baptisterium und dem schönen, von Giotto erbauten Campanile bildet er eine helle Insel in dieser ernsten, bräunlichen Bürgerstadt. Wer die Toskana kennt, ist allerdings an diesen Kontrast schon gewöhnt, denn in allen ihren Städten sind die öffentlichen Bauten und die Wohnhäuser düster, die marmornen Kirchen hell und fröhlich. Im Innern ist Arnolfos Dom sehr edel, hoch und feierlich, mit großen steinernen Pfeilern, die wie Eichen aus dem Boden wachsen und massive Bögen stützen. Diese Bögen sind so gewölbt, daß man sie kaum als Spitzbögen bezeichnen kann. Der prächtige steinerne Raum hat nichts Schwebendes wie gotische Kathedralen. Die aufwärtsstrebenden Linien sind unterbrochen von einer geraden, schmalen Eisengalerie, die ringsherum läuft und die Umrisse des Gebäudes unterstreicht. Ein paar Gedenkbüsten, Uccellos Uhr, die beiden plastisch erscheinenden Ritter zu Pferde, hoch oben in den dicken Wänden runde, tiefe Fensteraugen mit großen farbigen Glasscheiben, eine kleine Bischofsfigur mit segnenden Händen, ein paar verblaßte Bilder auf Goldgrund, ein abgenutztes Fresko Dantes, zwei Statuen des Propheten Jesaia, ein Weihwasserbecken – das ist fast der ganze Inhalt dieses ruhigen, langgestreckten Raumes bis zu der Stelle, wo er in die geräumige achteckige Apsis übergeht, die von düsteren, fast ganz dunklen Kapellen umgeben und von Brunelleschis Kuppel gekrönt ist. Nur die wesentlichen Elemente sind vorhanden, das schützende und das stützende, nur die wesentlichsten Kennzeichen der Anbetung und des Totengedenkens und dazu eine Uhr, die in der Stille die Stunden zählt.

Das Wagnis Arnolfos, des ersten aller großen Florentiner Baumeister, lag nicht nur in dem Ausmaß seines Unternehmens, sondern auch in der entschiedenen Betonung der wesentlichen Elemente dessen, was die Italiener die *membratura,* das Knochengerüst eines Gebäudes nennen. Michelangelo, der letzte Große dieser Kirchenbaureihe, betrachtete die Architektur als der Anatomie verwandt, und in seinem Sinne gleicht der Dom mit seiner unterstrichenen *membratura* einem nackten Körper, dessen Muskeln, Sehnen und Knochenbau zu erkennen sind. Arnolfo war auch Bildhauer, und die Skulpturen, die er für die alte romanische Fassade und das Innere der Kathedrale schuf (man kann sie im Dom-Museum besichtigen), haben eine sonderbare Familienähnlichkeit mit dem Dominnern selbst, so als seien Heilige, Madonnen, Bischöfe und das Gebäude vom gleichen Grenzlandschlag – groß, handfest, unempfindlich.

Arnolfo hatte erst die Apsis vollendet – nach einzelnen Darstellungen war er bis zum Tambour der Kuppel gekommen –, als er starb. Er hinterließ mit seinem unvollendeten Werk ein Problem, das mehr als hundert Jahre lang unlösbar erschien. Wie sollte man über den Riesenraum der Apsis ein Kuppeldach spannen? Es gab keinen Präzedenzfall, weil seit der Antike keine Kuppel von vergleichbarer Größe errichtet worden war. Die Methoden, deren man sich im Altertum bedient hatte, waren nicht bekannt. Man lud Fachleute ein, die ihre Ideen beisteuern sollten. Jemand schlug vor, in der Apsis einen großen Erdhügel aufzutürmen, der mit kleinen Münzen *(quattrini)* gespickt werden sollte. Auf diesem Fundament könnte dann die Kuppel errichtet werden. Den Erdhaufen würde das Volk von Florenz danach freiwillig abtragen, wenn man ihm erlaubte, nach den *quattrini* zu wühlen. Der Hauptvorteil dieses bizarren Planes war, daß er kostenlose Arbeitskräfte für das Abtragen der Erde garantierte. Wenn man sich die nach den Münzen suchenden Florentiner vorstellt, drängt sich unwillkürlich das Bild eines Ameisenhaufens auf. – Die Republik, die so anspruchsvoll war und doch immer Ausgaben scheute, hatte das Problem, Arnolfo zu bezahlen, gelöst, indem sie ihm als Entgelt für seine Arbeit die Steuern erließ.

Im Jahre 1420 wurde für die Kuppel ein Wettbewerb ausgeschrieben, zu dem man Meister aus ganz Italien einlud. Solche Wettbewerbe für städtische Arbeiten fanden in Florenz regelmäßig statt, und gerade kurz zuvor hatte der junge Filippo Brunelleschi sich mit anderen Künstlern um den Auftrag beworben, den zweiten Satz der Bronzetüren für das Baptisterium anzufertigen. Sein Entwurf wurde abgelehnt, und der Preis ging an Lorenzo Ghiberti. Enttäuscht war er – so erzählt die Geschichte – mit Donatello nach Rom gegangen und hatte sich entschlossen, Architekt zu werden, weil er wußte, daß ihn auf diesem Gebiet niemand schlagen würde. Er blieb mehrere Jahre dort und verdiente seinen Lebensunterhalt als Goldschmied. Während dieser Zeit untersuchte er römische Gebäude und widmete besonders dem Pantheon und dessen Kuppel seine Aufmerksamkeit. Als zum Wettbewerb aufgerufen wurde, kehrte er nach Florenz zurück und verkündete, er habe den Weg gefunden, wie man die Kuppel von Santa Maria del Fiore ohne Stützen errichten könne – was nach damaligem Glauben vollkommen unmöglich war.

Mary McCarthy (1912–1989)

Brunelleschis Plan für den Bau der Domkuppel

Die Konsuln, Werkmeister und Bürger, die erwartet hatten, sie würden einen schönen Plan vernehmen, meinten, Filippo [Brunelleschi] habe etwas Albernes gesagt, und machten sich darüber lustig, verspotteten ihn, wandten sich von ihm ab und sagten, er solle von etwas anderem reden, dies sei der Rat eines Toren, wie er selbst einer sei. Beleidigt durch solches Benehmen, antwortete Filippo: „Meine Herren, überlegt, daß es nicht möglich ist, die Kuppel in anderer als in dieser Weise zu wölben, und ob Ihr mich auch verlacht, so werdet Ihr dennoch, wenn Ihr nicht hartnäckig sein wollt, anerkennen müssen, daß sie nur so und nicht anders ausgeführt werden darf und kann. Soll sie errichtet werden, wie ich es meine, so muß sie in weiten Spitzbogen verlaufen und muß doppelt gemauert werden, die eine Wölbung innen, die andere außen, so daß man zwischen beiden gehen kann. An den Ecken der acht Wände muß der Bau durch die Stärke der Steinverzahnungen verbunden werden, und ebenso muß an den Seiten eine Kette von Eichenholz hinlaufen. Ferner ist es nötig, an Treppen und an die Wasserrohre zu denken, durch die der Regen abfließen kann, und keinem von Euch ist eingefallen, darauf zu achten, daß innen das Gerüst zur Mosaikarbeit angebracht werden muß und daß sonst noch eine Menge schwieriger Dinge zu erwägen sind. Ich aber, der ich die Kuppel gewölbt vor mir sehe, weiß, daß es kein anderes Mittel und keinen anderen Weg gibt, sie zu erbauen, als den, welchen ich gezeigt habe." Doch Filippo, der sich im Reden erhitzte und seine Gedanken klarzumachen suchte, damit man ihn verstehen möge, erregte mehr und mehr Zweifel, so daß er immer weniger Glauben fand und für einen Toren und Schwätzer gehalten wurde. Mehrmals wurde ihm gesagt, er solle gehen, weil er es aber nicht tat, ließ man ihn endlich als verrückt von den Gerichtsdienern aus der Versammlung führen, und diese Beschimpfung war schuld daran, daß er später erklärte, er wage nicht, sich in irgendeinem Teil der Stadt sehen zu lassen, aus Furcht, man könnte rufen: „Seht den Narren!"

Die Konsuln blieben in der Versammlung zurück, verwirrt durch die schwierigen Vorschläge, welche die anderen Meister zuerst gemacht hatten, und durch den letzten Rat Filippos, der ihnen albern vorkam. Denn sie meinten, er mache das Werk durch zwei Dinge unausführbar, einmal weil er es doppelt bauen wolle, wodurch es ein übermäßig großes Gewicht bekommen werde, und zweitens, weil er es ohne Verschalung auszuführen gedenke. Filippo dagegen, der so viele Jahre Studien aufgewandt hatte, damit er diesen Bau vollführen könne, wußte nicht, was er tun sollte, und hatte mehrmals die Absicht, von Florenz fortzugehen. Einzig der Wunsch, den Sieg davonzutragen, gab ihm Mut, sich mit Geduld zu wappnen, und er hatte genug gesehen, um zu wissen, daß die Einwohner von Florenz nicht lange fest bleiben. (...)

Darauf wurde beschlossen, Filippo solle das Werk zur Ausführung bringen. Es wurde ihm aufgetragen, die Konsuln und Werkmeister genauer zu unterrichten, und er ging nach Hause und schrieb so offen, wie er nur immer konnte, seine Meinung dem Magistrat in folgender Form auf ein Blatt:

„Da ich, geehrte Herren Obermeister, die Schwierigkeit dieses Baues beachtet habe, finde ich, daß man die Kuppel nicht völlig rund wölben kann. Die obere Fläche, wo die Laterne ist, würde dadurch so groß werden, daß sie sehr bald einstürzen müßte, wenn man eine Last darauflegte, und es scheint mir, daß jene Meister, die nicht an die ewige Dauer dieses Werkes denken, weder auf beständiges gutes Andenken Wert legen noch wissen, wozu sie arbeiten. Ich nun habe mich entschlossen, diese Wölbung innen in Zwickeln nach der Stellung der Wände zu bauen und ihnen das Maß und den Schnitt des Spitzbogens zu geben, denn dies ist ein Bogen, der immer nach oben treibt. Setzt man nun hierauf die Last der Laterne, so wird eins dem anderen Dauer verleihen. Die Dicke des Gewölbes muß unten, wo es anfängt, drei und drei Viertel Ellen betragen, dann sich allmählich verjüngen, bis dahin, wo es sich schließt und wo die Laterne darüber kommt, und hier muß die Dicke ein und ein Viertel Ellen betragen. Von der äußeren Seite wird nun noch ein anderes Gewölbe darüber gebaut, um das innere vor dem Regen zu schützen. Dies wird unten zwei und eine halbe Elle dick und muß wiederum allmählich nach Verhältnis abnehmen, so daß es sich beim Anfang der Laterne schließt wie das andere und in der höchsten Höhe die Stärke von zwei Dritteln seiner unteren Dicke hat. Auf jedem Winkel errichte man einen Strebepfeiler, im ganzen acht, in der Mitte jeder Wand zwei, insgesamt sechzehn, und zwar müssen diese sechzehn Strebepfeiler auf der inneren und äußeren Seite der acht Wände jeder unten vier Ellen stark sein; die bei den Wölbungen lasse man verjüngt gemauert in gleichem Verhältnis nebeneinander hinlaufen bis zur Höhe des runden Fensters, das durch die Laterne geschlossen ist. Man führe die vierundzwanzig Strebepfeiler auf, baue umher die Wölbung und sechs starke und lange Bogen von Sandstein, gut mit verzinntem Eisenwerk befestigt, und bringe über jenem Sandstein eiserne Klammern an, welche die Gewölbe mit den Wandpfeilern verbinden. Am Grund muß man, ohne einen Zwischenraum zu lassen, bis in die Höhe von fünf und ein Viertel Ellen im Vollen mauern, dann die Strebepfeiler weiterführen und die Wölbungen trennen. Der erste und der zweite Kreis von unten müssen überall durch lange, der Quere nach gelegte Sandsteine Festigkeit bekommen, da beide Wölbungen der Kuppel auf ihnen ruhen. Und in der Höhe von neun Ellen zu neun Ellen in der Wölbung bringe man zwischen jedem Pfeiler kleine Gewölbchen an mit Verkettungen von starkem Eichenholz, welche die Strebepfeiler verbinden, die das innere Gewölbe tragen, und überdecke dann diese Eichenholzverkettungen mit Eisenplatten, was wegen der Treppen geschehen muß. Die Strebepfeiler baue man alle von Sand- oder Mergelsteinen und ebenso von Mergelsteinen die Wände der Kuppel bis in die Höhe von vierundzwanzig Ellen, wo sie mit den Wandpfeilern verbunden bleiben. Von da an aber muß mit Backsteinen oder Schwammsteinen gemauert werden, und zwar je nachdem welche der Meister, der das Werk zu vollenden hat, am leichtesten befindet. (...)"

Als Filippo dies geschrieben hatte, begab er sich des Morgens zum Magistrat und übergab sein Blatt den Vorstehern, die das Ganze überlegten. Zwar vermochten sie nicht alles zu verstehen, weil sie aber den kühnen Mut Filippos erkannten und sahen, wie keiner der anderen Meister auf festeren Füßen stand, er hingegen Sicherheit in seinen Reden zeigte und immer dasselbe so wiederholte, daß es schien, als habe er sicherlich schon zehn Kuppeln gewölbt, traten sie zusammen und beschlossen, ihm das Werk zu übergeben.

Giorgio Vasari (1511–1574)

Die Domweihmotette von Guillaume Dufay, aufgeführt am 25. März 1436

Jüngst schmückten Rosenblüten,
Vom Bischof hingeschenkt,
Trotz grimmen Wintersturmes,
Des Domes mächt'gen Bau,
Der fromm und heilig Dir,
Du Himmelsjungfrau, sei geweiht.

Doch heute wird Eugenius,
Als würd'ges Werkzeug unsres Herrn
Und Papst auf Petri Stuhl,
Mit heil'ger Hand und heil'gem Öl
Uns unsern prächt'gen Tempel weihn.

Nun denn, Du hehre Mutter,
Zugleich auch Tochter Deines Sohns,
Du Jungfrau, aller Jungfraun Zier:
Demütig bittet Dich
Dein Florentiner Volk,
Daß, wer an Leib und Seele rein
Um irgend etwas fleht,

Durch Deine gnäd'ge Fürsprach
Und die Verdiente Deines Sohns,
Des Menschgewordnen und Gekreuzigten,
Trost und Erhörung finde
Und einen gnäd'gen Richter einst!

Amen

Guillaume Dufay (um 1400–1474)

Unerschöpfliches Gleichnis

Nicht zu versäumen, auf die Kuppel des Doms zu steigen, war noch ein Rat, den mir W. hinterlassen hatte. Als ich am Morgen des zweiten Festtages durch die sonnige Frühe schlendere, noch unschlüssig, womit meine Besichtigungsreise zu beginnen sei, fällt er mir ein, als ich auf den Domplatz trete, den Blick über die bunte, recht billig wirkende Fassade gleiten lasse – man hat sie im 19. Jahrhundert nach den alten Plänen ergänzt, aber (so schwer begreiflich es ist) wo der alte Campanile kraftvoll und ruhig wirkt, ist die Fassade überladen und schreiend geworden – und ihn zu der Kuppel erhebe, die sich mit ihrer unnachahmlichen, maßvollen Anmut in den blauen Himmel wölbt. Ich gehe durch das mächtige, ein wenig reizlose Mittelschiff zur linken Seite hinüber, wo sich nahe der Vierung ein kleines Pförtchen befindet. Hier beginnt der Weg in die Kuppel hinauf. Der Gesang der Geistlichen schwebt durch den Raum und begleitet mich, während ich eine enge steile Wendeltreppe in der Mauer hinaufzusteigen beginne. Erst ist es ein Auf und Ab, die eintönige Klage, dann nur noch ein geheimnisvolles Summen, und dann umgibt mich das Dunkel des mächtigen Gemäuers. Es geht lange hinauf, bis ich dort, wo die Wölbung der Kuppel ansetzt, auf einen Umgang hinaustrete, der sich im Innern, hart unterhalb der mächtigen Fresken, die sich, ein ganzes Welttheater, über die Wandflächen breiten, schmal und mit steinerner Brüstung rings um den achteckigen Raum zieht. Der Blick in den Kirchenraum ist überwältigend: er öffnet sich mit einer ungeheuren geheimnisvollen Weite, so wie man sich vorstellt, daß der Himmel unserer Erde das Innere einer nicht zu erforschenden Kuppel sei. Langsam umwanderte ich das Achteck, bis zur Gegenseite, wo wieder eine kleine Pforte auf mich wartet. Tief fiel der Blick auf das Mosaik des Bodens hinunter, auf dem sich ameisenklein die Menschen bewegten. Die marmornen Chorschranken unter der Kuppel zeichneten sich mit geometrischer Regelmäßigkeit ab. In ihren Absichten und Zielen unerkennbar zog die schwarze Schar der Geistlichen durch die Weihrauchschwaden aus dem Chor seitwärts in die Sakristei. Mir war, als folge ich einer übermenschlichen Führung durch neue nie betretene Räume, in denen der Seele überall verständliche Zeichen und Winke begegnen.

Wieder stieg ich aufwärts, nun zwischen den beiden Schalen der Kuppel, schmale schräge Treppenwege, steinerne Leitern, die sich der Rundung des Gewölbes anpaßten. Immer steiler ging es dem Schlußstein zu.

Dort, wo ich an der Grenze dieser Welt angelangt war, tat sich eine Pforte auf, und ich trat in die strahlende Sonne hinaus. Wie schön, wie schön, wie schön! Der braunrote Ziegel des Daches hob sich zu mir hinan mit Rippen weißen Marmors, und die Plattform, auf der ich stand, die Laterne, die sich auf ihr erhob, war blendend weißer Stein, kristallinisch, vom Sonnenlicht überrieselt wie von einer klaren Feuchtigkeit. Ringsum, rings unter mir lag die Stadt mit Dächern und Türmen, und tausend Essen rauchten in weichen Schwaden; wie Bänke und Anschwemmungen einer süßen blauen Flut zog der Dunst über die Straßen und Plätze. Dahinter erhoben sich besonnt die Hügel mit dem blinkenden Fiesole auf der Höhe, und wieder dahinter weiße beschneite Berge, bis der Himmel und seine Bläue alle Dinge in sich aufsaugten. Ich saß auf dem angestrahlten Stein im linden Wind, das warme Licht auf Kopf und Schultern, und blies träumerisch den Zigarettenrauch in die laue Luft. O vollkommener Augenblick!

Als ich mich abwandte und wieder in das Dunkel hinabtauchte, wieder den Blick in die kerzenschimmernde, durchduftete Kuppel verlor, sinnend unter den bedeutungsschweren Gestalten des Weltgerichts entlangging, wurde mir dies Innen und Außen ein unerschöpfliches Gleichnis, mich durchdringend, als habe ich eine tiefe Wahrheit erkannt. Wie entsprach es doch dem geheimen Wissen der Seele, sich schauend dem lichten Außen hinzugeben, und doch, in aller Dinglichkeit der Erscheinungen nicht zu ahnen, eine zweite Welt in sich zu tragen, die unendliche Höhlung des Seelenreiches, voll der Bedeutung und des geheimen Sinnes. Wie schien mir der Weg durch Mauern und über Stufen dem menschlichen Wandern gleich, und wie überwältigend endlich die Erkenntnis, daß Innen und Außen geheimnisvoll aufeinander bezogen und zusammengehörig sind. Eine einzige Allegorie wurde mir das Tun dieses Vormittages und nachdenklich trat ich aus der Erztür des Doms.

Karl Eugen Gass (1912–1944)

Die Domfassade wird abgerissen

22. Januar 1587. Donnerstag. – Nachdem am vorangehenden Tage die notwendigen Gerüste errichtet worden waren, begann man heute die reiche und schöne Fassade der Kirche Santa Maria del Fiore auf Anordnung von Benedetto di Buonaccorso Uguccione Quarantotto, dem Vorsteher des Dombauamtes, abzutragen und zu Boden zu reißen. Dieser nämlich hatte, nachdem er die Marmorinkrustationen auf beiden Seiten der Kirche links und rechts, die bisher noch nicht bis zum Dache hochgeführt worden waren, vollendet hatte, seine Absichten geändert. Denn namentlich auf der Westseite, wo die Fassade erst wenig mehr als zur Hälfte ausgestaltet war, wollte er sie nicht mehr weiterbauen lassen. Diese besagte Fassade war in einer deutschen Architektur bis beinahe zur Hälfte ihrer Höhe erstellt worden und voll der schönsten Figuren aus Marmor, die zum Teil von dem berühmten Donatello, zum Teil von anderen Bildhauern jener Tage überaus kunstreich ausgearbeitet und in der schönsten Ordnung aufgestellt worden waren. Das Ganze war aufgegliedert in verschiedene Nischen und Kapellen, die über die ganze Fassade ausgebreitet erschienen, dazu unterteilt und gestützt von wunderschönen, verschiedenartig gestalteten Säulen, von denen einige glatt, andere wieder so gewunden waren, daß die Abwechslung der Marmor- und Porphyrsorten, die Verschiedenartigkeit der Säulen und Figuren ihr ein sehr reiches und schönes Aussehen verliehen, zugleich mit Majestät das Auge des Betrachters erfüllten (...).

Da nun besagter Uguccione die Fassade erneuern, zugleich auch dem Bernardo Buontalenti, einem hervorragenden Architekten und Ingenieur des Großherzogs, gefallen wollte, der den Wunsch geäußert hatte, daß die neue Fassade nach seinem Entwurf gebaut werde, überredete er den Großherzog dazu, daß es gut sei, sie abzureißen und neu zu erbauen, da sie eine sehr alte Sache sei, in einem rohen Stil errichtet, der von den Modernen nicht mehr verwendet würde, und daß eine Erneuerung im Stil der Modernen, und im besonderen nach dem Entwurf des Buontalenti, dem Auge anmutiger und erfreulicher sein werde, auch daß bei diesem Anlaß Seine Hoheit Gelegenheit hätte, die Fassade mit einem großen Wappen der Mediceer zu schmücken, das aus dauerhaftem Material über dem Hauptportal eingemauert werden könnte, wodurch sie für alle Zeiten zu einem Denkmal der mediceeischen Herrschaft würde. Durch dieses und andere Argumente erreichte er vom Großherzog, daß die Fassade erneuert werden sollte, wenn gleich noch nicht festgelegt wurde, nach welchem Modell. Da er nun fürchtete, daß der Großherzog seine Entscheidung bereuen und widerrufen könnte, war er bestrebt, das gottlose Geschäft so rasch wie möglich durchzuführen. Da er darüber hinaus die Sache mit den geringsten Unkosten machen wollte, rief er viele Maurer und Bauunternehmer zusammen, legte ihnen dar, wie sie die Fassade von Santa Maria del Fiore zerstören sollten, und daß jener unter ihnen den Zuschlag bekäme, welcher das billigste Angebot vorlege. Alle boten sich an – dieser zu jenem Preis, der andere zu einem anderen, der billigste von allen aber war einer, der den Auftrag für 225 Scudi übernehmen wollte; ihm wurde er zugeteilt, er hat ihn auch am oben genannten 22. Januar begonnen, wobei man nur die Statuen rettete, die alle geborgen wurden, ehe man mit dem Zerstörungswerk begann. Vier von ihnen wurden in das Innere der Kirche gebracht und an die Stelle von vier Marmoraposteln gesetzt, die dort noch an den zwölfen fehlten, die anderen kamen in die Bauhütte. Dann begann man die schön gearbeiteten Marmorsteine zu zerstören, auseinanderzuschlagen, zu zerschmettern ohne jede Rücksicht, so daß kein Stück als Ganzes geborgen werden konnte, sogar die Säulen wurden in viele Teile zerbrochen, was wahrlich eine große Ruchlosigkeit war, erst die Vernichtung der Fassade, dann die Zerstückelung der Marmor- und Porphyrsteine, die mit so großer Kunst bearbeitet worden waren, daß sie, als Ganzes herabgenommen, als Schmuck vieler anderer Plätze zugunsten des Dombauamtes hätten dienen können, das sie für einige Hundert Scudi hätte verkaufen können. Die Steine der Fassade waren mit einem so guten Mörtel zusammengefügt, dazu so zäh, daß es genau so schwer war, sie zu zerbrechen, als wenn das Ganze aus einem Stück gearbeitet gewesen wäre, eine Tatsache, die das Mißfallen noch gesteigert hat, das jeder empfand, der eine so schöne Arbeit vernichtet werden sah. Viele litten in der Seele beim Anblick der Zerstörung der unglücklichen, so schön bearbeiteten Marmorsteine; es schien ihnen, als zerbrächen die Hammerschläge ihnen das eigene Herz. In somma – es war ein Unternehmen, welches allgemein und von jedem getadelt wurde. Man wunderte sich über den Großherzog, der seine Zustimmung gegeben hatte, und über den besagten Uguccione, der, um dem genannten Buontalenti zu gefallen, sich mit ewiger Schmach bedeckt hat, weil er sich nicht geschämt hat, das Antlitz des Domes seiner Vaterstadt zu zerschlagen, so daß, wenn alle Zungen der Welt sich vereinigten, ihn zu tadeln, sie ihn nicht genug zu schimpfen und zu schmähen vermöchten.

Francesco Settimani (1681–1763)

Der Glockenturm von Giotto

Je mehr man die Werke der Baukunst betrachtet, desto mehr findet man sie geeignet, den allgemeinsten Geist einer Epoche auszudrücken. Hier zu seiten des Doms steht der Glockenturm von Giotto: wahrlich, der Mensch des Mittelalters liebt es in die Höhe zu bauen, er zielt auf den Himmel, seine Höhen erheben sich zu spitzen Gipfeln; wenn dieser Turm hier vollendet worden wäre, würde ihn, der an sich schon eine Höhe von zweihundertundfünfzig Fuß hat, noch ein Glockenturm von dreißig Fuß überragt haben. In diesem Punkte folgen der Baumeister des Nordens und der italienische Baumeister einem gleichen Trieb und befriedigen dasselbe Bedürfnis, aber während der Mensch des Nordens freimütig gotisch seinen Turm mit zarten Randungen und umständlichen Gewinden, mit einer unendlich mannigfachen und unendlich verflochtenen Spitzenstickerei aus Stein besäumt, errichtet der südliche Mensch, welcher durch seine Tendenzen und Erinnerungen zur Hälfte lateinisch ist, einen viereckigen, starken, vollen Pfeiler, an dem der gemäßigte Schmuck den allgemeinen inneren Bau nicht verdeckt, und welcher kein gebrechliches, gemeißeltes Zierstück ist, sondern ein festes, dauerhaftes Gebäude, das seine Bekleidung aus rotem, schwarzem und weißem Marmor mit königlicher Pracht umgibt und das durch seine gesunden, lebendigen Bildsäulen und seine von Medaillons umrahmten Reliefs an die Friese und Giebel der antiken Tempel erinnert. In diese Medaillons hat Giotto die Hauptpunkte der menschlichen Zivilisation gemeißelt: die Überlieferungen Griechenlands neben die Judäas, Adam, Tubal, Kain, Noah, Dädalus, Herkules und Antäus, die Erfindung des Ackerbaus, das gezähmte Pferd und die entdeckten Künste und Wissenschaften: der weltliche und philosophische Geist lebt bei ihm frei dicht neben dem theologischen und religiösen. Sieht man in dieser Wiedergeburt des vierzehnten Jahrhunderts nicht schon die des sechzehnten? Um von der einen zu der anderen zu gelangen, brauchte die erste Geistesart nur die Herrschaft über die zweite zu gewinnen; nach Verlauf von hundert Jahren sieht man in der Bekleidung der Kirche, in den Bildsäulen Donatellos, in jenem so ausdrucksvollen *Kahlkopf* und in dem Gefühl für das wirkliche, natürliche Leben, welches bei den Goldschmieden und Bildhauern hervorbricht, den Beweis, daß die unter Giotto begonnene Umwandlung schon vollendet ist.

Hippolyte Taine (1828–1893)

Inschrift für Giotto

Sieh hier mich, durch den die Malkunst wieder erblüht ist –
Dessen treffliche Hand leicht sie zum Leben geweckt!
Nichts war in der Natur was meine Kunst nicht umfaßte –
Keiner vermochte mehr – Keiner zu malen wie ich!
Staunest du über den Turm, der vom heiligen Erze ertönet?
Jenen erhob mein Plan bis zu den Sternen hinauf.
Giotto bin ich! Genug – Was soll man dies alles dir melden?
Klingt doch mein Name allein schon wie ein langes Gedicht!

Angelo Poliziano (1454–1494)

ZWISCHEN DOM UND PIAZZA DELLA SIGNORIA

Dante-Viertel

Dantes Haus

Or San Michele gegenüber biegt man in eine schmale Seitenstraße, an die sich eng ineinanderverschlungen eine Menge kleinster Gäßchen schließen, deren schmale, düstere, halbverfallene Häuserchen gar traurig aussehen neben den Palästen des Mittelalters und den heitern, luftigen Wohnungen der Jetztzeit auf dem Corso. Vor einem jener alten Häuser aber weilt der Fuß des Fremden, und mit ehrerbietigem Schweigen blickt man das Gebäude an. Es hat nur zwei Fenster Breite, es ist nur wenig Stockwerke hoch, ein schlichtes, spitzes Giebeldach legt sich unschön darüber, und die niedrige, enge Haustür sieht sehr ärmlich aus. So schmal ist die Straße, daß kaum an den schönsten Sommertagen ein lichter Sonnenstrahl in jene Fenster dringen mag, daß kaum ein Sternbild sichtbar wird zwischen diesem traurigen Gemäuer. Und doch ist ein strahlender Stern hervorgegangen aus dem düstern Hause, ein Stern, der noch heute hell herüberleuchtet aus dem Dunkel der Vergangenheit.

Über der engen Tür ist, in Sandstein gemeißelt, ein halb zerstörtes Wappen sichtbar, und darunter liest der Fremde auf einer Marmortafel: „In questa casa degli Alighieri nacque il divino poeta" (In diesem Hause der Alighieri ward der göttliche Dichter geboren).

Fanny Lewald (1811–1889)

Geburtsort des Dichters

Ich bin geboren und erwachsen
In jener großen Stadt am schönen Arno (…)
Inf. 23,94f.

Dante Alighieri (1265–1321)

Der Bargello

Trotzige Atmosphäre des Mittelalters

Ich gehe durch die Höfe und wende mich links zum Bargello, dem gotischen Palazzo del Podestà aus dem 13. Jahrhundert. Auch dieses mächtige Bauwerk umwittert die trotzige Atmosphäre des kriegerischen Mittelalters, und der Innenhof mit den Zinnen der Firste, den Geschlechterwappen an den Wänden aus grobem Haustein, der Freitreppe, die ins erste Stockwerk hinaufführt, und den gewölbten Hallen des Umgangs macht einen unvergeßlichen Eindruck. (…)

Das Schönste in diesem Nationalmuseum ist der hochgewölbte Hauptsaal mit seiner blauen gotischen Decke, in dem die Bildwerke Donatellos aufgestellt sind. Kunstgeschichtlich vermag ich ihn nicht einzuordnen. Der Deutsche fühlt sich an die Nürnberger Bronzegießer erinnert, nur ist hier alles süßer und zugleich strenger, rassiger. Es ist eine köstliche Vereinigung gotischer Anmut und Beseeltheit, auch Manieriertheit mit einer klassisch freien Haltung. Der berühmte Bronzedavid hat mir nie gefallen, auch jetzt nicht – er erscheint mir unedel und gezwungen; dagegen ein anderer David aus Marmor, an den heiligen Georg erinnernd, der an der rückwärtigen Wand steht, ist von höchster Anmut und Eleganz. Bezaubernd, wie sich der Oberkörper in wundersamer Drehung über den schlanken Beinen erhebt; es ist ein beglückender Eindruck, sobald man die Figur umschreitet, und dies ist für mich stets der entscheidende Maßstab: eine Plastik prägt sich mir ein, wenn sie sich wie eine Partitur für den Betrachtenden entfaltet. Von den unbarmherzig realistischen Tonbüsten Donatellos befindet sich ein vollendetes Beispiel in dem Saal

(...), aber seine Wirkung wird diesmal übertroffen von der reinen Schönheit der großen Figuren, die ich noch gar nicht kannte. In den andern Räumen finden sich ergänzend Bronzen der andern großen Bildhauer, Verrocchios, Cellinis, Pollaiuolos, und eine unendliche Fülle an Kunsthandwerk, Elfenbein und Goldschmiedearbeiten, Majoliken, wunderbare Plaketten – ein Jammer, daß sie M. nicht sehen kann! Im Erdgeschoß ist dann noch ein Michelangiolosaal, der mich beschenkt entließ. Das Hauptstück ist der trunkene Bacchus – von einer üppigverführerischen Leiblichkeit; und jene erotische süße Glut, die um diese weichen göttlichen Glieder schwebt wie ein Duft, wurde verstärkt durch die Nachbarschaft einer Leda, von Ammanati nach Michelangiolo, die sich in benommener Schamlosigkeit dem Gotte hingibt.

Karl Eugen Gass (1912–1944)

Orsanmichele

Der Bau von Orsanmichele

Nach Florenz zurückgekehrt, setzte Taddeo Gaddi für die Kommune die Tätigkeit an der Opera Orsanmichele fort; er fundamentierte die Pilaster der Loggien von neuem und mauerte sie aus gut zugerichteten, schön behauenen Steinen, während sie früher von Backsteinen gewesen waren, ohne im übrigen den Plan des Arnolfo irgendwie zu ändern, der bestimmt hatte: daß über der Loggia ein Palast gebaut werden sollte, mit zwei Wölbungen, zum Bewahren der Kornvorräte, die das Volk und die Kommune von Florenz aufspeicherten.

Orcagnas Arbeit am Orsanmichele

Leicht hatten die Männer der Compagnia von Orsanmichele aus Almosen und Stiftungen an die Madonna infolge des großen Sterbens von 1348 viel Geld zusammengebracht; sie beschlossen also eine Kapelle oder vielmehr ein Tabernakel zu errichten, nicht nur aus Marmor und anderen kostbaren geschnittenen Steinen aufs reichste und prunkvollste geziert, sondern auch mit Mosaiken und Bronzen geschmückt, kurz, was man nur wünschen konnte, damit es alles überbiete, was bis auf den Tag in diesen Dingen an Technik, Material und Glanz geleistet worden war. Orcagna, der ausgezeichnetste unter den lebenden Künstlern, erhielt den Auftrag für das Ganze; er machte viele Pläne, bis endlich einer den Leitern gefiel, als der beste von allen. Sie übergaben ihm die Arbeit und überließen alles seinem Urteil und seiner Sachkenntnis. Er gab alle übrige Arbeit an verschiedene Meister der Steinbildnerei ab, die er aus mehreren Orten herberufen hatte, und widmete sich mit seinem Bruder ganz den Marmorfiguren für das Werk. Als alles fertig war, ließ er Mauern und alles vorsichtig zusammensetzen, ohne Kalk, mit eingebleiten Kupferschienen, damit der glänzende, polierte Marmor nicht fleckig wurde. Das gelang ihm so, zu Nutz und Frommen aller, die nach ihm kamen, daß, wenn man das Werk betrachtete, es dank der von ihm gefundenen Verbindung und Zusammenfügung erscheint, als sei das ganze Tabernakel aus einem einzigen Marmorblock geschnitten. Obgleich es deutschen (gotischen) Stil zeigt, hat es innerhalb dieser Stilart doch so viel Grazie und Proportion, daß es den ersten Rang einnimmt unter den Kunstwerken ihrer Zeit.

Curt Sigmar Gutkind (1896–1940)

Piazza della Repubblica

Caffè Giubbe Rosse

Es wird langsam schwierig, ein Literatencafé der Vorkriegszeit einigermaßen glaubwürdig darzustellen, die Atmosphäre wiederzugeben, in die jenes typische Gemisch aus Nichtstun und Eifer entweder Stillstand oder Leben brachte, die Plätze an den Marmortischen und auf den roten Samtsofas gerecht zu verteilen, auf denen sich rastlose Ungeduld, gelassenes Warten und Erschöpfung ein Stelldichein gaben, wobei sie bald zusammenprallten, bald einander friedlich die Absolution erteilten, denn die allgemeine Solidarität war auch ein Werk der Institution (so etwas war nämlich das Café), der einzigen im übrigen, in der sich damals ein Künstler, Literat oder gebildeter Mensch nicht isoliert zu fühlen brauchte. Und die

Giubbe Rosse waren das berühmteste Café dieser Art in ganz Italien. Dort hatten seit Beginn des Jahrhunderts viele Persönlichkeiten ersten Ranges das große Wort geführt und ihr Publikum gefesselt, dort hatten oftmals die langen Streitgespräche um etliche „Ismen" stattgefunden, dort waren, abgesehen von einigen kurzen, seltenen Pausen der Lethargie bewegte Jahre aufeinander gefolgt, und doch bewahrte sein merkwürdig vielfältiges Bild als nationale Zusammenkunft, als angenehmer Treffpunkt für Literaten und Künstler nach Feierabend, als ein Ort des Denkens, der Verschwörung, des Trainings und des Aufenthalts für die Habitués immer noch die alte Frische. ·

So erschien es mir jedenfalls 1936 oder 1937, als ich anfing, dort zu verkehren. Ich war gerade zwanzig, und natürlich waren meine Neugier und der Wunsch nach Auseinandersetzung größer als die Lust auf ein zeremonielles Beisammensein, um so mehr, als auch andere Schriftsteller, damals alle oder zum großen Teil noch *in spe*, dasselbe suchten, wenn sie, von der Vorahnung oder dem Willen beseelt, es müsse innerhalb der Sprache oder des Geistes etwas Neues entstehen, durch die gläserne Drehtür traten. Es waren Vittorini, Bilenchi, Landolfi, Delfini, Gatto, Pratolini, Bo, Parronchi, Traverso, Macrì, Bigongiari. Diese neue Welle holte die alte Garde von Künstlern und Schriftstellern ein, ohne sie zu überrollen. Diese ruhten sich nun schon in der relativen Windstille ihrer Reife aus, doch obwohl ihnen gelungen war, etwas Bedeutendes zu schaffen, standen sie abseits der Öffentlichkeit, waren selbst aus der faschistischen Öffentlichkeit ausgewiesen. Das waren Montale, Gadda, Loria, Bonsanti, Raffaello Franchi, Rosai, Capocchini, Colacicchi, Vieri Nannetti, Sebastiano Timpanaro. (...)

Die Stadt bot keine fabelhaften Attraktionen: einige Kinos mit Varieté, einige Nachtlokale verschiedener Güte, sonst gab es nichts, wo jüngere Leute sich hätten amüsieren können, die zu den Salons der Bourgeoisie keinen Zutritt hatten oder haben wollten, in denen man die älteren zum Teil empfing. Theater und Konzerte galten als zu institutionell, wurden von wenigen und selten besucht. Deshalb endete der Abend oft, wo er angefangen hatte, das heißt an den Tischen der *Giubbe Rosse.*

Mario Luzi (1914–2005)

Piazza della Signoria

Weltliche Kunst ins Feuer!

Man weiß von der Prozession am 21. Februar 1497. Sie ist die unselige fanatische Stelle in der Geschichte des Volkstribunen [Savonarola] von Florenz. Da trug man in feierlichem Aufzuge mit Pauken und Trompeten alle Sinnbilder der Weltkunst auf den Platz der Stadt. Dort nämlich erhob sich ein vielarmiger pyramidalisch zugespitzter Baum; aufgehängt waren daran die Porträts der schönsten Weiber von Florenz, Meisterwerke der Malerei, schöne Nacktheiten der Kunst, Skulpturen von Göttern und Göttinnen, Notenbücher, Harfen, Lauten, Cymbeln und Geigen, Karten, Kleider von Sammet und Seide, die köstlichsten Arbeiten von Gold und von Elfenbein, und man sah auch die Gedichte des Petrarca und des Boccaccio an den Zweigen hängen. Die Diener jenes jüngsten Gerichts, das hier über die Weltlust ergehen sollte, hatten die Häuser durchsucht, oder man hatte im Eifer, Buße zu tun, Kunstwerke und Kostbarkeiten jeder Art freiwillig ausgeliefert. Ein Venetianer, ein Kaufmann, der gerade in Florenz anwesend war und über das moralische Wesen des Schönen sehr wenig nachdachte, kam bei so unerwartetem Anblick auf den Gedanken, daß es besser wäre, diese vortrefflichen Handelsgegenstände zu verkaufen als zu verbrennen. Er bot also für die gesamte Welteitelkeit die mäßige Summe von 20000 Skudi. Hierauf ließ die Signorie den Mann ohne weiteres ergreifen, auf einen Stuhl setzen und von einem platonischen Maler in seiner ganzen Natürlichkeit abkonterfeien; sein Porträt aber wurde zur Auszeichnung so frevelvoller Weltlichkeit auf die Spitze des Scheiterhaufens gestellt. Also verbrannte man diesen Baum mit allen seinen Schätzen unter dem Jubel des Volks. Das geschah auf demselben Platze, auf welchem Savonarola selbst ein Jahr später verbrannt wurde.

Ferdinand Gregorovius (1821–1891)

Savonarola wird hingerichtet

Und nach vielen Qualen und Foltern wurde Bruder Girolamo schließlich angekündigt, daß er sterben müsse; und dasselbe wurde den beiden anderen gesagt. Und als sie nach der Beichte verlangten, ließ man drei Benediktinermönche in ihren schwarzen Kutten kommen, die jeweils einem die Beichte abnahmen; und dann empfingen sie in größter Andacht die Kommunion. Und Bruder Girolamo gab sie sich selber, und als er das Sakrament in seiner Hand hielt, sprach er folgende Worte: „Herr, ich weiß, daß du der wahre Gott bist, Schöpfer der Welt und der menschlichen Natur. Ich weiß, daß du die vollkommene Dreifaltigkeit bist, unsichtbar und untrennbar, unterschieden in drei Personen, Vater, Sohn und Heiliger Geist. Ich weiß, daß du das ewige Wort bist, das vom Himmel auf die Erde herabgestiegen ist im Leib der Jungfrau Maria, du bist auf das Holz des Kreuzes gestiegen, um dein kostbares Blut für uns arme Sünder zu vergießen. Ich bitte dich, mein Tröster, daß dieses so kostbare Blut für mich nicht vergeblich vergossen sei, vielmehr zur Vergebung aller meiner Sünden, für die ich dich um Vergebung bei Gott bitte, der ich das Wasser der Heiligen Taufe bis zu diesem Augenblick erhalten habe; und ich bekenne dir, Herr, meine Schuld. Und so bitte ich dich um Vergebung für das Unrecht, das ich dieser Stadt und diesem ganzen Volk in geistlichen und weltlichen Dingen zugefügt habe, und ebenso in allem, was ich von mir aus nicht als Irrtum erkannt habe. Und demütig bitte ich all die Personen, die mich hier umgeben, um Vergebung; mögen sie Gott für mich bitten, daß er mich stark mache am Ende und daß der Feind keine Gewalt über mich habe (...)." Und als er das gesagt hatte, nahm er das heiligste Sakrament.

Man sagt, daß alle drei, als sie die Nachricht erhalten hatten, daß sie sterben müßten, keine Regung zeigten und kein Wort dazu sagten. Nach der Kommunion bat Bruder Girolamo, mit seinen Gefährten sprechen zu dürfen; und weil es Gott gefiel, erwies er ihm diese Gnade. Und nachdem sie ein wenig darüber gesprochen hatten, traten Bruder Domenico und Bruder Silvestro einige Schritte zurück, warfen sich vor dem Pater auf die Knie und wünschten sich seinen Segen.

Dann wurde ihm die Kutte ausgezogen. Darauf wurde ihnen eine weitere Gnade erwiesen: als ihm die Fesseln abgenommen worden waren, hielt er die Kutte in diesem letzten Augenblick eine Weile in seinen Armen und sagte: „Heiliges Gewand, wie habe ich mich nach dir gesehnt! Gott hat dich mir gegeben, und bis zur Stunde habe ich dich unversehrt bewahrt, und jetzt würde ich mich nicht von dir trennen, aber du bist mir genommen worden."

Es wurde ihm nie gesagt noch fragte er danach, welchen Tod er sterben müsse, bis er selber den vorbereiteten Galgen auf dem Platz sah.

Die Signoria hatte an der Rednerbühne am Fuß des Stadtpalastes eine Tribüne machen lassen, um die drei Patres ihrer Würden zu entkleiden; und von da aus ging eine andere Tribüne von der Rednerbühne ab gegen den Platz, an deren Ende ein Holz oder vielmehr ein Pfahl in die Höhe ragte, auf dessen Spitze ein Kreuzbalken war, dessen Ausmaß jedoch nicht sehr groß war; denn als die Gegner es bemerkten, ließen sie davon an jeder Seite etwas wegnehmen, damit es nicht jenem Christi gleich wäre, aber trotzdem war es doch ein Kreuz wie vorher; und an seinem Fuß waren viele Pfähle wohl aufgeschichtet mit andern brennbaren Dingen. Und diese Vorrichtung hatte man unter Gewaltanwendung herstellen lassen von vielen armen Handwerkern und anderen, die an den Pater glaubten und an seine Lehre, indem man sie zwang, Holzwerk und Balken herbeizutragen soviel man brauchte, und es wurden ihnen – als Bezahlung – tausend böse Worte gesagt.

Nachdem dann die drei Patres vor den Kommissar des Papstes geführt worden waren und vor den Bischof de' Pagagnoti und den General des Dominikanerordens, um sie ihrer Würden zu entkleiden – und es waren auch einige Kanoniker von Santa Maria del Fiore da, von denen einer Messer Nerotto hieß, ein verdorbener Mensch, der im Konkubinat lebte und ein ganz schlechtes Leben führte –, da begann – nachdem sie ihres Habits schon entkleidet waren – der besagte Bischof die üblichen Zermonien vorzunehmen. Da er aber in einigen Dingen Fehler machte, mußte ihn der Pater, Bruder Girolamo, berichtigen; und als er dann sagte, daß er ihn von der streitenden und triumphierenden Kirche scheide, nahm der Pater, Bruder Girolamo, noch einmal das Wort und sagte – Monsignore, Sie irren sich, Sie haben nämlich nur zu sagen „von der streitenden": „von der triumphierenden", das steht bei Gott. – Und so fing der gute Bischof noch einmal an.

Nachdem sie degradiert waren, trat Romolino vor und verkündete das Urteil, mit dem er sie alle drei zum Tod verurteilte als Häretiker und Schismatiker; und dennoch hatten sie kurz vorher gebeichtet und kommuniziert, etwas, das dem Häretiker- und Schismatiker-Sein widerstreitet. (…)

Dann wurden sie an den Fuß des Kreuzes geführt, und zuerst wurde dem Bruder Silvestro der Strick um den Hals gelegt mit einem eisernen Kragen; dann wurde das gleiche dem Bruder Domenico von Pescia getan; und zuletzt dem Pater, Bruder Girolamo. Und in derselben Ordnung wurden sie aufgehängt, einer nach dem anderen. Und sofort legte man Feuer an den Scheiterhaufen, und so wurde aus ihnen Staub und Asche gemacht, obwohl man einige Reliquien von ihren Gebeinen bekam, wie es Gott gefiel. Nachdem die Gegner bemerkt hatten, daß einige – Männer und Frauen – heimlich besagte Asche sammelten, kamen einige Stabträger von seiten der Signoria, um die Leute zu entfernen; nachdem man dann Karren hatte kommen lassen, ließen sie alle jene Asche auf den Ponte Vecchio bringen und in den Arno schütten, von der Mitte der Brücke.

Simone Filipepi (1444–?)

Kunstwerke, dem Blick des Volkes zugänglich

Das eigentliche alte Florenz erscheint nirgend stattlicher und schöner als auf der Piazza del Gran Duca [Piazza della Signoria], wo der ernste, finstere Palazzo Vecchio (der alte Palast) mit seinem Turme, den krenelierte [mit Schießscharten versehene] Zinnen schmücken, wie ein Symbol des Mittelalters dasteht. Ein bedeckter Gang führt aus diesem Palaste durch den anstoßenden Palast der Uffizien straßenweit über Häuser und Brücken fort bis zum Palazzo Pitti, den Herrschern die Flucht möglich zu machen, wenn das Volk sie angriff und sie in ihren Schlössern belagerte. Im Palazzo Vecchio zeigt man noch heute das Fenster, durch das sich einer der Mediceer auf den Platz herabließ, als man sie aus Florenz verbannte und ihr Leben durch die Eifersucht der anderen Geschlechter bedroht ward. Aber nicht nur die kriegerische Seite des Mittelalters offenbart sich auf diesem Platze, in diesem festungsartigen Palast, auch der Kunstsinn, der im Frieden erblühte, gibt sich hier darum so erfreulich kund, weil die Kunstwerke nicht in Kabinetten aufgespeichert sind, wo man sie selten anzusehen vermag, sondern frei und offen dastehen auf den Plätzen, in den offenen Hallen, dem Blick des Volkes zugänglich und wirksam auf seinen Geschmack.

Vor dem Palaste selbst stehen zwei Kolosse aus Marmor: Bandinellis Herkules, welcher den Cacus tötet, und der David Michelangelos, der trotz seiner Schönheit in seiner starren, kolossalen Körperlichkeit doch keinen erfreulichen Eindruck macht. Auch ist er unbiblisch gedacht. Der Knabe David zog aus, den Goliath zu töten, stark durch Gottvertrauen, durch die geistige Kraft, in der er sich für den von Gott Erwählten hielt. Dieser David aber sieht nicht wie ein Knabe, sondern wie ein Herkules aus und hätte nicht nur mit Gottvertrauen und der Schleuder, sondern in ganz ehrlichem Kampfe es mit dem Riesengegner wagen dürfen.

Zur linken Seite des Palastes wird ein kolossaler Neptun in einem Springbrunnen von vier mächtigen Seepferden gezogen, den Tritonen umringen. Ein wenig mehr nach der Mitte des Platzes, in dessen Ecke der Palazzo Vecchio liegt, steht die Reiterstatue Cosmus des Ersten von Johann Bologna – und hier, zwischen dem schönen Springbrunnen und dem Standbilde des Cosmus, ward der Scheiterhaufen geschichtet, in dessen Flammen Savonarola, der Mönch, der mutige Kämpfer auf dem Gebiete religiöser Wahrheit, sein Leben endete.

Das erscheint doppelt betrübend an dieser Stelle. Wenn man die Kraft des Menschengeistes in der schönen Wirksamkeit betrachtet, in der er selbstschöpferisch dem toten Stein ein göttliches Leben einzuhauchen vermag, wenn man sich vor den Seelen beugt, die diese Kunstwerke erschufen, so mag man ungern daran erinnert werden, wie aus der Liebeslehre des göttlichsten Menschen das Gift geschöpft ward, mit dem man seit fast zweitausend Jahren die Seelen verpestet zu Haß und Fluch und Mord.

Zur Rechten, im Vorgrund des Palazzo Vecchio, ist eine offene Halle, die Loggia dei Lanzi. Wie schlanke Blütenstengel steigen die Säulen empor und tragen leicht die zierlich gewölbte Decke, unter deren Schutze die schönsten Statuen vor dem Wechsel der Witterung geborgen sind. Da stehen, der Straße zunächst, in den vorderen Bogen der Halle Donatellos Judith, der Perseus des Benvenuto Cellini, siegreich das blutende Haupt der Meduse in der erhobenen Hand, neben dem Raub der Sabinerinnen von Johann Bologna. Dahinter sieht man Werke der Römer und Griechen, und hier, in diesem durch die Kunst geweihten Raume, war es, wo die Volksredner zur Zeit der Republik zum Volke sprachen.

Fanny Lewald (1811–1889)

Fleischeslust

Die Piazza ist der Duschraum der Jahrhunderte, wo sich Götter und Helden nackt zur Schau stellen, ihre riesigen Genitalien zeigen, sich ihrer Siege rühmen und ihre Trophäen vorführen. Es ist kein Ort für Frauen. Die in den Statuen dargestellten Frauen sind lauernde Gespenster männlicher Hysterie oder männlichen Verlangens. Polyxena und die vergewaltigten Sabinerinnen sind zu Stein gewordene sexuelle Prahlerei. Judith, die Holofernes umklammert, um ihm den Kopf abzuschneiden, ist steingewordene sexuelle Angst. Als wären es mütterliche Ratschläge, fristet eine Reihe von Tugenden ihr Dasein unbeachtet im Schatten der Loggia. Ein Zwitterwesen, halb Frau, halb Baum, ist das Pin-up-Girl der Piazza. Ihr schwarzes Feigenblatt zieht wie ein Fluchtpunkt die gesamte Aufmerksamkeit auf sich, ihre Flucht vor der Fleischeslust stimuliert erst, was sie abzuwehren sucht.

Nachts wird dieser Eindruck noch verstärkt. Die Fackeln am Palazzo Vecchio verleihen den Steinen einen strahlenden Glanz, als hätte das Licht sie geschmolzen. Um diese Uhrzeit genügt der Anblick von Neptun, seine schlüpfrige weiße Nässe, um einem den

Mund wäßrig zu machen. Man betrachtet ihn und begreift endlich, warum die Bildhauer sich an den Blöcken aus weißem Carrara-Marmor abmühten. Man würde am liebsten die Schuhe ausziehen, durch den Brunnen waten und mit den Fingernägeln an den grünen Algen auf seinem Körper kratzen.

David Leavitt (geb. 1961)

Michelangelo erweckt einen Toten zum Leben

Einige Freunde aus Florenz schrieben ihm, er solle dorthin kommen; es sei möglich, daß er den Marmorblock erhalten könne, der verhauen im Domhof liege und den Piero Soderini, damals auf Lebenszeit zum Gonfaloniere der Stadt ernannt, wie er oft geäußert hatte, an Leonardo da Vinci schicken wollte. Zur Zeit bemühte sich Meister Andrea Contucci dal Monte Sansovino, ein trefflicher Bildhauer, darum. Es war sehr schwer, eine Statue daraus zu arbeiten, ohne daß man Stücke ansetzte, und keiner hatte Lust und Mut dazu außer Michelangelo, der sich den Block schon viele Jahre vorher gewünscht hatte und, sobald er in Florenz war, ihn zu bekommen versuchte. Er war neun Ellen hoch, und ein Meister Simone aus Fiesole hatte unglücklicherweise angefangen, eine Kolossalfigur daraus zu verfertigen, ihn dabei aber so übel zugerichtet, daß zwischen den Beinen ein Loch durchgehauen und er ganz verdorben und verstümmelt war. Deshalb hatte die Domverwaltung von Santa Maria del Fiore, welche die Aufsicht über solche Dinge führte, sich nicht um die Vollendung gekümmert und den Block beiseite gestellt, wo er nun seit Jahren stand und wohl auch weiter geblieben wäre. Michelangelo aber maß ihn von neuem und prüfte, ob er eine Figur daraus schlagen könnte. Und indem er sich mit der Stellung nach der Form des von Simone verstümmelten Marmors richtete, beschloß er, das Stück von der Dombauverwaltung und von Soderini zu erbitten. Sie gaben es als nutzlos, überzeugt, was er auch aus ihm schaffe, werde besser sein als der Zustand, in dem der Block sich jetzt befand, wo er weder geteilt noch ganz dem Bau irgendeinen Nutzen bringen konnte. Danach formte Michelangelo ein Modell aus Wachs, in dem er einen jungen David mit der Schleuder in der

Hand als Wahrzeichen des Palastes darstellte. Dies sollte andeuten, daß, wie jener Held sein Volk verteidigt und gerecht beherrscht habe, auch die Gebieter der Stadt in ihrer Verteidigung Mut und in ihrer Regierung Gerechtigkeit zeigen möchten. Er begann die Statue in der Bauhütte von Santa Maria del Fiore auszuführen, machte sich gegen die Mauer einen Bretterverschlag rings um den Marmor, bearbeitete diesen ohne Unterlaß und führte sein Werk vollständig zu Ende, ohne daß irgend jemand es sah. Der Marmor war, wie gesagt, verhauen und verdorben und genügte an einigen Stellen den Absichten Michelangelos nicht. Darum richtete er es ein, daß an den äußeren Enden des Steins einige von Simones ersten Meißelstrichen blieben, die man teilweise noch jetzt sieht. Aber gewiß war es ein Wunder von Michelangelo, einen, der bereits zu den Toten gezählt wurde, wieder zum Leben aufzuerwecken.

Als die Figur fertig und zu äußerster Vollkommenheit gebracht war, entstand allerhand Streit, wie man sie nach dem Platz der Signoren bringen könne. Deshalb fertigten Giuliano und Antonio da Sangallo ein starkes Holzgerüst, befestigten die Statue mit Tauen daran, so daß sie nicht anstoßen und zerbrechen, sich vielmehr stets leicht wiegen konnte, schafften sie mit flachen Balken an der Erde und mit Winden vorwärts und stellten sie – im Jahre 1504 – auf. An dem Tau, an dem die Figur hing, war ein Knoten verschlungen, der leicht herabglitt und sich zusammenschnürte, wenn die Last ihn niederzog – eine schöne, sinnreiche Erfindung, die bewunderungswürdige Sicherheit gewährt und geeignet ist, Lasten aufzuheben.

Während der Aufstellungsarbeiten trug es sich zu, daß sie Piero Soderini ansah, während Michelangelo noch einiges daran nachbesserte; sie gefiel jenem sehr wohl, doch bemerkte er, die Nase der Figur scheine ihm zu dick. Michelangelo, der wohl sah, daß der Gonfaloniere unter der Statue stehe und deshalb keine richtige Ansicht des Werkes haben könne, stieg, um ihn zufriedenzustellen, auf das Gerüst neben den Schultern, nahm schnell in die linke Hand einen Meißel und von den Brettern des Gerüstes ein wenig Marmorstaub und fing sodann an, den Meißel leise zu rühren und ließ dabei den Staub langsam niederfallen, ohne an der Nase irgend etwas zu verändern. Darauf schaute er nieder nach dem Gonfaloniere, der ihm zusah, und sagte: „Betrachtet ihn nun!" – „Was mich anlangt", antwortete dieser, „so gefällt er mir besser, Ihr habt ihm Leben gegeben!" – Und Michelangelo stieg herab, mitleidig lächelnd über Leute, die sich das Ansehen geben, Kenner zu sein, während sie nicht wissen, was sie sagen.

Als das Werk aufgestellt war, enthüllte es Michelangelo, und es ist wahr, daß es alle modernen und antiken Statuen um ihren Ruhm brachte. Die Umrisse der Beine sind hier einzig schön, die Gelenke und die Schlankheit der Hüften sind göttlich, und nie hat man eine so liebliche Stellung gesehen noch eine Anmut, die dieser gleichkommt, noch Füße, Hände und Kopf, die an Güte, künstlerischer Ausführung, Ebenmaß und Linienführung in allen Teilen so wohl übereinstimmen. Michelangelo erhielt für diese Statue von Piero Soderini einen Lohn von vierhundert Skudi.

Giorgio Vasari (1511–1574)

Kolossaler Marmorknabe

Der David von Michelangelo ist mir eine der liebsten Sachen in Florenz. Ich kann Euch den kolossalen Marmorknaben nicht beschreiben. Es liegt eine kolossale Macht in dem Kerl, und diese einfache Schönheit in dem jungen Leibe ist was Hinreißendes, ich stehe immer wie versteinert vor dem Kerl. Denkt Euch nun den kolossalen Palazzo Vecchio dahinter, ein wahrer Berg, an der Seite die herrliche Loggia mit den herrlichsten Statuen anderer Italiener, die ich nicht einzeln nennen will. Der kolossale Platz davor, ja da vergeht einem Hören und Sehn.

Adolf von Hildebrand (1847–1921)

Spott über Herkules und Kakus

So folgten wir dem Herzog, bis er in ein Zimmer kam, wo er sich niedersetzte. Bandinell [der Bildhauer Baccio Bandinelli] und ich standen zu seiner Rechten und Linken. Ich hielt mich still, und die Umstehenden, verschiedne Diener Seiner Exzellenz, sahen den Bandinell scharf an und lächelten manchmal einer zum andern über die

Worte, die ich in den Zimmern oben gesagt hatte. Nun fing Bandinell zu reden an und sagte: Als ich meinen Herkules und Kakus aufdeckte, wurden mir gewiß über hundert schlechte Sonette darauf gemacht, die das Schlimmste enthielten, was man von einem solchen Pöbel erwarten kann. Gnädiger Herr! versetzte ich dagegen, als Euer Michelagnolo Buonarroti seine Sakristei eröffnete, wo man so viele schöne Figuren sieht, machte diese wundersame und tugendreiche Schule, die Freundin des Wahren und Guten, mehr als hundert Sonette, und jeder wetteiferte, wer etwas Besseres darüber sagen könnte. Und so wie jener das Gute verdiente, das man von ihm aussprach, so verdient dieser alles das Übel, was über ihn ergangen ist. Auf diese Worte wurde Bandinell so rasend, daß er hätte bersten mögen, kehrte sich zu mir und sagte: Und was wüßtest du noch mehr? Ich antwortete: Das will ich dir sagen, wenn du so viel Geduld hast, mir zuzuhören. Er versetzte: Rede nur!

Der Herzog und die andern, die gegenwärtig waren, zeigten große Aufmerksamkeit, und ich fing an: Wisse, daß es mir unangenehm ist, dir die Fehler deines Werkes herzuerzählen, aber ich werde nichts aus mir selbst sagen, vielmehr sollst du nur hören, was in dieser trefflichen Schule von dir gesprochen wird.

Nun sagte dieser ungeschickte Mensch bald verdrießliche Dinge, bald machte er mit Händen und Füßen eine häßliche Bewegung, so daß ich auch auf eine sehr unangenehme Weise anfing, welches ich nicht getan haben würde, wenn er sich besser betragen hätte. Daher fuhr ich fort: Diese treffliche Schule sagt, daß, wenn man dem Herkules die Haare abschöre, kein Hinterkopf bleiben würde, um das Gehirn zu fassen, und was das Gesicht betrifft, so wisse man nicht, ob es einen Menschen oder Löw-Ochsen vorstellen solle. Er sehe gar nicht auf das, was er tue; der Kopf hänge so schlecht mit dem Hals zusammen, mit so wenig Kunst und so übler Art, daß man es nicht schlimmer sehen könne. Seine abscheulichen Schultern glichen, sagt man, zwei hölzernen Bogen von einem Eselssattel, die Brust mit ihren Muskeln sei nicht nach einem Menschen gebildet, sondern nach einem Melonensacke, den man gerade vor die Wand stellt; so sei auch der Rücken nach einem Sack voll langer Kürbisse modelliert. Wie die beiden Füße an dem häßlichen Leib hängen, könne niemand einsehen; man begreife nicht, auf welchem Schenkel der Körper ruhe oder auf welchem er irgendeine Gewalt zeige. Auch sehe man nicht, daß er etwa auf beiden Füßen stehe, wie es manchmal solche Meister gebildet haben, die etwas zu machen verstunden; man sehe deutlich genug, daß die Figur vorwärtsfalle, mehr als den dritten Teil einer Elle, und das allein sei der größte und unerträglichste Fehler, den nur ein Dutzendmeister aus dem Pöbel begehen könne. Von den Armen sagt man, sie seien beide ohne die mindeste Zierlichkeit heruntergestreckt, man sehe daran keine Kunst, eben als wenn Ihr niemals lebendige nackte Menschen erblickt hättet; an dem rechten Fuße des Herkules und des Kakus seien die Waden ineinander versenkt, daß, wenn sich die Füße voneinander entfernten, nicht einer, sondern beide ohne Waden bleiben würden. Ferner sagen sie, einer der Füße des Herkules stecke in der Erde, und es scheine, als wenn Feuer unter dem andern sei.

Nun hatten diese Worte den Mann so ungeduldig gemacht, und er wollte nicht erwarten, daß ich auch noch die großen Fehler des Kakus anzeigte. Denn ich sagte nicht allein die Wahrheit, sondern ich machte sie auch dem Herzog und allen Gegenwärtigen vollkommen anschaulich, so daß sie die größte Verwunderung zeigten und einsahen, daß ich vollkommen recht hatte. Auf einmal fing dagegen der Mensch an und sagte: O du böse Zunge! und wo bleibt meine Zeichnung? Ich antwortete: Wer gut zeichnet, kann nichts Schlechtes hervorbringen; deswegen glaub ich, deine Zeichnung ist wie deine Werke. Da er nun das herzogliche Gesicht und die Gesichter der andern ansah, die ihn mit Blicken und Mienen zerrissen, ließ er sich zu sehr von seiner Frechheit hinreißen, kehrte sein häßlichstes Gesicht gegen mich und sagte mit Heftigkeit: O schweige still, du Sodomit!

Der Herzog sah ihn auf diese Worte mit verdrießlichen Augen an, die andern schlossen den Mund und warfen finstere Blicke auf ihn, und ich, der ich mich auf eine so schändliche Weise beleidigt sah, obgleich bis zur Wut getrieben, faßte mich und ergriff ein geschicktes Mittel. O du Tor! sagte ich, du überschreitest das Maß. Aber wollte Gott, daß ich mich auf eine so edle Kunst verstünde! denn wir lesen, daß Jupiter sie mit Ganymeden verübte, und hier auf der Erde pflegen die größten Kaiser und Könige derselben; ich aber als ein niedriges und geringes Menschlein wüßte mich nicht in einen so wundersamen Gebrauch zu finden. Hierauf konnte sich niemand halten: der Herzog und die übrigen lachten laut, und ob ich mich gleich bei dieser Gelegenheit munter und gleichgültig bezeigte, so wisset nur, geneigte Leser, daß mir inwendig das Herz springen wollte, wenn ich dachte, daß das verruchteste Schwein, das jemals zur Welt gekommen, so kühn sein sollte, mir in Gegenwart eines so großen Fürsten einen solchen Schimpf zu erzeigen. Aber wißt: er beleidigte den Herzog und nicht mich! denn hätte er diese Worte nicht in so großer Gegenwart ausgesprochen, so hätte er mir tot auf der Erde liegen sollen.

Benvenuto Cellini (1500–1571)

Neptunbrunnen

Ich versuche mir dieses Wort *lebendig*, welches mir unaufhörlich auf die Lippen kommt, wenn ich die Gestalten der Renaissance sehe, zu übersetzen; ich habe es eben wieder ausgesprochen, als ich auf der anderen Seite des Palastes den Springbrunnen von Ammanati sah. Es sind nackte Tritonen und schlanke Nereiden mit zu kleinen Köpfen, große, langgezogene und bewegte Formen, wie sie die Gestalten des Rosso und des Primaticcio haben. Es ist zweifellos offenbar, daß die Kunst die ungezwungene Haltung und den Aufbau der Glieder übertreibt und die Proportionen verändert, um den Schwung und die Schlankheit der Leiber zu erhöhen. Die Tritonen haben eine vollkommene, lustige Bestialität: man kann nicht freimütiger nackend sein und mehr Frechheit ohne Niedrigkeit haben. Sie bäumen und krümmen sich und lassen ihre Muskeln spielen, man fühlt, daß ihnen das genügt, daß sich jener schöne junge Mann wohl dabei fühlt, stolz dazustehen und ein Füllhorn zu halten, und daß diese Nymphe ohne Gewand und ohne Tätigkeit mit ihrem Denken ihren Zustand, den eines prachtvollen Tieres, nicht überragt. Man sieht hier weder philosophische Symbole noch seelische Ausdrücke. Der Bildhauer läßt den Köpfen den einfachen und stumpfen Ausdruck eines primitiven Geschöpfes, Körper und Stellung sind für ihn alles. Er bleibt innerhalb der Grenzen seiner Kunst, welche als einziges Gebiet die Glieder besitzt, und schließlich nicht mehr kann, als Rümpfe, Schenkel und Nacken bewegen; durch diese unwillkürliche Harmonie seines Denkens und seiner Quellen beseelt er seine Bronze.

Hippolyte Taine (1828–1893)

Palazzo Vecchio

Bau des Priorenpalastes

In besagtem Jahr 1298 begann man den Palast der Prioren für Gemeinde und Volk von Florenz zu bauen, wegen der Umwälzungen, die zwischen dem Volk und den großen Familien begonnen hatten, und auch deshalb, weil das umliegende Land in Eifersucht und Aufruhr war wegen der Neugestaltung des Priorenamtes, das auf zwei Monate begrenzt wurde. Und die Prioren, die das Volk und die ganze Republik regierten, denen schien es, daß sie nicht mehr sicher seien, wo sie vorher getagt hatten, nämlich im Haus der 'weißen' Cerchi hinter der Kirche San Procolo. Dort, wo sie den neuen Palast gründeten, befanden sich seit alten Zeiten die Häuser der Uberti, die als Ghibellinen in Florenz Rebellen waren. Diese Häuser rissen sie ab und schufen auf diese Weise einen Platz, damit sie nie mehr aufgebaut würden. Und damit der Palast nicht auf das Gelände der Uberti zu stehen komme, errichteten ihn die Baumeister mit schiefem Grundriß; es war ein großer Fehler, ihn so zu lassen und ihn nicht viereckig zu machen und in größerem Abstand zur Kirche San Pier Scheraggio zu erbauen.

Giovanni Villani (um 1280–1348)

Ein verlorenes Meisterwerk von Leonardo

Durch die herrlichen Werke dieses göttlichen Meisters [Leonardos] war sein Ruhm so gewachsen, daß jeder, der an der Kunst Freude hatte, ja ganz Florenz Verlangen trug, er möchte dort irgend etwas zu seinem Gedenken hinterlassen. Man sprach davon, ihm ein bedeutendes Werk zu übertragen, damit der Geist und die Anmut, die alle seine Arbeiten zeigten, der Stadt zur Zierde gereichten. Die Gonfalonieri und ersten Bürger verhandelten untereinander, da in jener Zeit der große Ratssaal neu erbaut worden war. Man hatte ihn mit vieler Schnelligkeit beendet und bestimmte nunmehr durch ein öffentliches Dekret, Leonardo solle hier ein schönes Bild malen. Piero Soderini, der damalige Gonfaloniere der Justiz, übergab ihm die Arbeit. Um sie auszuführen, begann Leonardo in Santa Maria Novella, im Saal des Papstes, einen Karton anzufertigen, worin er die Geschichte von Niccolò Piccinino, Feldhauptmann des Herzogs Filippo von Mailand, darstellte. Er zeichnete dabei einen Trupp Reiter, die um eine Fahne kämpfen, und dieses Werk wurde als meisterhaft anerkannt wegen der bewundernswerten Überlegung, mit der Leonardo die stürmische Szene angeordnet hatte. Wut, Zorn und Rachsucht erkennt man in den Menschen ebenso wie in den Pferden. Zwei der Tiere sind mit den Vorderfüßen ineinander verschränkt und fallen sich mit den Zähnen an, wütend wie die um die Fahne kämpfenden Reiter. Einer der Soldaten hat mit beiden Händen das Ende der Standarte gefaßt, treibt sein Pferd zur Flucht an, wirft mit den kraftvollen Schultern den Körper zurück, um klammert den Schaft der Fahne und sucht sie so gewaltsam den vier Männern zu entreißen, die sie verteidigen. Jeder hält sie mit einer Hand, in der anderen schwingen sie die Schwerter, um den Schaft abzuhauen, während von den Feinden ein alter Krieger mit rotem Barett mit einer Hand ebenfalls den Schaft ergriffen hat; mit der anderen hebt er einen krummen Säbel in die Höhe und führt schreiend vor Wut den Streich, um den Soldaten die Hände abzuhauen, die zähnebleckend in wilder Stellung ihre Fahne zu verteidigen suchen. Außerdem sind auf der Erde zwischen den Füßen der Pferde noch zwei andere Krieger perspektivisch verkürzt gezeichnet: der eine liegt auf dem Boden, der andere hat sich über ihn geworfen, hebt den Arm hoch und setzt ihm mit gewaltiger Kraft den Dolch an die Kehle. Jener dagegen verteidigt sich mit Armen und Beinen, um dem Tod zu entgehen. Es läßt sich kaum sagen, wie schön Leonardo die verschiedene Kleidung der Soldaten, den Helmschmuck und andere Zieraten gezeichnet und welche Meisterschaft er bei den Umrissen und der Gestaltung der Pferde gezeigt hat, denn besser als irgend sonst ein Meister wußte er diesen Tieren

Wildheit, richtiges Muskelspiel und anmutige Schönheit zu verleihen. Zur Ausführung seines Kartons hatte sich Leonardo ein ungemein kunstvolles Gerüst verfertigen lassen, das sich hob, wenn man es zusammenzog, und sich senkte, wenn man es auseinanderzog. Da er das Bild in Öl auf die Mauer malen wollte, bereitete er als Grundierung eine so dicke Mischung aus Leim, daß sie im weiteren Verlauf in diesem Saal durchzuschlagen begann, so daß er das Gemälde nach kurzer Zeit aufgab, weil er erkannte, daß es zugrunde gehen würde.

Giorgio Vasari (1511–1574)

Loggia dei Lanzi

Orcagnas Halle

Sein schönstes Denkmal (...), das er [Orcagna] sich als Baumeister setzte, ist jene später so genannte Loggia dei Lanzi, eine prächtige Halle von drei Rundbogen auf korinthischen Pfeilern ruhend, von schönen Verhältnissen und von leichtem Schwunge. Die Halle wird durch die Statuen, welche in ihr aufgestellt sind, leider nicht genugsam ausgefüllt. Eine große Mittelgruppe würde dem Übel abhelfen, wenn sie vorhanden wäre. Am Eingang stehen zunächst zwei große marmorne Löwen, von denen der eine antik, der andere ein Werk des Flaminio Vacca ist. In der Mitte der Loge erhebt sich eine antike Gruppe; Menelaus, der den toten Patroklus in den Armen trägt. Neben ihm steht der Herkules, welcher den Nessus erschlägt, von Johann von Bologna. Das Werk ist nicht bedeutend, und auch sein Raub der Sabinerinnen, einst von ganz Italien als ein Wunder gefeiert, will jenem Ruf nicht mehr entsprechen. Diese Gruppe steht in einem der offenen Bogen der Halle nach der rechten Seite hin. Sie enthält drei nackte Figuren, welche übereinander aufsteigen, denn der Römer, der das geraubte Weib in seinen Armen und über sich erhebt, hat den Sabiner unter sich geworfen. Die Komposition in einer fast spiralen Linie, nämlich bei gebogenen oder gewundenen Leibern, ist nicht wohlgefällig. Die Florentiner lieben diese Gruppe; man sieht sie in ebenso häufigen Nachbildungen in Gips, in

Marmor und in Alabaster, als Johann von Bolognas Fliegenden Merkur, seine schönste Bronzestatue, in den Uffizien. Zwei Werke von Bronze und ausgezeichneten florentinischen Meistern angehörig stehen noch in der Halle, nach dem Platze zu links der vielberühmte Perseus des Benvenuto Cellini, und nach den Uffizien zu die Judith des Donatello.

Das Interesse, welches die Natur Cellinis einflößt, überträgt sich natürlich auch auf seine Statue, deren Geschichte er überdem in seiner Biographie selbst beschrieben hat. Ohne dies merkwürdige Buch würde der Perseus schwerlich mehr Aufmerksamkeit erregen als die Statuen von Johann von Bologna. (...)

Der Perseus ist zierlich und manieriert. Er hat wenig, aber doch einiges von dem Wesen Cellinis, ich meine auch jene gespreizte Genialität, die er selbst in seiner Lebensbeschreibung an den Tag legt. Er steht, mit der Linken das Medusenhaupt erhoben, in der Rechten das kurze Schwert, auf dem krampfhaft verzerrten Leibe der Medusa. Diese aber liegt über einem Gewand und Kissen; Haupt und Rumpf strömen Blut aus, von dem man nicht sagen mag, ob es Blut sei oder Stoff von Natternbildung. Unangenehm geziert ist das krause Haar des Heros, welcher die geflügelte Sturmhaube ziemlich kokett auf dem Scheitel trägt. Indes haben doch die Formen der Natur leichte und wohltuende Verhältnisse und machen der Wissenschaft des Meisters Ehre.

Ferdinand Gregorovius (1821–1891)

Der Perseus wird gegossen

Als der Guß meiner Meduse so gut geraten war, arbeitete ich mit großer Hoffnung meinen Perseus in Wachs aus und versprach mir, daß er ebensogut wie jene in Erz ausfallen solle. So ward er in Wachs wohl vollendet und zeigte sich sehr schön. Der Herzog sah ihn, und die Arbeit gefiel ihm sehr wohl. (...)

Ob mir gleich weniges Geld übrig geblieben war, so schaffte ich mir doch manche Klafter Pinienholz, die ich aus dem Walde der Serristori zunächst Monte Lupo erhielt. Und indem ich darauf wartete, bekleidete ich meinen Perseus mit jenen Erden, die ich verschiedene Monate vorher zurecht gemacht hatte, damit sie ihre Zeit hätten, vollkommen zu werden, und da ich den Überzug von Erde gemacht, ihn wohl verwahrt und äußerst sorgfältig mit Eisen umgeben hatte, fing ich mit gelindem Feuer an, das Wachs herauszuziehen, das durch viele Luftlöcher abfloß, die ich gemacht hatte: denn je mehr man deren macht, desto besser füllt sich nachher die Form aus.

Da ich nun alles Wachs herausgezogen hatte, machte ich einen Ofen um gedachte Form herum, den ich mit Ziegeln auf Ziegeln aufbaute und vielen Raum dazwischen ließ, damit das Feuer desto besser ausströmen könnte; alsdann legte ich ganz sachte Holz an und machte zwei Tage und zwei Nächte Feuer, so lange, bis das Wachs völlig verzehrt und die Form selbst wohl gebrannt war. Dann fing ich schnell an, die Grube zu graben, um meine Form hereinzubringen, und bediente mich aller schönen Vorteile, die uns diese Kunst anbefiehlt.

Als nun die Grube fertig war, hub ich meine Form durch die Kraft von Winden und guten Hanfseilen eine Elle über den Boden meines Ofens, so daß sie ganz frei über die Mitte der Grube zu schweben kam. Als ich sie nun wohl gerichtet hatte, ließ ich sie sachte hinunter, daß sie dem Grunde des Bodens gleichkam, und stellte sie mit aller Sorgfalt, die man nur denken kann. Nachdem ich diese schöne Arbeit vollbracht hatte, fing ich sie mit eben der Erde, woraus der Überzug bestand, zu befestigen an, und so wie ich damit nach und nach heraufkam, vergaß ich nicht, die Luftkanäle anzubringen, welches kleine Röhren von gebrannter Erde waren, wie man sie zu den Wasserleitungen und andern dergleichen Dingen braucht. Da ich sah, daß die Form gut befestigt war und meine Art, sie mit Erde zu umgeben sowohl als die Röhren am schicklichsten Orte anzubringen, von meinen Arbeitern gut begriffen wurde, ob ich gleich dabei ganz anders als die übrigen Meister dieser Kunst zu Werke ging, so wendete ich mich, überzeugt, daß ich trauen konnte, zu meinem Ofen, in welchem ich vielen Abgang von Kupfer und andere Stücke Erz aufgehäuft hatte, und zwar kunstmäßig eins über das andere geschichtet, um der Flamme ihren Weg zu weisen. Damit aber das Metall schneller erhitzt würde und zusammenflösse, so sagte ich lebhaft, sie sollten dem Ofen Feuer geben.

Nun warfen sie von dem Pinienholze hinein, das wegen seines Harzes in dem wohlgebauten Ofen so lebhaft flammte und arbeitete, daß ich genötigt war, bald von einer, bald von der andern Seite zu helfen. Die Arbeit war so groß, daß sie mir fast unerträglich ward, und doch griff ich mich an, was nur möglich war. Dazu kam unglücklicherweise, daß das Feuer die Werkstatt ergriff und wir fürchten mußten, das Dach möchte über uns zusammenstürzen. Von der andern Seite gegen den Garten jagte mir der Himmel so viel Wind und Regen herein, daß mir der Ofen sich abkühlte. So stritt ich mit diesen verkehrten Zufällen mehrere Stunden und ermüdete mich dergestalt, daß meine starke Natur nicht widerstand. Es überfiel mich ein Fieber, so heftig, als man es denken konnte, daß ich mich genötigt fühlte, wegzugehen und mich ins Bette zu legen.

(...)

Da ich mich nun in diesen unendlichen Nöten befand, sah ich einen gewissen Mann in mein Zimmer kommen, der von Person so krumm war wie ein großes S. Dieser fing mit einem erbärmlichen und jämmerlichen Ton, wie diejenigen, die den armen Sündern, die zum Gericht geführt werden, zusprechen, an zu reden und sagte: Armer Benvenuto! Euer Werk ist so verdorben, daß ihm in der Welt nicht mehr zu helfen ist. Sobald ich die Worte dieses Unglücklichen vernahm, tat ich einen solchen Schrei, daß man ihn hätte im Feuerhimmel hören mögen. Ich stand vom Bett auf, nahm meine Kleider und fing an, sie anzulegen, und wer sich näherte, mir zu helfen, Mägde oder Knabe, nach denen trat und schlug ich. Dabei jammerte ich und sagte: O ihr neidischen Verräter! dieses Unheil ist mit Fleiß geschehen, und ich schwöre bei Gott, ich will es wohl herausbringen, und ehe ich sterbe, will ich noch so ein Beispiel auf der Welt lassen, daß mehr als einer darüber erstaunen soll. Als ich angezogen war, ging ich mit schlimmen Gedanken gegen die Werkstatt, wo ich alle Leute, die ich so munter verlassen hatte, erstaunt und höchst erschrocken fand. Da sagte ich: Nun versteht mich! weil ihr die Art und Weise, die ich euch angab, weder befolgen wolltet noch konntet, so gehorchet mir nun, da ich unter euch und in der Gegenwart meines Werkes bin. Niemand widersetze sich mir, denn in solchen Fällen braucht man Beistand und keinen Rat. Hierauf antwortete mir ein gewisser Meister Alessandro Lastricati und sagte: Sehet, Benvenuto! Ihr bestehet vergebens darauf, ein Werk zu machen, wie es die Kunst nicht erlaubt und wie es auf keine Weise gehen kann. Auf diese Worte wendete ich mich mit solcher Wut zu ihm und zum Allerschlimmsten entschlossen, so daß er und alle die übrigen mit *einer* Stimme riefen: Auf! befehlt uns nur! wir wollen Euch in allem gehorchen und mit allen Leibes- und Lebenskräften beistehn. Diese freundlichen Worte, denk ich, sagten sie nur, weil sie glaubten, ich würde in kurzem tot niederfallen.

Sogleich ging ich, den Ofen zu besehen, und fand das Metall stehend und zu einem Kuchen geronnen. Ich sagte zwei Handlangern, sie sollten zum Nachbar Capretta, dem Fleischer, gehen, dessen Frau mir einen Stoß Holz von jungen Eichen versprochen hatte, die schon länger als ein Jahr ausgetrocknet waren, und als nur die ersten Trachten herankamen, fing ich an, den Feuerherd damit anzufüllen. Diese Holzart macht ein heftiger Feuer als alle andern, und man bedient sich des Erlen- und Fichtenholzes zum Stückgießen, weil es gelinderes Feuer macht. Als nun der Metallkuchen dieses gewaltige Feuer empfand, fing er an zu schmelzen und zu blitzen. Von der andern Seite betrieb ich die Kanäle, andere hatte ich auf das Dach geschickt, dem Feuer zu wehren, das bei der großen Stärke des Windes wieder aufs neue gegriffen hatte; gegen den Garten zu ließ ich Tafeln, Tapeten und Lappen aufbreiten, die mir das Wasser abhalten sollten. Nachdem ich nun alles dieses große Unheil so viel als möglich abgewendet hatte, rief ich mit starker Stimme bald diesem, bald jenem zu: Bringe dies! nimm das! so daß die ganze Gesellschaft, als sie sahe, daß der Kuchen zu schmelzen anfing, mir mit so gutem Willen diente, daß jeder die Arbeit für drei verrichtete. Alsdann ließ ich einen halben Zinnkuchen nehmen, der ungefähr sechzig Pfund wiegen konnte, und warf ihn auf das Metall im Ofen, das durch allerlei Beihilfe, durch frisches Feuer und Anstoßen mit eisernen Stangen in kurzer Zeit ganz flüssig ward.

Nun glaubte ich einen Toten auferweckt zu haben, triumphierte über den Unglauben aller der Ignoranten und fühlte in mir eine solche Lebhaftigkeit, daß ich weder ans Fieber dachte noch an die Furcht des Todes. Auf einmal hörte ich ein Getöse, mit einem gewaltsamen Leuchten des Feuers, so daß es schien, als wenn sich ein Blitz in unserer Gegenwart erzeugt hätte. Über diese unerwartete fürchterliche Erscheinung war ein jeder erschrocken, und ich mehr als die andern. Als der Lärm vorbei war, sahen wir einander an und bemerkten, daß die Decke des Ofens geplatzt war und sich in die Höhe hob, dergestalt, daß das Erz ausfloß. Sogleich ließ ich die Mündung meiner Form eröffnen und zu gleicher Zeit die beiden Gußlöcher aufstoßen. Da ich bemerkte, daß das Metall nicht mit der Geschwindigkeit lief, als es sich gehörte, überlegte ich, daß vielleicht der Zusatz durch das grimmige Feuer könnte verzehrt worden sein, und ließ sogleich meine Schüsseln und Teller von Zinn, deren etwa zweihundert waren, herbeischaffen und brachte eine nach der andern vor die Kanäle; zum Teil ließ ich sie auch in den Ofen werfen, so daß jeder nunmehr das Erz auf das beste geschmolzen sah und zugleich bemerken konnte, daß die Form sich füllte. Da halfen sie mir froh und lebhaft und gehorchten mir, ich aber befahl und half bald da und bald dort und sagte: O Gott, der du durch deine unendliche Kraft vom Tode auferstanden und herrlich gen Himmel gefahren bist, verschaffe, daß meine Form sich auf einmal fülle! Darauf kniete ich nieder und betete von Herzen. Dann wendete ich mich zu der Schüssel, die nicht weit von mir auf einer Bank stand, aß und trank mit großem Appetit, und so auch der ganze Haufen. Dann ging ich froh und gesund zu Bette (es waren zwei Stunden vor Tag), und als wenn ich nicht das mindeste Übel gehabt hätte, war meine Ruhe sanft und süß.

Benvenuto Cellini (1500–1571)

Gerümpel in der Loggia

Auf Umwegen – aber ist Florenz nicht eine Stadt, in der man keine Lust verspürt, geradeaus zu gehen, weil uns überall einer jener stolzen, aus dicken Quadersteinen erbauten Paläste auflauert und in seinen Bann zieht – und nach vielen Straßen, die wie gefärbt aussehen, gelange ich auf einen Platz, und was sehe ich da? Schon wieder David, der hier auf der Piazza della Signoria wie eine Touristenbesessenheit mit den Gliedern und dem riesigen Kopf des kleinen Bruders Goliaths emporragt. Wahrscheinlich hatte es dem Modell an Anmut gefehlt, obgleich Michelangelo erwiesenermaßen ein Bewunderer der männlichen Schönheit war, denn man braucht sich nur seine Sklaven anzuschauen und die jungen Kolosse, die er so schwungvoll an die Decke der Sixtinischen Kapelle gemalt hat. Und falls er in ihm die Idee der florentinischen Freiheit darstellen wollte, ist seine Wahl auf eine nicht gerade begeisternde Freiheit gefallen, während dagegen der junge und wahre David von Donatello alle Freiheitsideen mit sich reißt.

Für meinen Geschmack könnte man auch die meisten anderen Statuen, die den Platz schmücken, ruhig vergessen, aber der in seiner Anmut und Jugend einfach herrliche Perseus von Cellini in der Loggia dei Lanzi verdiente es, ganz allein diesen strengen Raum zu bevölkern. Vor dem strahlenden Perseus verblaßt das ganze Gerümpel der bärtigen und behelmten Männer, die Frauenleiber davontragen oder sich mit sterbenden Kriegern schleppen und dabei mehr gekünstelt als künstlerisch wirken. Ob Kopien der Antike oder Originale von Giovanni da Bologna, nichts entschuldigt ihre Herkömmlichkeit. Man mag mich schwierig finden. Jawohl, für Florenz bin ich es. Hier, wo es die schönsten Dinge gibt, möchte ich wirklich nur das Schönste sehen. Die Italiener mit ihrem natürlichen Gefühl für die Schönheit des Raums und der freien Leere sollten diese Scheußlichkeiten in die Rumpelkammer verweisen oder sie anderen Völkern überlassen. Der Palazzo della Signoria mit seinen schwalbenschwanzförmigen Zinnen und seinem ehrfurchtgebietenden Turm braucht diese kleinen, zu seinen Füßen erstarrten Albernheiten nicht, der Platz wäre ohne Zierde noch viel schöner, mit nur der auf dem Pflaster bezeichneten Stelle, wo Savonarola verbrannt wurde, und die ich, wie viele Engländer, jedes Mal mit einem Veilchenstrauß schmücke.

Julien Green (1900–1998)

Uffizien

Ergriffen und erschüttert

An Henriette Feuerbach

Firenze, den 17. Mai. Im Jahre des Heils 1856

Gestern war ich im Palazzo degli Uffici, vor Raffael, und da hat mich diese träumerische Schönheit, diese weiche Schwermut und die Vollendung Raffaels, Andreas del Sarto so ergriffen, daß ich die Galerie sofort verlassen mußte, weil mir die Tränen unaufhaltsam herunterliefen, ich schämte mich dessen nicht, ich kann es Dir ja sagen, sei es Schwäche, sei es, was es wolle, aber, wie mußte es einem Menschen zumute sein, der das sieht, wonach er in der Kindheit sich gesehnt und was er als Mann hätte erreichen mögen! Doch still davon. Daß ich so erschüttert sein konnte, habe ich nie geträumt, und heute noch im Palazzo Pitti dasselbe, und zu Hause und überall diese Schauer. Gott möge meine Schritte leiten und möge mir Kraft geben, alles das wie ein Mann zu ertragen.

Anselm Feuerbach (1829–1880)

Enttäuschte Erwartung

Dicht an den Palazzo Vecchio schließen sich die Uffizien, ein großer, von den Mediceern erbauter Palast, in dem sich ein Teil der öffentlichen Büros und Verwaltungen und eines der reichsten Kunstmuseen der Welt befindet, dessen Mittelpunkt, dessen Kronjuwel die Tribuna ist. (…)

Sehr oft hatte ich Abgüsse der Mediceischen Venus gesehen und mich immer, da sie mich kaltließen, auf das Original vertröstet. Ich hatte mich von ganzer Seele darauf gefreut – nun stand ich davor und ward traurig, denn ich kam mir empfindungslos vor, arm in Herz und Geist, weil ich diesem Ideale der Schönheit gegenüber kein wahres Entzücken, keine rechte Freude fühlte. Es ist ein solches Glück, das Schöne zu erfassen, eine solche Lust, einen neuen leuchtenden Eindruck zu erhalten, und nun stand ich da – nicht mit Zweifeln an dem Kunstwerke, sondern an mir selbst.

Ich wagte gar nicht zu sagen, daß ich mich getäuscht fühle in meinen Erwartungen, weil alles um mich her in Entzücken zu sein behauptete; ich mochte niemand stören, mochte auch nicht für einfältig gelten, und hoffend, daß mir vielleicht allmählich das Verständnis aufgehen werde, setzte ich mich still auf einen der Sessel und sah abwechselnd die Statuen und die Fremden an, welche sie zu betrachten kamen.

Das habe ich oftmals wiederholt, weil mich bald der Sichelschleifer unwiderstehlich anzog, und dabei hat sich mir die sichere Erfahrung angedrungen, daß vielen Menschen mit der Venus ganz dasselbe begegnet als mir. Mit geflügeltem Schritte, mit lebhaftem Auge und gespannter Erwartung in jedem Zuge, so sah ich gar viele Männer und Frauen vor die Venus treten, und fast immer wurden die Mienen kälter, gleichgültiger, je länger sie davorstanden. Mit den zärtlichsten Blicken ward jedes Glied, jedes Fingerchen gemustert, mit Liebe die Statue von allen Seiten und von allen Standpunkten betrachtet, man war heroisch entschlossen, sie um jeden Preis idealisch schön zu finden – aber nur einigen wenigen Gesichtern habe ich die Freude glauben können und die Lobsprüche, welche die Lippen erteilten. Vielleicht waren dies grade die Auserwählten, die für Kunst allein empfänglichen Seelen.

Indes damit ist es ein eigenes Ding. Ich glaube nicht, daß die Empfindung für Kunst das Privateigentum einiger durch Kunststudien dafür Gebildeten sei. Das wahrhaft Schöne wirkt auf jeden Menschen, dessen Seele nicht ganz untergegangen ist in der Barbarei des gröbsten Sinnenlebens; und ein Kunstwerk, das ganz besonderer Bildung, ganz besonderer Erklärungen und Auffassungen bedarf, um verstanden, genossen zu werden, dem fehlt die Kraft der Überzeugung, der zündende, lebenschaffende Funken, der, von dem Genie dem Kunstwerk eingehaucht, in unzerstörbarer Elektrizität den Gedanken erzeugt in der Seele des spätesten Beschauers.

Die Mediceische Venus hat diese Macht auf mich nicht geübt. Es ist eine schöne, zierliche Gestalt, der Kopf ist anmutig und fein, Schultern, Brust, Rücken, der ganze Körper sehr zart; aber die Schönheit hat etwas Weichliches, Schwächliches. So mag man sich die Tochter eines Hauses denken, in dem durch viele Geschlechter die Schönheit sorglich gepflegt und dadurch verweichlicht ist. Diese Gliederchen sind regelmäßig und fein, aber nur noch einen kleinen Grad weiter in dieser Verfeinerung, und es wird süßlichste Schwäche. Ich hatte die Mediceische Venus anders erwartet, dies Ideal der meerentstiegenen Göttin der Schönheit und der Liebe. Es ist zuviel Zivilisation in der Mediceischen Venus, der Künstler hat sie in seiner Seele kombiniert. Sie sieht wie ein Produkt der Überlegung aus in ihrer keuschen, demütigen Weiblichkeit, die schön und rührend ist, aber nicht der Venus angemessen, nicht dem vollen, strahlenden Ideale der Schönheit, nicht der Liebesgöttin, welche die Welt beherrscht. Ihr fehlt die Anbetung fordernde Freiheit der Unschuld, die bewußtlos in reiner Schönheit wie eine Blume dem Lichte entgegenblüht.

Fanny Lewald (1811–1889)

Gewöhnliche Stellung

So viel ich Abgüsse davon gesehen habe, keiner hat mich befriedigt. Sie ist nach meiner Meinung wohl keine himmlische Venus, sondern ein gewöhnliches Menschenwesen, das die Begierden vielleicht mehr reizen als beschwichtigen kann. Mir kommt es vor, ein Künstler hat seine schöne Geliebte zu einer Anadyomene gemacht; das Werk ist ihm ungewöhnlich gelungen, das ist das Ganze. Über die Stellung sind alle Künstler, welche Erfahrung haben, einig, daß es die gewöhnlichste ist, in welche sich die Weiblichkeit setzt, sobald das letzte Stückchen Gewand fällt, ohne je etwas von der Kunst gehört zu haben. Ich selbst hatte einst ein eignes ganz naives Beispiel davon, das ich Dir ganz schlicht erzählen will. Der russische Hauptmann Graf Dessessarts – Gott tröste seine Seele, er ist, wie ich höre, an dem Versuche in Quiberon gestorben, den ich ihm nicht geraten habe – er und ich, wir gingen einst in Warschau in ein Bad an der Weichsel. Dort fanden sich, wie es zu gehen pflegt, gefällige Mädchen ein, und eine junge, allerliebste, niedliche Sünderin von ungefähr sechzehn Jahren brachte uns den Tee, um wahrscheinlich auch gelegentlich zu sehen, ob Geschäfte zu machen wären. Wir waren beide etwas zu ernsthaft. Das arme artige Geschöpfchen dauert mich, sagte der Graf; aber der Franzose konnte doch seinen Charakter nicht ganz verleugnen. *Je voudrais pourtant la voir toute entière,* sagte er und machte ihr den Vorschlag und bot viel dafür. Das Mädchen war verlegen und bekannte, daß sie für einen Dukaten in der letzten Instanz gefällig sein würde; aber zur Schau wollte sie sich nicht verstehen. Mein Kamerad verstand seine Logik, brachte mit feiner Schmeichelei ihre Eitelkeit ins Spiel, und sie gab endlich für die doppelte Summe mit einigem Widerwillen ihr Modell. Sobald die letzte Falte fiel, warf sie sich in die nämliche Stellung. *Voilà la coquine de Medicis!* sagte der Graf. Es war ein gewisses polnisches Mädchen mit den Geschenken der Natur, die für ihren Hetärensold sich nur etwas reizend gekleidet hatte; eine Wissenschaft, in der die Polinnen vielleicht den Pariserinnen noch Unterricht geben könnten. Allemal ist mir bei einem Bilde der Aphrodite Medicis die Polin eingefallen, und meine Konjektur kam zurück, und mancher Künstler war nicht übel willens meiner Meinung beizutreten.

Johann Gottfried Seume (1763–1810)

Leise sinnliche Süße

Wir gingen die Treppe hinauf, vor uns Leute, nach uns Leute, dazwischen Gipsköpfe oder Steinköpfe oder sonstige Figuren. Wir machen keine langen Geschichten, sagte ich. Wir laufen einmal durch. Wenn uns was gefällt, bleiben wir stehen. Beim übrigen halten wir uns nicht auf, egal was es ist. Wie laut es hier zugeht, meinte oben meine Frau. Wenn du denkst, wie still es immer in der National Gallery war. Ja, tatsächlich, ein ganz schöner Betrieb. Mehr Ausländer als Italiener. Einzeln, zu zweien, in Gruppen trieben sie dahin, ziemlich schnell, wie wir.

Vor einigen Bildern verhielten wir länger. Da waren ein paar Dürer, ein paar Rembrandt, da waren Altdorfer und Cranach der Ältere und ein oder zwei Ruysdael. Die Italiener lagen uns weniger. Dennoch standen wir am längsten vor Filippo Lippis Heiliger Jungfrau in Verehrung, einem hinreißenden Bild. Wirklich, ich könnte nur nach Florenz fahren, um Filippo Lippis Jungfrau zu sehen. Es ist ein so reines Gesicht, und doch voll so leiser sinnlicher Süße, daß man die Augen schließen möchte, wenn man es sieht. Alles ist vollkommen. Man betrachtet die Augen und glaubt, die Augen sind es. Man schaut auf die Nase und denkt, vielleicht sie. Und dann der Mund, dieser Mund im Profil. Doch schon kehrt man wieder zu den Augen zurück, zu dem weiten Strich der Braue und dem feinen Schwung, mit dem die Nase in den andern Brauenbogen übergeht. Aber nun sieht man den Nacken. Man streicht mit den Augen über diesen vom Schleier halbverdeckten Hals und ist entzückt, man ist bezaubert, ist bezwungen.

Am Abend, als meine Frau auf dem Bett lag und wir den Italiener erwarteten, sagte sie plötzlich, ob er sie sehr geliebt hat? Sie dachte an Filippo Lippis Bild. Gott, warum sollte er sie sehr geliebt haben, sagte ich. Er muß sie sehr geliebt haben, sagte meine Frau, und ihre Augen waren auf einmal fern und still. Ich hatte keine Ahnung von Filippo Lippi. Aber ich hatte auch keinen Zweifel, daß er in diese Frau verliebt gewesen sein muß, was sage ich, er muß sie geliebt haben, und wenn er sie nicht geliebt hätte, wäre es ein Verbrechen gewesen. Ich hoffe, Sie erwarten nicht, daß ich das Bild beschreibe. Fahren Sie lieber nach Florenz. Wenn Sie Glück haben, treffen Sie jenen Führer, der auch uns mit einem Schwarm von Reisenden vor Filippo Lippis Bild begegnet ist. Erst sprach er kurz auf englisch über das Leben des Malers, kommentierte dann ebenso knapp auf italienisch das Porträt, und schloß, unvermittelt ins Deutsche fallend, daß es natürlich nicht genüge, wenn man nur auf ihn höre. Wenn Sie bloß auf mich hören, sagte er, werden Sie es nicht ganz empfinden. Sie müssen das Bild sprechen lassen. Damit legte er den Kopf etwas schief, sah einen Augenblick stumm auf das Gemälde, alle anderen starrten ihm nach, viele betroffen und in dem festen Bemühen, nun wirklich die Kunst sprechen zu lassen, und dann rauschten sie ab zum nächsten.

Wir standen nur noch einmal länger vor einem Bild, einem berühmten Werk, Sie kennen es gewiß, vor der Geburt der Venus von Sandro Botticelli, und nun haben Sie auch eine Vorstellung von meiner Frau. Besonders am Abend, als sie auf dem Bett lag und von Filippo Lippis Jungfrau sprach, hatte sie fast ganz den Ausdruck von

Botticellis Venus, nur etwas trauriger vielleicht. Und irgendwie war sie auch Filippo Lippis Jungfrau. Und dabei sind wir schon so lange verheiratet.

Karlheinz Deschner (geb. 1924)

Venus und Primavera

In den Häusern der Stadt malte er [Botticelli] verschiedene Rundbilder und eine größere Anzahl nackter weiblicher Gestalten, von denen sich noch heute zu Castello, der Villa des Herzogs Cosimo, zwei Bilder befinden: das eine stellt die Geburt der Venus dar und die Lüfte und Winde, die sie im Geleit der Liebesgötter der Erde zuführen; das andere Venus, von den Grazien, die den Frühling verkünden, bekränzt – alles sehr anmutig ausgeführt.

Giorgio Vasari (1511–1574)

Zum Glück gibt's Pils

Friedrich Wilhelm Käsebier an Herrn Rentier Adolf Krickhan, Charlottenburg, Kantstraße.

Florenz, 24. Februar.

Olle Meppelnese!

Uff! Mir jeht de Puste aus. Kinderkens, habt Ihr 'ne Ahnung, was ein Mensch für seine Bildung tun muß? Ihr habt sie nich!

Ihr sitzt bei Mutter Böhme und spielt eine Ehrenronde nach der andern und jießt immer noch ne Nullweiße uff de Lampe und – ich! Heiliger Bimbam!

Ich muß uffzieh'n in den Uffizien, ich muß mit – i – in Palazzo Pitti – ich muß – o weh o! Ins Museo!

Aber Ihr Kesekö ppe kennt ja nich mal die Namen, und von dem, was es ist, habt Ihr noch nich 'ne Ahnung jejessen!

Stell Dir mal vor eenen Korridor – vom Brandenburger Tor – ich bin heute poetisch, was, Adolfken? – also vom Brandenburger Tor bis zum Schloß, denn rechts um die Ecke rum een langer Korridor, und denn links herum eener vom Schloß bis Brandenburger Tor. Das sind die Uffizien. Und paß mal Acht, ein Zimmer am andern und hinterm Zimmer wieder 'n Zimmer und daneben 'n Zimmer und allens voll Bilder und Jemälde und Jemälde und Bilder, und nu setz Dich mal in Trab neben meiner Mathilde und schese mal durch Saal Nummer 1 bis 99, und denn kajole von 99 bis 222, immer mit 'n Lötkolben im Baedeker!

Madonna mit 'n Kanarienvogel, Madonna mit dem Zeisich, Madonna mit was weiß ich und Lippo Lippi und Lippino Lippi und Botticelli und noch neunhundertneunundneunzig tschelli und tschello und Knaatsch und Knuddel und 'n steifes Jenick und de Hühnerkieke – siehste Junge, das ist Kunst und muß jenossen werden.

Hurrjott, wo sie nur alle die Bilder her haben!

Wir Berliner haben doch auch mächtig ville Maler, die en orntliches Ende wegschmieren, aber ganze Stadtteile mit verkleckster Leinewand, halt mal 'n Hut uf – ick will ausspucken.

Un Mathilde!!

Sie hat 'n runden Flunsch gekriegt mit lauter italienische Namens, und wenn sie so 'n Happenpappen mit tschelli und tschello hat, denn kaut sie 'n paar Stunden dran, und en Augenaufschlag hat sie sich angewöhnt von wegen meinem Mangel an Kultur, mit dem kann sie sich für Jeld sehen lassen.

Nee, Junge, nu hab ich genug vons Tschinquetschento.

Ich habe der Damenwelt erklärt, daß ich nicht mehr mitspiele, und meinetwegen können sie die Baedekerkur so lange mitmachen, wie se wollen, mich kriegen sie an die Lippo und Lippi nicht mehr ran.

Von die vielen Heilijen is mir schwach jeworden, und ich werde mir jetzt mal ordentlich Pilsner in de Jacke schwenken.

Menschenskind, was sagst Du?

Begegne ich nicht vorgestern dem Oberlehrer Hänisch, der hier auch noch was zulernen soll, und führt er mich nicht in die allergemütlichste Pilsnerbierstube?

Stahlmann in Florenz!

Nu glaube ich wieder, daß ich in Europa bin, und Bismarckheringe und Rollmops und 'n großes Pils, da fordere ich das Jahrhundert in die Schranken und Mathilden ihr fünfzehntes ooch.

Nee, das is merkwürdig, Adolfken, hier ist jeder Schluck Bier eine vaterländische Festfeier, und es singt in einem wie die Wacht am Rhein und Deutschland, Deutschland über alles, wenn man erst wieder mal das richtige Getränke hat.

Hänisch ist ganz der richtige Mann für so was, und det kannste glauben, es werden uns nich bloß de Oogen naß vor Vaterlandsliebe.

Mathilde hat die Hoffnung aufgegeben, daß ich mir noch mal die Beene in Leib stehen werde vor ihre Baedekerbekanntschaften, und sie läßt mir auch alle Tage an ihrem Mitleid über meine Unbildung riechen. Aber ich glaube, der Tschinquetschento stoßt ihr selbst 'n bißchen sauer uff, und sie begibt sich mit ihrem Wissensdurst mehr in die Ruhe.(…)

Na, lange bleiben wir ja nich mehr, und übermorjen oder in drei Tagen fahren wir nach Rom, wo es, wie Hänisch sagt, auch Pilsner Hallen gibt.

Auf diese Weise ertrage ich noch 'n paar Wochen Italien, aber hernach, Hurrjott, gibt's eine dolle Skatsitzung.

Grüß die Brüder von Euerm Rennässanxmenschen

Fritz Käsebier.

Ludwig Thoma (1867–1921)

BLACK BAR

FREMDE IN FLORENZ

Barbaren in den Uffizien

Auf dem Wege zur Post habe ich vor der Loggia einige der preußischen Pfaffen wiedergesehen, in deren Gesellschaft ich neulich den letzten Teil meiner Reise von Berlin nach Florenz machte. Sie standen vor der Gruppe der Sabinerinnen und lachten, wie Bauern vor dem Fenster eines Juweliers. Sie führten allerhand Reden, und ich sah wohl, daß sie sie … ha, ha … ganz „reizend" fanden. Schade, daß das Medusenhaupt, das Perseus ihnen entgegenhielt, sie nicht in Stein verwandelte.

Mit ruhigem Gemüte sind sie dann nach den Uffizien gegangen, wo eine Gruppe von englischen Pfarrern zu ihnen stieß. Als ich mir vorstellte, daß meine Lieblingsbilder von diesen harten und dummen Augen betrachtet wurden, wurde mir ordentlich schlecht. Von diesen Augen, in denen nichts von einem Kampf zwischen Geist und Materie zu spüren ist. Ach, Angelico, die Bilder des Filippino Lippi, der heilige Sebastian des Sodoma, die Verkündigung des Leonardo, die kleine, süße Madonna Bugiardinis, die Zeichnungen Mantegnas – und das alles sollen diese Augen sehen? Ich habe ein Gefühl, als gäbe man plötzlich meine geheimsten Gedanken, mein geheimstes Sehnen dem Lachen der Welt preis.

Die meisten dieser jungen Priester sind Barbaren, die von einem respektablen Dämon besessen sind.

Für sie ist Kunst nur ein Zeichen primitiver Wildheit und das Genie eine beständige Bedrohung der Gesellschaft.

Man fragt sich, was sie in Italien wollen. Sie werden wieder abreisen, nachdem sie über alles gelästert haben. Manche glauben, ihre sogenannte Bildung bereichert zu haben, und sind mehr denn je vom Wert der mittelmäßigen Geister überzeugt, denn sie allein sind gezügelt, sie allein verdienen Achtung; sie sind die erdrückende Mehrheit, die Stimme Volkes, der Normalmensch der Irrenärzte; sie kennen nur die Leidenschaften, die man haben darf, jede zu ihrer Zeit: Christentum im vierten Jahrhundert, vorgestern Patriotismus, gestern morgen Sozialismus, und die Liebe ohne Phrasen und Kunst und nur gemäßigte Liebe zum Gemäßigten.

Valery Larbaud (1881–1957)

Krank durch Kunst

Geheimnisvolles geschieht seit einiger Zeit in Florenz. Reisende, die aus aller Herren Länder kommen, um Kirchen und Paläste, Raffael und Michelangelo, Rubens und Tizian zu bewundern, werden plötzlich von Unwohlsein und unerklärlichen Schwindelgefühlen befallen. Manche plagen gar Wahnvorstellungen, sie haben auf einmal das Gefühl, nicht mehr sie selbst zu sein. Andere fallen unversehens in Ohnmacht und kommen erst in einer Klinik wieder zu sich. Es sind fast nur jüngere Leute, zwischen zwanzig und vierzig Jahren, meist unverheiratet und alleinreisend, die von diesen merkwürdigen Symptomen heimgesucht werden.

Ein Junggesellen-Virus? Die Museumsluft? Der Reisestreß?

Nein, erklärt Graziella Magherini, es ist die Kunstbetrachtung, die dieses Unwohlsein erzeugt. Dr. Magherini ist Psychoanalytikerin. Sie leitet die psychiatrische Abteilung der Klinik Santa Maria Nuova in Florenz. Schon vor Jahren war ihr aufgefallen, daß immer wieder vor allem ausländische Touristen mit Symptomen unbekannter Ursache in ihre Abteilung eingeliefert wurden. Die Analytikerin begann diese Fälle miteinander zu vergleichen. Innerhalb von zehn Jahren untersuchte sie mehrere hundert Patienten, die alle eines gemeinsam zu haben schienen: Sie waren offenbar durch die Betrachtung von Kunstwerken krank geworden. Über diese von ihr entdeckte Erkrankung hat Dr. Magherini nun in Italien ein Buch veröffentlicht, das dem merkwürdigen Übel auch gleich einen wissenschaftlichen Namen gibt: das Stendhal-Syndrom.

Daß Kunst manchmal zu schön ist, um gesund zu sein, demonstriert die Psychoanalytikerin an zahlreichen Beispielen aus ihrer Praxis. Da ist etwa der Patient Franz, ein sensibler Ingenieur aus Oberbayern, der sich von den optischen Eindrücken seines Florenz-

Aufenthaltes derart überschwemmt fühlte, daß er im Zustand starker Erschöpfung in die Klinik gebracht werden mußte. Nach einem Gespräch mit Dr. Magherini ging dem Patienten Franz ein Licht auf: Sein Zusammenbruch in den Uffizien, so glaubte er nun, war auf eine unterdrückte Neigung zur Homosexualität zurückzuführen. Denn es waren vor allem gemalte und modellierte Männerkörper, von deren Anblick Franz sich nicht losreißen konnte.

Schwindelanfälle und Herzjagen zwangen auch die norwegische Touristin Brigitte in die Klinik. Ein Internist, der keine organische Störung feststellen konnte, empfahl ihr ein psychoanalytisches Gespräch mit Dr. Magherini. Sie befand, daß die puritanisch erzogene Brigitte im Bereich des Sinnenlebens „noch nicht ganz ausgereift" war: Sogar in ausgesprochen religiösen Kunstwerken entdeckte sie ständig erotische Reize.

Von Weinkrämpfen geschüttelt, wurde die Amerikanerin Sally in die Klinik gebracht. Im Gespräch mit der Psychoanalytikerin gestand die aus einfachen Verhältnissen stammende Sally, daß sie unter schweren Schuldgefühlen leide, weil sie den Urlaub in der weltberühmten Kunstmetropole Florenz „eigentlich nicht verdient" habe. Dr. Magherini konnte ihre Patientin mit dem Hinweis auf Sigmund Freuds Erinnerungsstörung auf der Akropolis beruhigen: Im Jahre 1904 hatte der humanistisch gebildete Psychoanalytiker, als er die ersehnte griechische Landschaft zu seinen Füßen liegen sah, bei aller Begeisterung auch ein Schuldgefühl empfunden – gegenüber seinem Vater, der sich eine so weite und kostspielige Reise noch nicht hatte leisten können. „Es sieht so aus", schrieb Freud damals an den französischen Schriftsteller Romain Rolland, „als wäre es das Wesentliche am Erfolg, es weiter zu bringen als der Vater, und als wäre es noch immer unerlaubt, den Vater übertreffen zu wollen."

Daß die Analytikerin sich auf Freud beruft, leuchtet ein. Auch, daß sie von einem „Syndrom", also einem Bündel verschiedener Symptome, spricht, ist nachzuvollziehen. Was aber hat der Autor von „Rot und Schwarz", Henri Beyle de Stendhal, mit den Gefühlsverwirrungen heutiger Italien-Touristen zu tun?

Antwort auf diese Frage geben Stendhals Reiseerinnerungen aus dem Jahre 1817. Im Januar jenes Jahres war Stendhal in einer Pferdekutsche das Apenningebirge hinunter nach Florenz gefahren. Als er von weitem Brunelleschis Domkuppel erkannte und daran dachte, wie viele bedeutende Männer die Toskana hervorgebracht hatte, fühlte er sein Herz bis zum Halse schlagen. „Ich war außerstande, vernünftig zu denken", notierte er in sein Tagebuch, „und überließ mich meinem Wahnsinn wie bei einer geliebten Frau. Als wir durch den häßlichen Triumphbogen der Porta San Gallo einfuhren, hätte ich dem ersten Florentiner, dem ich begegnete, um den Hals fallen mögen."

Von einem wahren Gefühlsrausch ergriffen wurde Stendhal dann in einer Seitenkapelle der Kirche Santa Croce, wo er sich prompt in eine der von Volterrano gemalten Sibyllen verliebte. (Später gab er zu, daß diese ihn an eine seiner früheren Geliebten erinnert habe.) „Ich befand mich in einer Art von Ekstase", schrieb er. „Ich war auf dem Punkt der Begeisterung angelangt, wo sich die himmlischen Empfindungen, wie sie die Kunst bietet, mit leidenschaftlichen Gefühlen gatten. Als ich die Kirche verließ, klopfte mir das Herz; man nennt das in Berlin Nerven; mein Lebensquell war versiegt, und ich fürchtete umzufallen."

Aber Stendhal fiel nicht um und benötigte keine nervenärztliche Hilfe. Er half sich selbst nach dem Ähnlichkeitsgrundsatz der Homöopathie, indem er sich noch einmal Kunst, aber diesmal in kleineren Portionen zuführte: Er setzte sich vor der Kirche auf eine Bank und las Verse seines italienischen Kollegen Ugo Foscolo, der über die toskanische Kunst ebenfalls in Verzückung geraten war.

Eine derart gepflegte Selbstmedikation kann man im Zeitalter des Massentourismus nur selten erwarten. In ihrem Buch belegt Graziella Magherini bedrückend eindeutig, wie weit unsereiner vom Kenntnisreichtum des Reisenden Goethe, vom Kunstsinn des Reisenden John Ruskin und von der Empfindsamkeit des „sentimentalen" Reisenden Laurence Sterne entfernt ist. Krank wird der heutige Tourist meist nur noch dann, wenn er sich an fremdländischen Speisen oder Getränken zuviel zugemutet hat. An Kunstbetrachtung erkranken nur außergewöhnlich sensible Seelen. (...)

Klaus Thiele-Dohrmann (geb. 1936)

Salon Europas

Vor einigen Jahren, vor allem bevor die politischen Ereignisse die betuchten Touristen verschreckten, war Florenz so etwas wie der Salon Europas. Hier fand man im großen und ganzen die schillernde Gesellschaft der Badekuren. Aus allen Weltgegenden kommend versammelten sich hier Engländer auf der Flucht vor dem heimischen Nebel, Russen, den Schnee eines sechs Monate währenden Winters abschüttelnd, Franzosen, um ihre Reise nach der neuesten Mode abzurunden, Deutsche auf der Suche nach dem Ursprünglichen in der Kunst, vormalige Sängerinnen und Tänzerinnen, problembeladene Existenzen und Schicksale, gestürzte Königinnen, hübsche Paare, verbunden in Gretna-Green oder schlicht vor dem Altar der Natur, Frauen, die aus diesen oder jenen Gründen von ihrem Ehemann getrennt waren, leicht verrückte „Grandes Dames", Fürstinnen mit Tenorsängern oder schwarzbärtigen jungen Männern im Gefolge, Dandys, die sich in Baden-Baden oder Spa halb ruiniert hatten – Opfer von Pariser Bankkrediten, alte Jungfern, die von einem gelegentlichen Abenteuer träumten, kurzum eine höchst fragwürdige Welt mit vielen Schattierungen, aber lebhaft, geistreich und fröhlich, nur auf der Suche nach Vergnügungen und mit dem Geld umso sorgloser umgehend, als der italienische Luxus relativ preiswert ist.

Diese ganze Gesellschaft besuchte die gastfreien Bälle des Großherzogs und amüsierte sich prächtig. Diese Art allgemeiner Toleranz, die jeden akzeptierte, der sich gut darstellte, angemessen angezogen war und irgendein Empfehlungsschreiben besaß, führte wohl auch manchmal einen Hochstapler oder eine Abenteurerin in diesen kosmopolitischen Salon ein, jedoch fühlte man sich frei, sich später in London oder Paris nicht mehr zu grüßen; man genoß in Florenz eine Freiheit wie auf einem Maskenball. Die Intrigen und die Liebschaften nahmen ihren Lauf ohne allzuviel Skandal zu machen; jeder war viel zu beschäftigt, um Zeit für bösartigen Klatsch zu haben. Im übrigen hätte es kindisch gewirkt, eine Frau zu beschuldigen, sie habe einen Liebhaber; die üble Nachrede begann erst bei zweien, die Verleumdung bei dreien.

Théophile Gautier (1811–1872)

Orientierungslos

Eines Abends um neun Uhr verlief ich mich in Florenz und irrte in diesem Labyrinth enger Straßen und langer Reihen riesiger Gebäude, die alle gleich aussehen, weiter umher bis gegen drei Uhr morgens. Es war eine angenehme Nacht, und anfangs waren eine ganze Menge Leute unterwegs, und man sah hier und da freundliche Lichter. Später gewöhnte ich mich daran, durch geheimnisvolle Stollen und Tunnel zu schleichen und mich selbst in Erstaunen zu versetzen und damit zu unterhalten, daß ich in der Erwartung, das Hotel mir entgegenstarren zu sehen, um eine Ecke bog und dann allemal feststellte, daß es überhaupt nicht daran dachte. Noch später wurde ich müde. Ich war bald reichlich müde. Aber jetzt war niemand mehr unterwegs – nicht einmal ein Polizist. Ich wanderte weiter, bis ich alle Geduld verloren hatte und sehr erhitzt war und Durst bekam. Etwas nach ein Uhr landete ich schließlich unvermutet an einem Stadttor. Da wußte ich denn, daß ich sehr weit vom Hotel entfernt war. Die Soldaten dachten, ich wollte die Stadt verlassen, und sprangen auf und versperrten mir mit ihren Musketen den Weg. Ich sagte: „Hotel d' Europe!"

Das war das ganze Italienisch, das ich kannte, und ich war nicht sicher, ob es Italienisch oder Französisch war. Die Soldaten guckten einander und mich dumm an, schüttelten den Kopf und nahmen mich in Gewahrsam. Ich sagte, ich wolle nach Hause gehen. Sie verstanden mich nicht. Sie nahmen mich mit in die Wachstube und durchsuchten mich, aber sie fanden keinen Aufruhr an mir. Sie entdeckten ein kleines Stück Seife (wir haben jetzt Seife mit), und ich machte es ihnen zum Geschenk, weil ich sah, daß sie es als Rarität betrachteten. Ich fuhr fort, *Hotel d' Europe* zu sagen, und sie fuhren fort, den Kopf zu schütteln, bis schließlich ein junger Soldat, der in der Ecke genickt hatte, sich erhob und etwas sagte. Er sagte, er wisse wo das Hotel sei, nehme ich an, denn der Wachoffizier schickte ihn mit mir fort. Wir gingen hundertfünfzig Meilen, so schien es, und dann verlief *er* sich. Er wandte sich hierhin und dahin, gab es schließlich auf und machte mir deutlich, daß er den Rest des Morgens damit zu verbringen gedächte, das Stadttor wiederzufinden. In diesem Augenblick fiel mir auf, daß das Haus gegenüber irgendwie etwas Vertrautes an sich hatte. Es war das Hotel!

Es war ein Glück für mich, daß zufällig ein Soldat da war, der wenigstens so gut Bescheid wußte wie dieser; denn man erzählte uns, daß die Regierung nach dem Prinzip verfahre, das Militär ständig von einer Stelle zur anderen und vom Land in die Stadt zu verlegen, damit es nicht mit der Bevölkerung Kontakt aufnehmen und in seiner Pflichterfüllung nachlässig werden und mit Freunden Verschwörungen und Komplotte anzetteln könne. Meine Erlebnisse in Florenz waren hauptsächlich unangenehm. Ich will das Thema wechseln.

Mark Twain (1835–1910)

Wären sie nur wieder heimgekehrt!

Die Männer, welche Waffen tragen konnten
Zu jener Zeit, vom Marsbild bis zum Täufer,
Die waren nur ein Fünftel der von heute.
Jedoch die Bürgerschaft, die jetzt gemischt ist
Aus Campi, aus Certaldo und aus Figghine,
Die war noch rein bis zu dem letzten Lehrling.
Viel besser wären Nachbarn nur geblieben,
Die ich genannt, und wäre bei Galluzzo
Und bei Trespiano heut noch eure Grenze,
Als daß nun eure Stadt den Stank des Bauern
Von Aguglion, von Signa muß ertragen,
Der schon umherspäht, um Betrug zu üben.
Wenn, die am meisten aus der Art geschlagen,
Stiefmütterlich den Kaiser nicht behandelt,
Vielmehr mit Güte wie den Sohn die Mutter,
Wär mancher in Florenz, der kauft und handelt,
Wohl wieder heimgekehrt nach Semifonte,
Wo seine Väter einst noch Bettler waren,
Gehörte Montemurlo noch den Grafen,
Die Cerchi wären noch im Dorf Acone,
Und wohl in Grevetal die Buondelmonte.

Stets brachte ja die Mischung der Personen
  Den Anbeginn des Unheils für die Städte
  Wie für den Leib die Speisen, die er aufnimmt.

Par. 16,46–69

Dante Alighieri (1265–1321)

Reisetipps im Jahr 1600

So jr hinzu nahet bey Florentz / vnd ewrer etlich in Gesellschafft / so nembt einen vnder euch / der ein practicus ist und die Sprachen oder Gebrauch weiß / schickt jn auff ein halbe Meil Wegs vor an / daß er vnder dem Thor still halte / vnd ewer warte / bey den Zöllnern / so werden sie jn fragen / was er warte / mag er jnen antworten / etlicher Scholari oder Studenten / sie seyen das Reuten nit gewohnt / vnd alle müd / dann man gewaltig scharpff bey jederman sucht / was einer bey jhm führet / und wirdt viel Zeit damit verloren / damit sie aber nicht lang suchen / jnen flucks ein stück Gelt in die Händ gesteckt / vnd darnach mit jnen nit viel Wort gebraucht / vnd nur behertzt jnen zugeredt / so lassen sie euch von jnen / es schawet allzeit viel Volcks zu / ob etwas vnrechts erfunden würde / derohalben wol abzunemmen / daß practica da seyn muß / vnd grosser betrug.

So jhr in die hoch vnd weitberümbte Statt kommt / so losiert ein bey der Kronen: Es hat sonsten auch einen Teutschen Wirth / zu der Fusti genannt: Es gibt aber nur vil Sauffens / vnd lernet oder siehet einer nichts darbey.

Georg Kranitz von Wertheim (1600)

Gruß nach Berlin

Ansichtskarte. Florenz von San Miniato aus.
Lilly Käsebier an Jenny Krause, Berlin NW, Lessingstraße.

Firenze, 18 febbraio.

Florenz ist wahnsinnig italienisch. Man begreift hier erst, was es ist!!
Gr. u. K. Deine felicissima Lilly
Nachschrift:
Warum seid Ihr nicht mit uns, um all dies Schöne mit zu genießen?!
Viele herzl. Grüße Mathilde K.

Ludwig Thoma (1867–1921)

Santa Trinità

Befriedigender Eindruck

29. Dezember. – Die Brücke, über die ich täglich mehrmals gehe, ist nach der Kirche S. Trinità benannt, die an dem kleinen Platz liegt, auf dem man nach Überschreiten des Flusses landet: Eine Granitsäule aus den Caracalla-Thermen, von einer Statue der Gerechtigkeit gekrönt, erhebt sich auf ihm, links gelangt man in die Via Tornabuoni und zum Palazzo Strozzi, rechts zum Palazzo Vecchio. In die Kirche trat ich morgens ein, um wieder Ghirlandaio-Fresken zu sehen, jene, auf denen der Papst Honorius dem heiligen Franziskus die Ordensregel bestätigt, während Lorenzo il Magnifico und seine Umgebung assistieren – gerade führt Polizian seine Zöglinge eine Treppe hinauf, um ebenfalls der Feierlichkeit beizuwohnen. Dies Bild ist mir seit den Tagen, in denen ich die „Stanzen" Polizians las, besonders lieb, und endlich brachten mir die Fresken keine Enttäuschung ein. Es ist nur eine kleine Kapelle, alle Malereien noch frisch in den Farben, und glücklicherweise hatte man sich nicht gescheut, über dem Altar eine Kopie der farbschönen „Anbetung" des Ghirlandaio aufzuhängen. So kam zum erstenmal ein Ganzes zustande, wie es der Künstler gewünscht und wie es die Zeitgenossen gesehen hatten. Es war kein großer, aber ein befriedigender Eindruck.

Karl Eugen Gass (1912–1944)

Via Tornabuoni

Einkaufsbummel in den dreißiger Jahren

Die Via Tornabuoni war nicht nur der Umschlagplatz der Florentiner Klatschbörse, hier befanden sich auch – für diejenigen, die es sich leisten konnten – einige der elegantesten Geschäfte von ganz Italien. Die Frischverlobten oder jene, die einen solchen Schritt bloß in Erwägung zogen, starrten in die Schaufenster von Parenti, einem Laden, der auf Silber, Schmuck und Glas spezialisiert war. Optimisten hinterlegten dort ihren Hochzeitswunschzettel. Auch Ferragamo, der erst vor kurzem aus Amerika zurückgekehrt war, hatte dort ein Geschäft eröffnet und war rasch zum Liebling der Florentiner Damen avanciert. Er fertigte nicht nur Entwürfe und hölzerne Leisten an, sondern tastete auch die Füße jeder Klientin sorgfältig ab. Ein Paar Schuhe kostete damals 200 Lire, aber neue Kundinnen zahlten nur 180 Lire. Gucci war damals noch ein kleiner Familienbetrieb mit einer Sattler- und Koffermacherwerkstatt in einer Nebenstraße, der Via della Vigna.

Wenn es um die Mode ging, beugten sich die Florentiner niemandem – vor allem nicht der Regierung in Rom. Die Nationale Faschistische Vereinigung der Bekleidungsindustrie verfügte für das Jahr 1930, daß die Mode „von den gegenwärtigen schmalen und kantigen Linien zu weiblichen Kurven" zurückkehren müsse. Unermüdliche Anstrengungen müßten, so lautete die Direktive, unternommen werden, um die italienischen Frauen von der Sklaverei fremdländischer Stile zu befreien. Inspirationen seien im Stil des fünfzehnten Jahrhunderts zu suchen. Doch nach den schlanken, exquisit geschnittenen Kleidern zu urteilen, die auf der *passeggiata* am Spätvormittag zu sehen waren, vertraten die jungen Florentinerinnen eindeutig die Meinung, daß das Quattrocento sehr gut zu ihren Häusern und Bildern paßte, aber nicht zu ihrer Figur.

Kinta Beevor (1911–1995)

Palazzo Strozzi

Abriß für den Neubau

Und am 20. des Monats (1489) war man fertig mit dem Ausfüllen dieses Teils der Piazza de' Tornaquinci. Und immerfort riß man noch die Häuser nieder, mit großer Zahl von Meistern und Handlangern, so daß alle Straßen ringsum von Bergen von Steinen und Kalkschutt eingenommen waren, und von Maultieren, Eseln, die wegtrugen und die Sand herbeibrachten, so daß man mit Schwierigkeiten hier vorüberkam. Und wir anderen Gewerbsleute standen immerfort im Staub und in der Belästigung der Leute, die hier anhielten, um zuzusehen und mancher, weil er mit den beladenen Tieren nicht vorwärts konnte.

Luca Landucci (1436–1516)

Grundsteinlegung

Im Augenblick, in dem die Sonne hervortrat über den Bergen, legte ich den ersten Stein zu den Grundmauern im Namen Gottes, zu gutem Beginn für mich, meine Nachkommen und alle, die sich am Bau beteiligen werden. In derselben Stunde ließ ich durch die Klosterbrüder von San Marco eine Heiligegeistmesse singen, eine andere bei den Nonnen der Murate, eine dritte in meiner Kirche Santa Maria di Lecceto, noch eine bei den mir verpflichteten dortigen Frati, mit der Fürbitte um glücklichen Anfang des Werkes. Den Zeitpunkt der Grundsteinlegung bestimmten durch das Horoskop Messer Benedetto Biliotti und Meister Niccolò, sowie Messer Antonio Benivieni, Ärzte und der Bischof Pagagnotti nebst Messer Marsilio [Ficino], die ihn alle als günstig bezeichneten. Den Brüdern von S. Marco sandte ich zur Almosenverteilung nach ihrem Gutdünken 20 Lire, ebenso viel den Murate. In kleinen Almosen verteilte ich 10 Lire. Benedetto Biliotti schenkte ich 4 Ellen schwarzen Damast, macht 20 Lire. Zum Essen hatte ich in den Frühstunden Meister Jacopo, den Maurer, Meister Andrea, den Gießer, Filippo Buondelmonti, Marcuccio Strozzi, Piero Parenti, Simone Ridolfi, Donate Bonsi, Ser Agnolo, Lorenzo Fiorini und andere meiner Freunde (...)."

Filippo Strozzi (1428–1491)

Palazzo Rucellai

Zufriedener Stifter Rucellai

Alle diese Dinge gaben und geben mir größte Zufriedenheit und Freude, denn sie dienen zum Teil der Ehre Gottes, dem Ruhm der Stadt und dem Andenken an mich selbst. Man sagt gewöhnlich – und es ist die Wahrheit –, daß das Geldverdienen und das Geldausgeben zu den großen Freuden gehören, die die Menschen in dieser Welt haben können, und daß es schwer zu sagen ist, was von beidem größer ist. Ich habe nun seit 50 Jahren, wie gesagt, nichts anderes getan als Geld zu verdienen und Geld auszugeben, und habe daraus größte Freude und größte Zufriedenheit gewonnen, und es ist mir klar geworden, daß das Geldausgeben noch mehr Genuß bereitet als das Geldverdienen.

Giovanni Rucellai (1409–1461)

Santa Maria Novella

Dreifaltigkeitsfresko von Masaccio

In einer stark perspektivisch gemalten gewölbten Kapelle mit toskanischen Pfeilern stützt Gottvater, der festeste Pfeiler der Gerechtigkeit, das Kreuz, an dem mit weitausgestreckten Armen sein Sohn hängt. Unter dem Kreuz stehen die Jungfrau und der junge Johannes, noch weiter unten, auf einer tieferen Ebene, die außerhalb der gemalten Kapelle liegt, knien zu Füßen zweier riesiger korinthischer Pilaster die beiden Stifter, der Mann und seine freundliche, matronenhafte Frau. Maria, eine reife Frau mit dem weltklugen Gesicht einer Äbtissin, wendet dem Betrachter ihr Gesicht zu und beschreibt mit erhobener Hand eine Geste, die fast wie ein Achselzucken aussieht, während der im Profil dargestellte Johannes betet. Sein Gewand ist so rosig wie seine Wangen, er blickt streng und entschlossen und ähnelt einem Kreuzritter. – Hier wie in der Pazzi-Kapelle kann es keinen Zweifel geben, daß der große geordnete Weltplan im kleinen eingefangen ist – in diesem Falle sind es Gerechtigkeit und Erlösung, deren Gerüst das Kreuz ist. Dieses Fresko mit seiner erschreckenden Logik gleicht fast einem philosophischen oder auch mathematischen Beweis: Ein gleichseitiges Dreieck steht unter einem Bogen, der wiederum von einem Rechteck eingeschlossen ist. Und das Zentrum, der Scheitelpunkt des Dreiecks und der Gipfel aller Dinge, ist das Haupt Gottvaters, des *Padre Eterno* mit dem grauen Bart und den unbewegten grauen Augen. Er ist das Axiom, aus dem alles andere unwiderruflich folgt; er hält alle Dinge an ihrem Platz.

Mary McCarthy (1912–1989)

Ghirlandaios lebenswahre Bilder

Als der Künstler [Domenico, genannt Ghirlandaio] voll Ehren und mit viel Geld [aus Rom] nach Florenz zurückkehrte, empfahl der Kaufmann [Francesco Tornabuoni] ihn brieflich seinem Verwandten Giovanni [Tornabuoni]. Dieser faßte den Gedanken, Domenico bei irgend einem großartigen Werk zu beschäftigen, zu seines eigenen Namens ehrenvollem Gedächtnis und zu des Meisters Ruhm und Gewinn. Um das Vorhaben zu begünstigen, wollte es der Zufall, daß die Hauptkapelle in Santa Maria Novella, die früher von Andrea Orcagna ausgemalt worden war, sehr durch Nässe gelitten hatte, weil das Dach der Wölbung schlecht gedeckt gewesen war. Viele Bürger erboten sich, die Kapelle ausbessern oder vielmehr neu machen zu lassen. Sie gehörte jedoch der Familie Ricci, und diese wollte es nicht zugeben. Sie selbst konnte nicht so viel aufbringen, aber ebenso wenig sich entschließen, die Ausschmückung anderen zu überlassen, weil sie fürchtete, sie möchte des Patronatsrechtes und ihres Wappens dort verlustig gehen, das noch von ihren Voreltern herstammte. Giovanni, der großes Verlangen trug, Domenico möchte ihm dort ein Gedenken schaffen, suchte den Handel auf verschiedenen Wegen auszugleichen und versprach schließlich der Familie Ricci, er wolle allein alle Kosten tragen, sie auf irgendeine Weise entschädigen und ihr Wappen am ausgezeichnetsten und ehrenvollsten Platz in der Kapelle anbringen lassen. So wurden sie eins. Nachdem ein feierlicher Kontrakt abgeschlossen worden war, übertrug Giovanni die Arbeit dem Meister Domenico. Dieser sollte dieselben Gegenstände malen, die Orcagna dargestellt hatte. Hierfür versprach er dem Künstler zwölfhundert Dukaten in Gold zu zahlen und, falls das Werk ihm gut gefiele, zweihundert hinzuzufügen. Domenico begann und ließ nicht nach, bis er den Auftrag im Verlauf von vier Jahren vollendet hatte. Dies geschah im Jahre 1485 zur größten Befriedigung Giovannis, der sich für sehr gut bedient erklärte und freimütig gestand, Domenico habe die zweihundert Dukaten über den ausgedungenen Preis verdient, lieb jedoch wäre es ihm, wenn jener sich mit dem ersten Preis begnügen wollte. Domenico, der Ruhm und Ehre viel höher als Reichtümer achtete, erließ Giovanni sogleich alles übrige und versicherte, ihm gelte es weit mehr, seinem Wunsch genügt zu haben, als volle Bezahlung zu verlangen. Diese Kapelle galt für etwas außerordentlich Schönes, Großartiges und Reizendes wegen der Frische der Farben und weil die Malerei, bei der Domenico nur wenig trocken nachbesserte, mit Übung und Sauberkeit auf der Mauer ausgeführt ist. Gestaltungen und Zusammenstellungen sind aufs beste gelungen, und Domenico verdient sicherlich wegen dieses Werkes in jeder Hinsicht das größte Lob, am meisten jedoch wegen der Lebendigkeit der Köpfe, die nach der Natur gezeichnet sind und viele Florentiner Persönlichkeiten in lebenswahren Bildern zeigen.

Giorgio Vasari (1511–1574)

Le Cascine

Promenade in den Cascine

Die „Cascine", deren Name eigentlich Molkerei bedeutet, liegen außerhalb der Mauern, vor der Porta di Prato; sie erstrecken sich entlang dem rechten Ufer des Arno über fast zwei Meilen bis zur

Einmündung der Terzolle. Quer durch Gruppen großer alter Bäume wie Pinien, immergrüner Eichen, Korkeichen und anderer Arten des Mittelmeerraumes wie auch des Nordens, ziehen sich Sandwege, die in einem runden Platz enden – er bildet das, was die Spanier den „Salon" dieser Modepromenade nennen würden.

Auf der einen Seite das viele Grün, das den hübschen Fluß Arno säumt, und auf der anderen Seite der blaue Rahmen des Apennin, dessen entfernte Bergkuppen man erkennt, gesprenkelt von den weißen Punkten der Villen und kleinen Ortschaften – dies alles bildet unter dem südlichen Licht ein bewundernswertes Ensemble, das man nicht so leicht vergißt.

Die „Cascine " haben etwas eher naiv Ländliches als ähnliche Spazierwege in Paris und London, und der Zustrom fremdländischer Eleganz ändert nichts an dieser italienischen Einfachheit, die so liebenswert sorglos wirkt. (...)

Der Spaziergang in den Cascine war eines der wichtigsten Ereignisse des Tages. Es gab dort eine Art Liebesbörse, wo man die Kurswerte der Damen vergleichen konnte. Steigender Kurs für Madame de B., fallender für Madame de V.; Madame de B. hat den kleinen Baron de L. fallen lassen um sich dem Fürsten D. zuzuwenden; Madame de V. ist zugunsten einer zweitklassigen Sängerin der Pergola im Stich gelassen worden – alles schwerwiegende Dinge! Die Toiletten wurden erörtert und kritisch bewertet, doch nachlässiger als anderswo, denn die großen Liebesaffären waren das Hauptvergnügen. Natürlich denken die Evastöchter aber immer ein wenig an den Schnitt des Feigenblattes, das ihre Reize verhüllt. Dennoch – und das ist sicherlich dem günstigen Klima zu verdanken: Man hat in den Cascine schon Pariserinnen gesichtet, die so hingerissen von ihrem Geliebten waren, daß sie nur ihn ansahen und ihre Eitelkeit vergaßen.

Der Zustrom von Fremden ist etwas schwächer geworden; dennoch bieten die Cascine immer noch, von etwa drei bis sieben Uhr, je nach Jahreszeit, ein fröhlich bewegtes Schauspiel.

Als wir in der Kalesche dort ankamen – es wäre geschmacklos, dort zu Fuß aufzutauchen, auch wenn die Entfernung zwischen Stadt und Cascine gering ist – war die ganze Gesellschaft vollzählig versammelt. Das Wetter war schön, die Luft lau, und die Sonne schickte heitere Strahlen zwischen den leichten Schäfchenwolken hindurch.

Der runde Platz in den Cascine war wie ein riesiger Salon, die stehenden Kaleschen bildeten darin die Sofas und Sessel. Die Damen lagen in großer Toilette zurückgelehnt im Fond ihrer Wagen, deren vorderer Teil mit Blumen überladen war, in ausgeklügelter Pose, um ihre Reize zur Geltung zu bringen, und mit einer Grazie wie im französischen Theater.

Théophile Gautier (1811–1872)

FLORENTINER UND FLORENTINERINNEN

Ein geizig Volk und neidisch und vermessen

Doch jene bösen, undankbaren Leute,
  Die einst von Fiesole herabgestiegen
  Und noch etwas vom Berg und Felsen haben,
Die werden dir zum Feind ob deiner Tugend,
  Und das mit Recht, denn zwischen sauren Schlehen
  Kann nie der süße Feigbaum Früchte tragen.
Ein alter Ruf der Welt nennt sie die Blinden,
  Ein geizig Volk und neidisch und vermessen;
  Von ihren Sitten trachte frei zu bleiben.
Dein Schicksal wird dir soviel Ehre bringen,
  Daß beide Teile nach dir hungern werden,
  Doch reicht ihr Schnabel nicht zu diesem Kraute.
Das Fiesolaner Raubvieh soll im eignen
  Mist wühlen und die Pflanze nicht berühren,
  Wenn eine wachsen kann auf ihrem Kote,
In der der heilige Samen wieder auflebt
  Von jenen Römern, die verblieben damals,
  Als solcher Bosheit Nest gegründet wurde.

Inf. 15, 61–78

Dante Alighieri (1265–1321)

Frivole Florentinerinnen

Um soviel mehr ist meine arme Witwe,
  Die vielgeliebte, Gott genehm und teuer,
  Als sie im Gutestun allein geblieben.
Denn in der Wildnis von Sardinien findet

Man bei den Frauen beßre Zucht und Sitte
Als in der Wildnis, wo ich sie gelassen.
O lieber Bruder, was soll ich noch sagen?
Die Zukunft steht mir schon vor meinem Sinne,
Der diese Stunde nicht gar alt wird scheinen,
Da wird man von der Kanzel aus verbieten
Den unverschämten Florentinerfrauen,
Daß sie die Brüste auf der Straße zeigen.
Hat es jemals Barbarinnen gegeben
Und Sarazeninnen, die Strafen brauchten
Von Staat und Kirche, um bedeckt zu gehen?
Doch wenn die Schamvergeßnen wissen könnten,
Was schnell der Himmel für sie vorbereitet,
So stünden zum Geheul die Mäuler offen;
Denn wenn Voraussicht hier mich nicht betrüget,
Sind sie betrübt noch eh der Bart gewachsen
Denen, die heute in der Wiege liegen.

Purg. 23,91–111

Dante Alighieri (1265–1321)

Dichtkunst und Sprache

Zu der Charakteristik der Toskaner gehört ihre Liebe zur Dichtkunst, die schon in den ältesten Zeiten diesem Volke eigen war; auch findet man hier mehr Improvisatoren, oder Steigreifreimer, als in irgend einer andern Provinz Italiens. Das Gedicht des Dante wurde selbst zu Lebzeiten dieses Dichters von dem gemeinen Volke zu Florenz in den Straßen gesungen. Zur Ehre der Toskaner kann man auch sagen, daß sie im Ackerbau größere Fortschritte als alle übrige Italiener gemacht haben.

Die toskanische Sprache, vorzüglich die in Siena, wird für die beste in Italien gehalten. Da diese Provinz die besten Schriftsteller hervorbrachte, und sich am meisten mit Verbesserung der Sprache beschäftigte, so gaben sie bei allen ihren Nachbarn den Ton an. Obgleich man aber den Toskanern in Ansehung der Schreibart gefolgt ist, und sie hierin für die besten Meister hält, so hat man doch ihre affektierte Aussprache ihnen überlassen. Es ist merkwürdig, daß diese eingebildete Schönheit von keiner andern italienischen Provinz nachgeahmt worden ist. Im Gegenteil ist das Sprichwort bekannt: Lingua Toscana in bocca Romana (die toskanische Sprache in einem römischen Munde). Unter andern Abweichungen in Betracht der Aussprache, sprechen die Toskaner niemals das c aus, sondern verändern es in ein h, z. B. casa, hasa; cavallo, havallo; chiesa, hiesa; u.s.w. Der Ton klingt, als ob der Redende den Zapfen verloren hätte. Diese Affektation ist sehr alt; schon zu Dantes Zeiten war sie bei den Florentinern im Gebrauch, der in seinem berühmten Gedicht sagt, daß die Seelen in der andern Welt hieran sein Vaterland erkannt haben.

Johann Wilhelm von Archenholtz (1743–1812)

Mager und sparsam

Alle Florentiner sind mager; man sieht sie im Café ihre einzige Mahlzeit einnehmen, bestehend aus einem Glas Milchkaffee und einem winzigen Brötchen, das sie drei *gratz* kostet (einundzwanzig Centimes). Abends speisen sie bei Vigne für zweieinhalb oder drei Paoli (der Paolo gilt fünfundfünfzig Centimes). Ihre Art sich zu kleiden ist recht merkwürdig: ihr Anzug ist eher gut gebürstet als neu zu nennen. Alles an ihnen atmet strengste Sparsamkeit. Kurz, sie sind das genaue Gegenteil der Mailänder: niemals jene freudestrahlenden, glücklichen Gesichter. In Mailand ist die Hauptsache, gut zu speisen, und in Florenz, so zu tun, als habe man gut gespeist. Von vielen Leuten in der Stadt, die bei Hofe erscheinen, heißt es, daß sie zu Hause nur zwei Gerichte essen; aber in Paris hat die Dienerschaft keines Gesandten irgendeiner anderen Macht so viele Tressen an den Livreen.

Die in Florenz stationierten Franzosen hatten dem Limonadenverkäufer des Militärcafés gegenüber der Reiterstatue zeigen lassen, wie man *la bistecca* (Beefsteak) macht; sie nahmen dort ihr Frühstück ein, und das Volk sah sie schon am frühen Morgen Fleisch essen und mit großartiger Geste dreiundzwanzig Sous ausgeben.

Nichts hat vielleicht mehr zum Ansehen der Franzosen beigetragen. Ich hörte in Florenz noch das Sprichwort: *Gran Francesi, grandi in tutto.* Ein Florentiner erinnert sich noch nach einem Jahr in Dankbarkeit daran, wenn ihn jemand zu einer Tasse Schokolade eingeladen hat. Diese außerordentliche Sparsamkeit ist durch die Geschichte sehr gut zu erklären. Im Mittelalter war Florenz durch seinen Handel ungeheuer reich; als aus der unruhigen Republik eine absolute Monarchie wurde, verlor es seinen Handel; die Sparsamkeit aber, die höchste Kaufmannstugend, behielt es bei.

Stendhal (1783–1842)

Der Florentiner als Reisender

Der Florentiner von einst schien, mit bloßem Auge betrachtet, ein Säugetier wie alle anderen zu sein: Wenn man ihn dann mit dem Vergrößerungsglas genau beobachtete, erkannte man jedoch, daß er ein im Auftrag des Großherzogs der Toskana gedüngtes und beschnittenes Gewächs war: ein Gewächs, das zäh verwurzelt in den Ritzen des Pflasters und der Bürgersteige seiner Stadt keimte und blühte.

Um es aus Florenz zu entfernen und einen Kilometer weiter wegzubringen, mußte man es mit den Wurzeln ausreißen.

Seine Welt endete an der Stadtmauer. Ein paar Schritte außerhalb der Mauer begann für den Florentiner das Unbekannte, das Wunderbare, das Land der Märchen und Legenden.

Sein Leben war monoton und regelmäßig wie ein englisches Chronometer. Tagsüber arbeitete er oder schaute zu, wie gearbeitet wurde – bis heute die einzigen zwei bekannten Arten, ehrlich sein Geld zu verdienen. Am Abend ging er ins Theater oder ins Café: Um acht nahm er ein Gläschen Punsch zu sich; von halb neun bis zehn schimpfte er über die Regierung und den Stadtrat; und wenn es elf geschlagen hatte, machte der Großherzog die Straßenlampen aus und schickte ihn ins Bett, damit er ausreichend Gelegenheit habe, zum Wohl der hochverehrten königlichen Lotterie zu träumen.

Das bezeichnendste Merkmal des wahren Florentiners war seine traditionelle Abneigung gegen Reisen, insbesondere gegen lange Reisen.

Der Florentiner, das muß man ihm lassen, ist nie eine Schwalbe gewesen; man kann vielmehr zu seiner Ehre sagen, daß er mit den Schwalben nie etwas gemeinsam hatte; nicht einmal die Leidenschaft für die Fliegen. Als Beweis würde jenes uralte Sprichwort genügen, das bis auf uns gekommen ist und folgendermaßen lautet: „Die Reise der Florentiner endet bei der Madonna della Tosse" – das heißt fünfundzwanzig oder dreißig Meter vor der Stadt.

Die kühnsten Reisenden, deren sich Florenz rühmen kann, sind jene ersten Argonauten, die versuchten, den Arno hinauf zu fahren bis zu den zyklopischen und unwirtlichen Ausläufern des letzten Compiobbi, und jene wenigen Abenteurer zu Lande, die in der zweiten Hälfte des letzten Jahrhunderts aus dem verrückten Ehrgeiz, neue Kontinente und neue Archipele zu entdecken, nicht zögerten, mutig bis zum äußersten Rand jener nördlichen Gegenden vorzudringen, der von den Geographen „le Cascine" genannt wird.

Die längste und gefährlichste Reise, die in den Florentiner Tagblättern vor vierzig Jahren vorkommt, war die Reise von Florenz nach Livorno.

Sobald der Florentiner, von seiner Pilgerfahrt nach Livorno heimgekehrt, seinen Fuß auf die Schwelle seines Hauses setzte, drängten sich alle seine Freunde um ihn und fragten ihn natürlich als erstes:

„Hör mal, Nanni, ist das Meer wirklich so schön?"

„Ich will nicht sagen, daß es häßlich ist: Aber man kann es drehen und wenden, wie man will, am Ende ist es doch nur Wasser, und ich habe immer schon gefunden, daß Wasser nach wenig schmeckt, auch wenn es gesalzen ist."

„Wir etwa nicht? Wir haben schon immer gesagt: Lieber ein Glas Wein als das ganze Mittelmeer. Übrigens, Nanni, du hast dich doch seit deiner Jugend mit Geometrie beschäftigt: Warum nennen sie eigentlich das Meer bei Livorno Mittelmeer?"

„Das ist ein Spitzname, den ihm die Livorneser gegeben haben. Die Livorneser sind bekannt für solche Späßchen. Stellt euch vor, sie nennen den Stadtpark nicht wie wir 'Cascine', sondern 'Ardenza'".

Carlo Collodi (1826–1890)

SAN LORENZO UND UMGEBUNG

San Lorenzo

Die nicht gebaute Fassade

Carrara [am 2. Mai 1517]
Herr Domenico, (...)

ich habe Euch verschiedenes kundzugeben: lest ein wenig mit Geduld, dieweil es wichtig ist. Und zwar handelt es sich darum, daß ich es mir wohl zutraue, dieses Werk der Fassade von San Lorenzo zu unternehmen, so daß es an Architektur und Skulptur der Spiegel von ganz Italien sei; allein es ist nötig, daß der Papst und der Kardinal sich rasch entschließen, ob sie nun wollen, daß ich es mache, oder nicht. Und wenn sie wollen, daß ich es mache, ist noch eine andere Entscheidung vonnöten, nämlich es mir entweder in Stücklohn zu übertragen und mir in allem völlig zu vertrauen oder auf irgendeine andere Art, die sie sich ausdenken mögen und die ich nicht kenne. Weshalb, werdet ihr noch hören.

Ich habe, als ich es Euch schrieb und da ich es Euch schrieb, viele Marmorblöcke in Auftrag gegeben und da und dort Geld gezahlt und an verschiedenen Stellen Marmor zu brechen begonnen. Doch an manchem Ort, wo ich Geld ausgegeben habe, sind die Marmorblöcke nicht nach meinem Sinn ausgefallen, denn es ist eine trügerische Sache mit ihnen, und am meisten mit diesen großen Blöcken, wie ich sie brauche, und weil ich will, daß sie so schön sind, wie ich sie gern habe; bei einem Block, den ich schon hatte behauen lassen, bin ich in der Richtung auf den Berg hin auf gewisse Fehler gestoßen, die man nicht voraussehen konnte, so daß mir zwei Säulen, die ich daraus machen wollte, nicht geraten und ich die Hälfte des Geldes hinausgeworfen habe. Und bei so vielen Marmorblöcken können mir nicht wenige solcher Mißlichkeiten noch begegnen, so daß es bis zu einigen hundert Dukaten ausmachen kann; und ich weiß nicht, wie ich darüber Rechenschaft abgeben soll, und kann am Ende meine Ausgaben doch nur für so viele Blöcke nachweisen, als ich abliefern werde. Ich machte es gern wie Meister Pier Fantini, doch fehlt mir dazu die Salbe in ausreichender Menge. Auch weil ich alt bin, deucht es mich nicht recht, nur um dem Papst bei diesen Blöcken zweihundert oder dreihundert Dukaten einzusparen, so viel Zeit damit zu verlieren; und da ich von dort aus zu meiner Arbeit gedrängt werde, muß ich unter allen Umständen einen Entschluß fassen.

Und dieser Entschluß ist folgender: Wenn ich wüßte, daß ich das Werk zu machen hätte, und ebenso den Preis kennte, so würde ich mich nicht darum scheren, vierhundert Dukaten hinauszuwerfen, weil ich dann keine Rechenschaft mehr darüber ablegen müßte, und ich würde hier drei oder vier unter den besten Leuten, die es hier gibt, aussuchen und ihnen alle Marmorblöcke übertragen; und die Blöcke müßten dieselbe Güte wie diejenigen haben, die ich bis anhin gebrochen habe und die wunderbar sind, wiewohl ich deren erst wenige besitze. Und dafür und für das Geld, das ich ihnen gäbe, hätte ich in Lucca eine gute Bürgschaft; und ich würde anordnen, diese Blöcke zusammen mit denen, die ich habe, nach Florenz zu schaffen, und würde dorthin gehen, um sowohl für den Papst als auch für mich selbst zu arbeiten. (...)

Die Kosten für die Fassade, so wie ich sie auszuführen und ins Werk zu setzen beabsichtige, können, ohne daß sich der Papst noch auf irgend etwas einzulassen braucht, nach der Berechnung, die ich aufgestellt habe, alles in allem nicht weniger als fünfunddreißigtausend Golddukaten betragen; und für diese Summe will ich sie in sechs Jahren errichten, wobei ich in Anbetracht des Marmors in einem halben Jahr wenigstens weitere tausend Dukaten brauchen würde. Doch wenn dies zu erfüllen dem Papst nicht paßt, müßten entweder die Ausgaben, die ich hier für das oben genannte Werk zu machen begonnen habe, auf meine Rechnung und zu meinen Lasten gehen, und ich müßte die tausend Dukaten dem Papst zurückerstatten, oder er müßte sich einen halten, der das Unternehmen weiterführte, weil ich mich aus mehreren Gründen und unter allen Umständen von hier absetzen will.

Wegen des genannten Preises verfahre ich, sowie das Werk begonnen ist und ich erkenne, daß man es für weniger Geld erstellen kann, gegenüber dem Papst und dem Kardinal mit solcher Redlichkeit, daß ich es Ihnen viel schneller kundgeben würde, als wenn der Schaden über mich selbst käme; aber weit eher gedenke ich es so zu machen, daß der Preis nicht hoch genug angegeben ist.

Herr Domenico, ich bitte Euch, antwortet mir ohne Umschweife und gebt mir die Absicht des Papstes und des Kardinals bekannt, und dies wird mir der größte Gefallen sein, neben all den anderen, die Ihr mir bis anhin schon erwiesen habt.

Michelangelo Buonarroti (1475–1564)

Arbeit an der Neuen Sakristei

Michelangelo an Giovan Fattucci in Rom
[Florenz, am 17. Juni 1526]
Herr Giovan Francesco, in der kommenden Woche werde ich die Figuren der Sakristei, welche roh behauen sind, zudecken lassen, denn ich will den Marmorarbeitern die Sakristei zum freien Zugang überlassen, weil ich wünsche, daß sie das andere Grabmal aufmauern gegenüber dem einen, das schon aufgemauert, ganz herausgehauen ist oder doch nur noch wenig daran fehlt. Und während sie es aufmauern, dachte ich, könnte man die Kuppel herstellen, und mit genügend Leuten, würde ich meinen, könnte man sie in zwei, drei Monaten aufbauen. (...)

Im Vorraum sind in dieser Woche vier Säulen aufgemauert worden, und eine war es schon vordem. Dies wird die Arbeit an den Tabernakeln ein wenig verzögern; doch glaube ich, daß auch sie heute in vier Monaten vollendet sein werden. Mit der Decke könnte man jetzt anfangen, aber die Lindenholzbalken sind noch nicht brauchbar; wir werden dafür Sorge tragen, daß sie so gut wie möglich trocknen.

Ich arbeite, so viel ich kann, und in vierzehn Tagen werde ich den anderen Junker beginnen lassen; alsdann bleiben mir an wichtigen Dingen nur noch die vier Flüsse. Die vier Statuen auf den Sarkophagen, die vier auf der Erde liegenden Statuen der Flüsse, die beiden Junker [Giuliano und Lorenzo de' Medici] und Unsere Liebe Frau, die auf das Grab am Eingang zu stehen kommt, das sind die

Statuen, die ich selbst ausführen möchte: von diesen sind sechs begonnen; und ich traue mir wohl zu, sie in angemessener Zeit herzustellen und zum Teil auch die anderen, die nicht so wichtig sind, herstellen zu lassen. (…)

Michelangelo Buonarroti (1475–1564)

Denkmäler für untergeordnete Menschen

Julian von Medici und Lorenzo von Medici haben das unverdiente Glück gehabt, dem Meißel des größten Bildhauers der christlichen Zeit ihre Unsterblichkeit zu verdanken. Jener war Bruder Leos X. und Herzog von Nemours, dieser war Leos Neffe, widerrechtlich und durch schändliche Umtriebe zum Herzog von Urbino gemacht, und bekannt als Vater der Katharina von Medici. Beide starben jung, der erste im 37., der andere im 27. Jahre seines Lebens, 1516 und 1519. Es hatte Papst Leo X. die Monumente dem Michelangelo übertragen, aber erst unter Clemens VII. wurden sie vom Künstler so weit vollendet, wie wir sie nun vor uns sehen. Sie befinden sich nicht in der großen Gruftkapelle, sondern in der zweiten Sakristei, welche man vorzugsweise die Kapelle der Medici oder des Michelangelo nennt, weil auch die Architektur sein Werk ist.

Man trauert, daß ein Michelangelo berufen sein mußte, sein Genie an Denkmäler so untergeordneter Menschen zu verwenden, welche Gedanken oder Begeisterung dieses Künstlers niemals entzünden konnten, wie es die Aufgabe eines Monumentes für Julius II. zu tun wohl imstande war. Michelangelo war nicht geboren, um einen Herzog von Nemours darzustellen, sondern einen Moses, einen Laokoon, einen Alexander, eine Trojanerschlacht. Weil er aber nicht in klassischer Zeit lebte, so vergönnte ihm das Schicksal auch nicht, in der Skulptur, wofür er geschaffen war, sein Höchstes zu geben, sondern zwang ihn zum Erstaunen der Welt als Maler größer zu scheinen denn als Bildhauer, und also sein Meisterwerk nicht zu meißeln, sondern zu malen. Michelangelo malte mit der linken Hand; so war ihm die Muse der Malerei angetraut.

Das herrlichste nun von jenen beiden Grabmonumenten ist das Lorenzos. Über dem Sarkophage von weißem Marmor sitzt die

Figur in einer Nische, die Manneskraft mächtig ruhend in sich gefaßt, an Gestalt und an Blick ein Herrscher. Das behelmte Haupt ist wenig geneigt, wie das eines Menschen, der tief nachdenklich ist, und so hat er auch Hand und Finger über das Kinn herauf, den Ellenbogen des Arms auf das Knie stemmend, während die rechte Hand kriegerisch frei und stolz ausruht. Die Italiener nennen diese Figur: il pensiero, den Gedanken. Sie ist in Wahrheit ein Gedanke, ein machtvoller, des Meisters. Unter der Figur steht der Sarkophag von einer schon ins Barocke übergehenden Form. Auf dessen beiden Flügeln liegen zwei allegorische Gestalten, links die Dämmerung, rechts die Morgenröte. Jene (il crepusculo) ist eine männliche Figur, an deren Kopf die Vollendung fehlt. Ihr Charakter ist großer Ernst; sie ist in fast hängender Lage vorgestellt, das rechte Bein über das linke geschlagen. Gleich gewagt ist die Stellung der Aurora, einer Figur, die der Künstler ganz vollendete. Sie ist eine weibliche Gestalt von kräftigen Formen, im Liegen auf die rechte Seite gestützt, das ernste sprechende Haupt frei empor, mit der linken hinter sich langenden Hand das Schleiertuch fassend. Der Ausdruck von der höchsten Lebhaftigkeit und Kraft entschädigt für den Mangel eines entschiedenen Gedankens, den alle diese allegorischen Figuren nicht ausdrücken können. Denn nur als Genien der Zeit mögen Dämmerung, Morgenröte, Tag und Nacht einen monumentalen Sinn haben.

Tag und Nacht aber sind die Sarkophag-Figuren auf dem Mausoleum des Julian, welches jenem Lorenzos gegenübersteht. Es ist in der gleichen Weise angeordnet, die Haltung beider Genien ist indes noch gewagter, besonders die der Nacht, einer fast ganz ausgeführten weiblichen Figur, welche den rechten Ellenbogen auf das emporgestemmte linke Bein gestützt hält, den Kopf zur Hand geneigt und schlummernd. Der Tag zur Linken, eine männliche Gestalt von herkulischer Muskulatur und von antiker Bildung, ist leider im Kopfe gänzlich unvollendet, was um so mehr zu bedauern ist, da dieses Haupt auch in der Unvollendung einen so gewaltigen Ausdruck trägt, daß man glaubt, ein Heroenantlitz hinter einem Schleier zu sehen. Julians Figur in der Nische, obwohl kräftig und schön ausgeführt, unbedeckten Hauptes dasitzend, den Feldherrnstab auf dem Knie, hat doch nicht mehr die Hoheit der Figur Lorenzos. Der langgezogene Hals wie die Haltung des Hauptes streifen schon an dieselbe unschöne Manier, welche bei dem Adonis und beim Bacchus des Michelangelo mißfällt. Denn bei vielen seiner Statuen läßt sich in der Stellung der Glieder und namentlich in der Haltung des Kopfes eine Manier kennen, welche Parmigianino in seinen Gemälden unglücklich wiedergegeben hat.

Ferdinand Gregorovius (1821–1891)

Die Statuen in der Mediceerkapelle

Die Statue der Morgenröte
Hebst du vom Lager dich, Frühe, des Tags aufdämmernde Botin? –
Ein Jahrhundert erwacht so von lethargischem Schlaf.

Die Statue des Lorenzo – Der Gedanke des Michelangelo genannt –
Denkender Stein, wann springest du auf, den Entwurf zu vollführen?
Großes ersinnest du selbst; Größeres, wer dich ersann!

Die Statue der Nacht
Nein, nicht bist du die irdische Nacht, die von gestern und heute:
Sei Michelangelos Nacht, Mutter der Dinge, gegrüßt!

August Wilhelm von Schlegel (1767–1845)

Körper aus der Heldenzeit

Michelangelo ist vielleicht der einzige, von dem man sagen könnte, daß er das Altertum erreicht, aber nur in starken muskulösen Figuren, in Körpern aus der Heldenzeit, nicht in zärtlich jugendlichen, nicht in weiblichen Figuren, welche unter seiner Hand zu Amazonen geworden sind.

Johann Joachim Winckelmann (1717–1768)

Höchste Achtung

26.4. Vormittags in der Capella Medici, kam aber hier dem Michelangelo nicht in Wärm-Nähe. Achtung, höchste Achtung! Aber etwas Kälteres als diese Fürstengruft gibt es nicht. Absicht? Kaum.

Paul Klee (1879–1940)

Gewaltiger Leibesbau

Ich kam aus der Laurenziana, der Bibliothek der Mediceer, und geriet, ich weiß nicht mehr wie, in die Kapelle, wo jenes prachtvollste Geschlecht Italiens sich eine Schlafstelle von Edelsteinen gebaut hat, und ruhig schlummert. Eine ganze Stunde blieb ich dort versunken in dem Anblick eines marmornen Frauenbilds, dessen gewaltiger Leibesbau von der kühnen Kraft des Michel Angelo zeugt, während doch die ganze Gestalt von einer ätherischen Süßigkeit umflossen ist, die man bei jenem Meister eben nicht zu suchen pflegt. In diesen Marmor ist das ganze Traumreich gebannt, mit allen seinen stillen Seligkeiten, eine zärtliche Ruhe wohnt in diesen schönen Gliedern, ein besänftigendes Mondlicht scheint durch ihre Adern zu rinnen ... es ist die Nacht des Michel Angelo Buonarroti. Oh, wie gerne möchte ich schlafen des ewigen Schlafes in den Armen dieser Nacht ...

Heinrich Heine (1797–1856)

Fürstenkapelle: Eher eine Gruft ägyptischer Könige

Im Achteck erbaut, groß an Raum und an sich beinahe schon eine Kirche, sollte sie [die Kapelle] an Pracht nicht ihresgleichen haben und eine wahre Schatzkammer des Hauses Medici werden. Die luxuriöse Pracht ist vorhanden, aber sie ist finster und unheimlich. Die Wände sind mit köstlichen Steinarten überschwenglich ausgestattet, und in pietra dura, in Mosaiken von Lapislazuli, von Perlen, Achaten und Edelgesteinen überreich dekoriert. Die dunkle Bekleidung der Wände, in welcher die Mosaiken, Städtewappen Toskanas vorstellend, am Ende doch verschwinden, und die schwerfällige Architektur der Sarkophage stimmen das Gemüt nicht zur Trauer, sondern machen es düster. Man sollte glauben, nicht in einer Kapelle der Medici, sondern in einer Gruft ägyptischer Könige zu stehen. Einen auffallenden Gegensatz zu dieser Stimmung bringen aber erst die vor 18 Jahren beendigten Fresken der Kuppel hervor, welche eine sehr muntere moderne Farbe haben. Die Steindekoration der Kapelle ist übrigens nicht beendet. So ungeheure Schätze des Materials, wie hier die späteren Medici aus Prunksucht an ihre Gräber verwendeten, sind wahrhaft eitel, kleinherzig und auch nutzlos, denn den Beschauer fesseln diese Grüfte nicht, während er vor den Denkmälern zweier kaum bekannter Medici verweilen muß. Denn es sind Werke des Michelangelo.

Ferdinand Gregorovius (1821–1891)

Palazzo Medici-Riccardi

Das Wappen der Medici

Wo nur einmal ich euch, mediceische Kugeln, erblicke,
   Garten und Tempel und Haus zierend in Rom und Florenz, –
Weckt ihr Haß mir und Furcht, heillose Symbole der Knechtschaft,
   Denen der edelste Staat, lange sich sträubend, erlag.

August Graf von Platen (1796–1835)

Flüchtige Jugend

Es war in Florenz. Lorenzo de' Medici, jung, noch nicht Herrscher, hatte gerade sein Gedicht ‚Trionfo di Bacco ed Arianna' ersonnen, und schon wurden alle Gärten davon laut. Damals gab es lebende Lieder. Aus dem Dunkel des Dichters stiegen sie in die Stimmen und trieben auf ihnen, wie auf silbernen Kähnen, furchtlos, ins Unbekannte. Der Dichter begann ein Lied, und alle, die es sangen, vollendeten es. Im ‚Trionfo' wird, wie in den meisten Liedern jener Zeit, das Leben gefeiert, diese Geige mit den lichten, singenden Saiten und ihrem dunklen Hintergrund: dem Rauschen des Blutes. Die ungleichlangen Strophen steigen in eine taumelnde Lustigkeit hinauf, aber dort, wo diese atemlos wird, setzt jedesmal ein kurzer, einfacher Kehrreim an, der sich von der schwindelnden Höhe niederneigt und, vor dem Abgrund bang, die Augen zu schließen scheint. Er lautet:

Wie schön ist die Jugend, die uns erfreut,
Doch wer will sie halten? Sie flieht und bereut,
Und wenn einer fröhlich sein will, der sei's heut,
Und für morgen ist keine Gewißheit.

Ist es wunderlich, daß über die Menschen, welche dieses Gedicht sangen, eine Hast hereinbrach, ein Bestreben alle Festlichkeit auf dieses Heute zu türmen, auf den einzigen Fels, auf dem zu bauen sich verlohnt? Und so kann man sich das Gedränge der Gestalten auf den Bildern der Florentiner Maler erklären, die sich bemühten, alle ihre Fürsten und Frauen und Freunde in einem Gemälde zu vereinen, denn man malte langsam, und wer konnte wissen, ob zur Zeit des nächsten Bildes alle noch so jung und bunt und einig sein würden.

Rainer Maria Rilke (1875–1926)

Machiavelli würdigt Lorenzo il Magnifico

Nach Beendigung des Krieges gegen Sarzana lebten die Florentiner bis zum Jahre 1492, in welchem Lorenzo de' Medici starb, in größtem Glück. Denn seitdem die Waffen ruhten, wozu Lorenzo durch Staatsklugheit und Autorität es gebracht hatte, richtete er seine Gedanken darauf, sich und die Stadt groß zu machen. (…)

In seinen eigenen Angelegenheiten war er in Handelssachen sehr unglücklich. Denn infolge der Unachtsamkeit seiner Geschäftsleute, die nicht wie Private, sondern gleich Fürsten verwalteten, ging an vielen Orten sein bewegliches Vermögen in Rauch auf, so daß der Staat genötigt war, ihn mit bedeutenden Geldsummen zu unterstützen. Um nun nicht alles aufs Spiel zu setzen, ließ er die Handelsunternehmungen beiseite und legte sein Vermögen im Landbesitz an, der ihm minder gefährdeten Reichtum verhieß. In den Umgebungen von Prato und Pisa und in Val di Pesa kaufte er Güter, die in Betracht ihres Umfangs und ihrer Einkünfte, wie der Pracht der Gebäude eher für einen König als für einen Privatmann paßten.

Sodann war er darauf bedacht, die Stadt zu verschönern und zu erweitern, und da es in derselben mehrere von Häusern entblößte Flächen gab, so ließ er neue Straßen anlegen, um diese auszufüllen. Um das Gebiet mehr zu sichern und die Feinde abzuhalten oder in der Ferne zu bekämpfen, befestigte er gen Bologna mitten im Gebirge das Kastell Firenzuola. Auf der Seite von Siena begann er, den Poggio imperiale in eine feste Burg umzuschaffen. Auf der Seite von Genua versperrte er durch die Eroberung von Pietrasanta und Sarzana feindlichem Angriffe den Weg. In Perugia unterstützte er die ihm befreundeten Baglionen, in Città di Castello die Vitelli durch Pensionen und Jahrgehalte, in Faenza hingen die Verwaltungsangelegenheiten von ihm ab. So hatte er Florenz gleichsam mit festen Bollwerken umgeben.

Während der Tage des Friedens unterhielt er die Stadt anhaltend durch Feste, indem er oft Turniere und Darstellungen von alten Triumphen und Heldentaten veranstaltete. Sein Zweck war, die Stadt im Überfluß, das Volk einig, den Adel geehrt zu erhalten. Ausgezeichnete Künstler fanden in ihm einen eifrigen Beschützer, die Gelehrten einen großen Gönner (...).

In der Architektur, der Musik und Poesie hatte er große Kenntnisse. Es gibt viele Dichtungen, die er nicht nur verfaßt, sondern auch erläutert hat. Um der florentinischen Jugend Gelegenheit zu geben, in den Wissenschaften sich zu unterrichten, eröffnete er zu Pisa eine hohe Schule, wohin er die damals lebenden berühmtesten Gelehrten Italiens berief. (...)

Vom Glück und von Gott ward er sehr geliebt: denn alle seine Unternehmungen nahmen ein gutes Ende, alle seine Gegner ein schlimmes. Außer den Pazzi, wollten ihn noch in der Carmeliterkirche Batista Frescobaldi, auf seiner Villa Baldinotto von Pistoja umbringen, welche beide samt den Mitwissenden ihrer Geheimnisse und ihrer verruchten Anschläge gerechte Strafe erduldeten. Diese seine Stellung, diese seine Klugheit und sein Glück wurden nicht nur von den italienischen Fürsten, sondern von den Fremden auch mit Bewunderung anerkannt und geschätzt. (...)

Seine Weisheit machte, daß sein Ansehen sich täglich mehrte: denn in der Besprechung der Angelegenheiten war er beredt und scharf, im Entschließen verständig, im Ausführen rasch und mutig. Man kann nicht sagen, daß Laster seine Tugenden verdunkelt hätten, obgleich er in Liebesintrigen über die Maßen verwickelt war und an lustigen und witzigen Leuten, wie an kindischen Spielen größeren Gefallen fand, als für einen solchen Mann schicklich schien. So sah man ihn oft mitten unter seinen Söhnen und Töchtern an deren Vergnügungen teilnehmen. Wenn man so bei ihm die leichte und heitere, wie die ernste Seite des Lebens betrachtet, so gewahrte man in ihm zwei, auf beinahe unmöglich scheinende Weise miteinander verbundene Naturen.

In den letzten Zeiten lebte er in großen Leiden, welche durch seine sehr heftige Krankheit verursacht wurden. Denn es quälte ihn ein unerträglicher Magenkrampf, der so zunahm, daß er im April des Jahres 1492, im vierundvierzigsten Jahre seines Alters, sein Ende herbeiführte. Nie wurde nicht nur in Florenz, sondern in ganz Italien ein Mann zu Grabe getragen, der im Rufe so großer Weisheit gestanden und um welchen sein Vaterland so tief getrauert hätte. Der Himmel aber deutete durch sichtbare Zeichen an, wie sein Tod das größte Unglück herbeiführen sollte. Unter andern ward die Spitze der Kirche Santa Reparata vom Blitz mit solcher Gewalt getroffen, daß ein großer Teil des Bauwerks zu aller Verwunderung und Schrecken herabgeschleudert ward.

So trauerten denn um seinen Tod alle Bürger und alle Fürsten Italiens, und dieses Leidwesen sprach sich öffentlich aus, indem alle ihre Abgeordneten nach Florenz sandten, ihre Gefühle zu bezeugen. Daß sie gegründete Ursache hatten zu trauern, zeigten die bald darauffolgenden Jahre. Denn nachdem Italien der Ratschläge Lorenzos beraubt worden, sahen die ihn Überlebenden sich ohne Mittel, den Ehrgeiz Lodovico Sforzas, der für den Herzog von Mailand die Verwaltung führte, zu befriedigen oder aber ihm Zügel anzulegen. Und so schoß denn alsbald nach dem Tode Lorenzos de' Medici die böse Saat auf, welche, da jener nicht mehr lebte, der sie auszurotten vermocht hatte, Italien verwüstete und noch immer verwüstet.

Niccolò Machiavelli (1469–1527)

Man mag sich nicht satt sehen

30. Dezember. – Der letzte Tag schenkte mir noch einen völlig reinen und beglückenden Eindruck: die Hauskapelle der Medici, in ihrem gewaltigen Palazzo zu Anfang der Via Cavour. Es ist das Haus, in dem sich der gesellige Kreis Lorenzos versammelte, und, etwas Köstliches, in der Kapelle ist das gegenwärtige Leben dieser Menschen durch den Maler Gozzoli in eine Pilgerfahrt der Heiligen Drei Könige verzaubert worden, in jene künstlerische Schwebe zwischen heiterster Schönheit und sehnsüchtiger Schwermut. Es ist ein ganz kleiner Raum, mit buntem Marmorboden und vergoldeter Kassettendecke, geschmückt wie ein kostbares Kästchen für Edelsteine und Perlen, und alle Wände sind mit der strahlendsten frischesten Malerei bedeckt, ein prächtiger Reiterzug, der sich durch eine hügelige Landschaft gen Bethlehem bewegt. Da reiten die Mediceer und ihr Hofstaat, der Herr von Lucca mit seinem Jagdleoparden, der Grieche Johannes Palaiologos; und rings um sie ist ein Treiben von Pagen, Jägern, Hunden und fliehendem Wild. In der Ferne aber, zwischen den Bächen und Hainen, den lieblichen Hügeln, grüßen die Meiereien und Villen die ganze toskanische Welt. Das Ziel dieses bunten Zuges ist die Altarnische, in der zwei liebreizende Engelchöre versammelt sind, blondhaarig und treuherzig. Man mag sich nicht satt sehen. All dies hat keine Größe, aber es ist von einer bezwingenden Freude am schönen Sein, nicht spielerisch und nicht sehnsüchtig, sondern das Lied „o Leben, o Schönheit" dringt hier aus der Kehle eines jungen Edelmannes, der sorglos sein tänzelndes Pferd regiert und mit seinen Genossen zum Tor hinausreitet, im Herzen die leuchtende Erinnerung an die Schöne, mit der er am Abend zuvor getanzt und geplaudert; so muß er sich der Gotteswelt freuen und singt in den frischen Morgen hinein. Es ist jenes freie Sichregen und Bewegen, das den Kreis Lorenzos so taufrisch erscheinen läßt wie Rosen und Lilien im Garten. O ewig Salut der Jugend!

Karl Eugen Gass (1912–1944)

SAN MARCO UND UMGEBUNG

San Marco

Die Geschichte von San Marco

Zur Zeit Lorenzos stand in der Gegend von San Marco jener Garten der Medici, in welchem sich die erste Sammlung von Antiken fand, unter der Aufsicht des alten Bildhauers Bertoldo. Es versammelten sich dort die hervorragendsten Talente von Florenz, alles, was in Künsten oder Wissenschaften aufstrebte oder bereits groß war und die Gunst des Lorenzo genoß. Wie die Maler in die Kapelle Brancacci gingen, um nach Masaccios Fresken zeichnen zu lernen, so kamen die Bildhauer in den Garten Medici, um die Antiken zu studieren und mit Angelo Poliziano, mit Pico von Mirandola und Marsilius Ficinus geistreiche Reden zu führen. Aus diesem Garten des heidnischen Apoll sah man oftmals Lorenzo, den Perikles von Florenz, in das Kloster von San Marco gehen, um sich dort in eine der Zellen einzuschließen und des süßen Heidentums sich zu entnüchtern. Da wurde das geistreiche Gespräch über die Weltseele Platons mit einer heuchlerischen Betrachtung über die Nachfolge Christi vertauscht. Savonarola aber hielt sich murrend in seiner Zelle und kam nicht zum Vorschein, wenn ihn Lorenzo rief.

Das Kloster war den Mediceern wert; sie hatten es eigentlich geschaffen. Seine Geschichte ist in Kürze diese: Dominicus, der Gründer des Dominikanerordens, schickte im Jahre 1220 zwölf Schüler seiner Stiftung nach Toskana, von ihnen wurden Konvente errichtet, deren angesehenstes das von Fiesole, der alten Mutterstadt von Florenz, war. Von diesem stammt wiederum das Dominikanerkloster von San Marco. Ehedem war San Marco von Mönchen eines anderen Ordens, Silvestrianern, im Jahre 1299 gegründet worden, aber zur Zeit der großen florentiner Pest in Verfall geraten. Die Mönche waren durch die Seuche dezimiert, und was verschont geblieben, hob an dem Herrn zu danken mit Schmausen und allerlei leiblicher Kurzweil. Die Demoralisation des Klosters pflanzte sich fort, und so kamen jene alten Mönche in üblen Geruch, was zur Folge hatte, daß sie aus ihrem warmen Nest verjagt wurden. Nach San Marco zogen jetzt Dominikaner von Fiesole, und zwar auf Veranlassen des Cosimo de Medici, welcher kurz zuvor aus seiner venezianischen Verbannung heimgekehrt war. Cosimo nämlich rief aus Fiesole den berühmten Prior Antoninus, einen sehr heiligen Mann, ja den größten Heiligen jener Zeit. Antonin war der Sohn des florentinischen Advokaten Niccolo Pierozzi und im Jahr 1389 geboren. Schon in seinem sechzehnten Jahre war er in den Orden der Dominikaner von Fiesole getreten, und geraume Zeit danach Prior geworden. Cosimo nun bewog ihn, nach San Marco überzusiedeln, was auch im Jahre 1436 geschah, nachdem der Architekt Michelozzo mit dem Neubau des alten Klosters der Silvestrianer beauftragt worden war. Michelozzo riß fast das ganze Kloster nieder bis auf das Refektorium und die Kirche, und führte einen stattlichen Bau auf. Für Cosimo aber wurden gleichfalls zwei Zellen gebaut als für einen Mönch, und man sieht sie noch heute wie die Zelle des Savonarola um der historischen Merkwürdigkeit willen. (...)

Der größte Reichtum des Klosters besteht in den Wandmalereien des berühmten Fiesole [Fra Angelico], des ältesten Meisters aus der religiösen Schule des Giotto, eines der Liebenswürdigsten der florentinischen Malerei. Fast alle Zellen des Konvents, der Kapitelsaal, die Korridore und einige Lünetten in den Klosterhöfen enthalten Gemälde von seiner Hand, deren einige weder durch die Zeit noch durch das Restaurieren verdorben sind. Sie werden von den Dominikanern mit eifersüchtiger Liebe gehütet.

Ferdinand Gregorovius (1821–1891)

Ein Bankier erleichtert sein Gewissen

Da Cosimo sich den weltlichen Angelegenheiten seiner Stadt gewidmet hatte, konnte es nicht ausbleiben, daß er dabei viel von seinem Gewissen gelassen hatte, wie es die meisten tun, welche die Staaten regieren und begehren, vor anderen zu stehen. Cosimo erkannte das, und er sah ein, daß er sich den frommen Dingen zuwenden mußte, wenn er wollte, daß Gott barmherzig mit ihm sei und ihn in seinen irdischen Gütern bewahre. Andernfalls, so war ihm bewußt, konnten sie nicht von Dauer sein. Auch dünkte es ihn, Gelder zu besitzen, die aus nicht ganz sauberen Geschäften stammten; woher sie kamen, weiß ich nicht. Weil er sich nun diese Last von den Schultern nehmen wollte, beriet er sich – da Papst Eugen damals in Florenz weilte – mit Seiner Heiligkeit über die Dinge, von denen er glaubte, daß sie sein Gewissen belasteten. Da nun Papst Eugen gerade das Kloster von S. Marco zur Observanz gebracht hatte und die Mönche keine geeignete Bleibe hatten, sagte er zu Cosimo, welcher Gedanke ihm gekommen war. Er wolle, daß er zu seiner Befriedigung und zur Erleichterung seines Gewissens dort 10000 Fiorini verbaue.

So wurden die 10000 verbaut; doch da sie nicht hinreichten, das Kloster gänzlich zu errichten und mit all dem zu versehen, wessen es bedurfte, ließ Cosimo es völlig fertigstellen und gab insgesamt über 40000 Fiorini aus. Und nicht allein das Gebäude ließ er vollenden, er stattete das Kloster auch mit allem, was zum Leben notwendig ist, aus: an erster Stelle mit allen Büchern, die für den Kirchengesang erforderlich sind und mit all den anderen Werken, die sich [noch jetzt] in der Bibliothek befinden, eine sehr große Zahl. Dann versah er die Sakristei mit Paramenten, Meßbüchern und allem Gerät, das sonst noch zum Gottesdienst gebraucht wird. Und weil die Brüder des hl. Dominikus keinen Besitz haben, bezahlte er ihnen die zum gemeinschaftlichen Leben nötigen Dinge. Es sollte noch zu seinen Lebzeiten ein schöner Konvent zu S. Marco entstehen.

Er hatte seine Bank angewiesen, ihnen jede Woche eine Summe für die von Tag zu Tag anfallenden Ausgaben auszubezahlen. So trug er für alle Bedürfnisse bis ins kleinste Vorsorge, und er erlebte noch zu seinen Erdentagen einen höchst ansehnlichen Konvent. Damit man ihm, dem Vielbeschäftigten, nicht nachlaufen mußte, hatte er der Bank die Anordnung gegeben, den vornehmsten Mönchen alles Geld, das sie vermittels eines Schecks abheben wollten, auszuzahlen; sie sollten Cosimo in Rechnung gestellt werden, die Summe mochte so hoch sein, wie sie wollte.

Nachdem das Kloster in allem vollendet war, wollte er die Arbeiten an der Kirche fortsetzen lassen. Hier waren nun einige Kapellen, die abgerissen werden mußten. Er wollte sie von ihren Besitzern in gutem Einvernehmen erwerben, da sie aber einige Schwierigkeiten machten, verzichtete er darauf und stellte aus diesem Grund die Bauarbeiten ein.

Nun hatte Cosimo nicht so viele Bücher, daß sie ausgereicht hätten, eine ansehnliche Bibliothek einzurichten. Wie in der Vita des Niccolò Niccoli bereits gesagt wurde, waren dessen Testamentsvollstrecker – da man noch keine andere öffentliche Bibliothek hatte einrichten können – damit einverstanden, daß seine Bücher, auf daß der Wille des Verstorbenen erfüllt werde, nach S. Marco gebracht würden – zum allgemeinen Nutzen derer, die sie benötigten. In jedem dieser Bücher ist zur Erinnerung an den, von dem sie waren, vermerkt, daß sie aus dem Erbe des Niccolò Niccoli stammten. Niccolò hatte unter die Zahl seiner vierzig Testamentsvollstrecker auch Cosimo und dessen Bruder Lorenzo aufgenommen; so hatte er es im Testament verfügt.

Als Cosimo so die Bücher Niccolòs erhalten hatte, wollte er in das Inventar Einsicht nehmen, um zu sehen, was der Bibliothek noch fehle. Er sandte Beauftragte an verschiedene Orte, um das Fehlende zu beschaffen; wo er Bücher finden konnte, kaufte er sie, und viele ließ er auch abschreiben. All diese Ausgaben für die Bibliothek wurden von der Medici-Bank auf von Bruder Giuliano Lapaccini – einem überaus würdigen Mann – ausgestellte Schecks angewiesen, so, wie es gerade beschrieben wurde. (...)

Nachdem die Bibliothek so ausgestattet war, wie sie es heute ist, schien es Cosimo, als habe er noch nicht das erreicht, was er beabsichtigt hatte. Er wollte sie noch um sämtliche Bücher ergänzen, die noch fehlten, doch hinderte der Tod ihn daran. (...)

Viele wunderten sich über die so große Freigebigkeit und die Fürsorge, deren Cosimo sich gegenüber jenen Mönchen befleißigte. Denen, die ihn danach fragten, gab er zur Antwort, er habe von Gott so viel Gnade empfangen, daß vielmehr er selbst der Schuldner sei. Niemals habe er Gott einen Grosso gegeben, ohne daß dieser ihm bei diesem Tauschhandel einen Fiorino dafür zurückerstattet hätte. Er beklagte sich allein darüber, daß er nicht schon zehn Jahre zuvor damit begonnen habe, Geld auszugeben, allein deshalb, weil er nicht sah, wie er Begonnenes zu Ende führen konnte; nicht etwa, weil er nicht geneigt gewesen wäre, sie durch Geld und alles sonstwie Erdenkliche zu fördern, sondern weil die Zeit so kurz war, daß sie ihm nicht ausreichte.

Vespasiano da Bisticci (1421–1498)

Einlaß des Unendlichen

Zu welcher Jahreszeit mir Florenz geschenkt sein mag, die ersten Stunden sind immer für San Marco. Die große Zeder inmitten des Klosterhofs verbreitet ihren Frieden und die Stille ihres Schattens über die rosa Dächer. In den kleinen leeren Zellen im ersten Stock hat Fra Angelico für seine Brüder die Szenen gemalt, die, je nach dem Temperament, die Herzen am besten zu begeistern oder zu besänftigen vermochten. Man macht einen Rundgang durch diese engen Zimmer, in denen der Körper kaum Platz zur Bewegung hatte, und da öffnet sich die Wand, um die Unendlichkeit einzulassen. „Öffnet die Mauer dem Unendlichen, vergeßt die Abscheulichkeiten des Refektoriums, die Suppen, das Elend, die Stunden des Zweifels, den Ruf der Welt, das Grauen vor dem Gemeinschaftsleben ... vergeßt eure mechanischen Andachtsübungen und schaut!" Das sagt Fra Angelico. Was er gesehen hat, schenkt er euch; den gleich einer rot und goldenen Blüte strahlenden Engel der Verkündigung, den leidenden Christus, auf dessen Darstellung die Symbole (die schlagende Hand, der speiende Mund, der die Dornenkrone auf die Stirn drückende Stock) eine Art von Reigen des Unsichtbaren auf dem grünen Hintergrund bilden, während Christus mit seiner weißen Binde über den Augen der einzig *wahre* Lebende bleibt. Von Zelle zu Zelle begleiten uns die Bilder. Hier ist der Garten des *Noli me tangere* mit seiner englischen Pforte unter einem Himmel vom zartesten Blau der Welt, der Quintessenz des mystischen Azurs ...

Noch schmuckloser als die anderen ist die Zelle des Priors mit ihrem engen Vorraum, wo das Porträt Savonarolas uns erwartet. Das Profil eines Kondottiere vom Typ Gattamelatas und tragische Augen, große, versonnene und dunkelbraune Augen wie die Spinozas, aber in denen sich die Vision der Scheiterhaufen zu spiegeln scheint, in deren Flammen er selbst einmal verbrennen wird. Der ganze hölzerne Raum hat die Resonanz einer Geige, und auf einem dunklen Tischchen liegen Bücher mit winziger Schrift, und das nicht, um ihr Wissen dem Gemeinen zu verbergen, sondern ganz einfach nur, weil man damals gute Augen hatte …

Unten, im Refektorium, sind wir wieder auf der Erde gelandet. Der große Schinken von Ghirlandaio, ein Abendmahl wie aus einem Film, protzt mit technischem Können, aber die riesige bemalte Fläche läßt jene *Gegenwart* vermissen, die uns auf der geringsten Freske Fra Angelicos zart entgegenleuchtet, und in so frischen Farben, daß man meinen könnte, der Mönch sei gerade eben hinausgegangen, um seine Pinsel zu spülen.

Julien Green (1900–1998)

Savonarolas Zelle

Auch den zweiten Ort, der mir in Florenz zum Mittelpunkt einer geistigen Welt werden kann, betrete ich an diesem Morgen zum ersten Male. Es ist das Dominikanerkloster San Marco. Ich erinnere mich noch an den ersten Sonntag in Florenz, wie L. im Vorübergehen auf die Kirchenfassade und die gelblichen Mauern zeigte und den Namen Savonarola nannte; da war mir noch alles ganz neu, und ich konnte nur stumm nicken. Ich weiß nun, daß es wohl keine Stätte in Florenz gibt, an der die Renaissancesehnsucht des gegenwärtigen Menschen, die seit Goethe und Burckhardt nie mehr schweigt, mit ihren Gedanken derart haftet, gerade weil es kein Pilgerort der Verehrung, sondern ihr Stein des Anstoßes ist, an dem sich ihre neue Frömmigkeit zur Welt bewähren muß. Hier war Savonarola Prior, jene „Mönchsfratze", von der Goethe mit solchem Abscheu spricht, in seinen Augen ein Widersacher aller Humanität. In Thomas Manns „Fiorenza" vertrat der Mönch den heiligen Anspruch des Geistes gegenüber einer seicht und genießerisch gewordenen Diesseitigkeit, aber so wie sich Thomas Mann mit seiner Deutung in ein Gewirr dialektischer Gegensätze verstrickte, so verlor ich den Geschmack an solchem schroffen Gegenüberstellen, als ich meine Lektüre mit Polizian und Lorenzo begann und sofort spürte, daß in diesem Humanismus das Christentum noch ständig latent war. Die Erscheinung Savonarolas, das Extreme und Fanatische seines Auftretens, erschien damit mehr oder weniger zufällig und nicht entscheidend für das Gesamtbild. Wichtig war vielmehr die Erkenntnis, daß die Renaissance nie monistisch, nie unreligiös gewesen war und daß nicht die Zelle des Savonarola die eigentliche Erinnerungsstätte in diesem Kloster sei, sondern die, in denen der Bischof Antonin wohnte, Fra Angelico malte und Cosimo von Medici sich zu unterreden pflegte. Mit diesen durch keine nähere Sachkenntnis getrübten Spekulationen betrat ich den Kreuzgang. Es war bitterkalt. Seitwärts, in der Pilgerherberge, sind Bilder Fra Angelicos gesammelt, aber ich merkte gleich, daß ich für ihre Schönheit unempfänglich war. Also stieg ich in den ersten Stock hinauf, in den Umgang mit den Zellen. Mit roher Kargheit hatte man den Dachstuhl nicht verkleidet, sondern unter den hölzernen Sparren die Käfige der Zellen eingebaut. Der gepflasterte Fußboden hauchte eine eisige Kälte aus. Die Zellen waren leer, sie öffneten sich mit einem kleinen Fenster auf den Innenhof. Berühmt sind diese Gelasse durch die Fresken, mit denen Fra Angelico und seine Schüler sie ausgeschmückt haben. Sie bewegten mich mehr durch ihre Absicht und ihre Funktion als durch ihre Schönheit. Sie ließen stärker als alles andere den Geist empfinden, der die Gemeinschaft beseelt hatte, in strenger Zucht und ständiger Dienstbereitschaft, an ihrer Spitze der Bischof von Florenz, der heilige Antonin. Mit welcher Selbstlosigkeit hatte der Maler seine Aufgabe angegriffen, und mit welchen Augen war sein Werk betrachtet worden. Wieviel geistige Energie, wieviel Seelenkraft wurde in einer solchen Ordensgemeinschaft frei, indem man sich entschlossen einer geistigen Vorschrift beugte. Welch Beispiel menschlicher Möglichkeiten, keineswegs fremdartig oder unnatürlich, sondern im Wesen des Geistes begründet und jederzeit wiederholbar. Savonarolas Zelle, zwei kleine Räume, hatte den Schauer eines Raumes, den ein vergangenes Leben erfüllt, das man um sich zucken spürt wie eine elektrische Spannung. Das Besichtigen bleibt stets etwas Verruchtes, jenes Schändliche, ein Vergangenes nicht durch neues Leben zu bannen, sondern es gleichgültig betrachten zu wollen.

Karl Eugen Gass (1912–1944)

Savonarola predigt in San Marco

Um Euch wunschgemäß über alle hiesigen Ereignisse um den Frate zu unterrichten, lasse ich Euch wissen, daß er nach den zwei Predigten, deren Text Ihr schon habt, am Fastnachts-Sonntag wieder predigte. Im Anschluß an Vieles schon Gesagte lud er nun die Seinigen ein, an Fastnacht in S. Marco gemeinsam das Abendmahl zu nehmen: da werde er, wenn seine Prophezeiungen nicht von Gott kämen, ihn um ein unzweideutiges Zeichen bitten. Auf diese Weise wollte er vermutlich seine Partei enger zusammenschließen und zu seiner Verteidigung animieren, denn er sorgte sich, daß die neue schon ernannte, aber noch nicht verkündigte Signoria gegen ihn sei. Als dann am Montag die Signoria verkündigt wurde, nahm er an, sie sei zu zwei Dritteln gegen ihn und werde dem Breve, das der Papst gesandt und in dem er bei Strafe des Interdikts seine Auslieferung gefordert hatte, tatsächlich Folge leisten. Freiwillig oder von anderen gehemmt, beschloß er daher, das Predigen in Santa Reparata aufzugeben und nach S. Marco zu gehen. Donnerstag früh, als die Signoria einzog, sagte er in Santa Reparata nur: um Ärgernis zu vermeiden und Gottes Ehre zu wahren, werde er sich zurückziehen; um ihn zu hören sollten die Männer nach S. Marco kommen, die Frauen aber nach S. Lorenzo zu Fra Domenico gehen.

Wer nun hören konnte, mit welcher Kühnheit unser Frate, als er sich jetzt im eigenen Hause befand, seine Predigten begann und mit welcher Kühnheit er sie durchführte, dürfte ihn wohl nicht wenig bewundern. Da er für seine Person fürchtet und annehmen muß, die neue Signoria wolle ihm schaden, und viele Bürger würden dann in seinen Sturz verwickelt, begann er Schreckensszenen auszumalen und sie für den, der nicht weiter nachdachte, recht überzeugend zu begründen. Er bewies, daß seine Anhänger die edelsten Menschen, seine Gegner die schlimmsten Verbrecher seien und ließ kein Argument aus, das die Gegenpartei herabsetzen, die seinige stärken konnte. Da ich unter den Zuhörern war, will ich einiges kurz wiederholen.

Zu seiner ersten Predigt in S. Marco wählte er die Worte aus dem zweiten Buch Mose: „Quanto magis premebant eos, tanto magis multiplicabantur et crescebant" (je mehr sie diese bedrängten, umso mehr nahmen sie an Zahl zu und wuchsen) und vor der Behandlung dieses Textes erklärte er die Gründe für seinen Rückzug: „Prudentia est recta ratio agibilium" (Klugheit ist die rechte Art der Beweglichen.). Alle Menschen trügen und trugen immer eine Berufung in sich, die Christen natürlich eine besondere. Die Christen sind zu Christus berufen, die anderen Menschen je nach ihrem Glauben zu einem anderen Ziel. Da nun wir Christen zu Christus berufen sind, müsse unser Tun zu seiner Ehre stets äußerst klug bedacht und streng den jeweiligen Umständen angepaßt sein. Erfordere es die Zeit, das Leben für ihn einzusetzen, so müßten wir es einsetzen; ist die Zeit danach, daß man sich verbergen muß, so verberge man sich, wie wir es von Christus selbst und vom heiligen Paulus lesen. Das gilt auch für unser Handeln und so haben wir auch gehandelt. Als es an der Zeit war, den Wütenden zu trotzen, haben wir es, wie am Himmelfahrtstag, getan. Jetzt will es die Ehre Gottes, daß wir vor den Zornigen zurückweichen und so sind wir gewichen.

Nach dieser kurzen Erklärung stellte er zwei Scharen von Kämpfern auf, deren eine unter Gott streite: das seien er und seine Anhänger, die andere aber diene unter dem Teufel: das seien die Gegner. Und nachdem er des langen und breiten darüber gesprochen hatte, kam er zur Erklärung der vorangestellten Stelle aus dem Exodus. Durch die Verfolgungen nähmen die Guten auf zweierlei Weise zu, sowohl im Geiste, wie an der Zahl. Im Geiste, das heißt, daß der Mensch sich im Unglück inniger mit Gott verbindet und so, seiner Urkraft näher, stärker wird, so wie warmes Wasser, enger ans Feuer gerückt, zu sieden beginnt, weil es der Urkraft näher gekommen ist. Ihre Zahl aber wächst, weil es drei Gattungen von Menschen gibt: einmal die guten, das sind die, welche mir folgen, und dann die verirrten und verstockten, meine Widersacher. Dann aber gibt es noch eine Sorte von Menschen, die Kinder der Welt, die, nur ihrem Vergnügen ergeben, weder in Übeltaten verstrickt, noch dem Guten zugewandt sind, weil sie das eine vom andern nicht unterscheiden können. Sobald aber einmal zwischen den Guten und jenen über irgendeine Frage ein ernsthafter Streit entsteht, quia opposita juxta se posita magis elucescunt (weil Gegensätze, nebeneinander gestellt, besonders auffallen), erkennen sie die Ruchlosigkeit der Bösen und die Lauterkeit der Guten und schlagen sich zu diesen und wenden sich ab von jenen, denn von Natur aus strebt jeder zum Guten und meidet das Schlechte. Und auf diese Weise ergibt sich aus Widrigkeiten eine Minderung der Bösen und eine Mehrung der Guten.

Ich fasse mich kurz, weil der beschränkte Raum eines Briefes keine lange Erzählung erlaubt. Wie gewohnt ging er noch auf dies und jenes ein, ehe er sich eine Brücke zu seiner nächsten Predigt baute, indem er zur Einschüchterung seiner Widersacher prophezeite, daß unsere Zwietracht einen Tyrannen heraufführen könnte, der unsere Häuser zerstören und die Felder verwüsten würde. Das aber sei kein Widerspruch zu seiner bisherigen Voraussage, daß Florenz aufblühen und zum Herrscher über Italien werde, denn nach kurzer Zeit werde der Tyrann vertrieben. Das war das Ende seiner Predigt.

Als er am anderen Morgen bei der Auslegung des Exodus an die Stelle kam, wo es heißt, daß Moses einen Ägypter erschlug, deutete er das so, daß der Ägypter für die Bösen stehe und Moses der Prediger sei, der sie töte, indem er ihre Laster aufdecke. „Oh Ägypter! ich will dir schon einen Messerstich versetzen!" rief er wörtlich und dann begann er, ihr Priester, eure Schriften zu zerpflücken und euch so zuzurichten, daß kein Hund mehr von euch ein Stück Brot genommen hätte. Und weiter lief es darauf hinaus, daß er dem Ägypter abermals eine schwere Wunde versetzen wolle, denn Gott habe ihm geoffenbart, daß es in Florenz einen Mann gebe, der sich zum Tyrannen aufschwingen wolle. Dem sei jedes Mittel recht, der wolle den Frate verjagen, wolle den Frate exkommunizieren, wolle den Frate verfolgen, und das heiße eben nichts anderes als sich zum Tyrannen aufschwingen zu wollen und da müßten doch die Gesetze sprechen. Soviel ließ er sich darüber aus, daß man nachher den ganzen Tag in aller Öffentlichkeit einen Mann damit in Zusammenhang brachte, der doch himmelweit vom Tyrannen entfernt ist.

Niccolò Machiavelli (1469–1527), Brief an Ricciardo Becchi, 8. März 1498

Galleria dell'Accademia

Michelangelos David

Von dort zur Akademie gehen, ist fast eine Zumutung. Ich habe nie verstanden, warum dieser David eine solche Bewunderung erregt. Er ist ziemlich häßlich mit seinem dicken Kopf, seinen Affenarmen, und die Hände mit den hervorstehenden Adern sehen wie die eines Schlächters in den besten Jahren aus, während Jünglinge doch schöne Hände haben sollten. Das ist ein Museum, in dem ich immer gleich Lust verspüre, den Ausgang zu suchen.

Julien Green (1900–1998)

Die Sklaven des Michelangelo

Es ist nicht nur der Stein, der euch belastet
mit stummem Druck, beinahe zum Zerbrechen,
in euch sind Gottes ewige Gebrechen,
vom Urbeginn habt ihr noch nie gerastet.

Und seid am Ziel; wie der, der viel gehastet.
Die Knie wanken, und vorm Niederbrechen
hebt er die Hand ans Herz, um so zu sprechen
von jener Todesangst, in die ihr tastet.

Denn groß ist das Geheimnis aller Qualen;
ihr hüllt sie ein, sie sind noch nicht geboren.
Was würdet ihr dem Leben erst bezahlen,
nach Atem lechzend noch und schon zermahlen!

Ihr Sklaven tragt, in eure Angst verloren,
die Last der Welt, die Sünden ihrer Toren.

Gottfried Kapp (1897–1938)

Michelangelo und seine Statuen

Du öffnest, Sklave, deinen Mund,
Doch stöhnst du nicht. Die Lippe schweigt.
Nicht drückt, Gedankenvoller, dich
Die Bürde der behelmten Stirn.
Du packst mit nerv'ger Hand den Bart,
Doch springst du, Moses, nicht empor.
Maria mit dem toten Sohn,
Du weinst, doch rinnt die Träne nicht.
Ihr stellt des Leids Gebärde dar,
Ihr meine Kinder, ohne Leid!
So sieht der freigewordne Geist
Des Lebens überwundne Qual,
Was martert die lebend'ge Brust,
Beseligt und ergötzt im Stein.
Den Augenblick verewigt ihr,
Und sterbt ihr, sterbt ihr ohne Tod.
Im Schilfe wartet Charon mein,
Der pfeifend sich die Zeit vertreibt.

Conrad Ferdinand Meyer (1825–1898)

Santissima Annunziata

Zusammenwirken aller Künste

Es war einer Stiftung zu Ehren Gottesdienst in der Kirche. Trotz des Morgenlichtes, das hell durch die Fenster schien, brannten unzählige Kerzen, alle Canonici des Stiftes waren bei der Messe und Prozession beschäftigt, auch der Kirchendiener und die Chorknaben hatten dabei zu tun, und ich mußte lange warten, ehe mir jemand die Halle zu öffnen kam.

Indes in Santissima Annunziata kann man sich dies gefallen lassen. Die Kirche ist voll von Meisterwerken aller Künste. Wohin das Auge blickt, sieht es vollendete Schöpfungen der Malerei und

Skulptur, Mosaiken, Marmor, Edelsteine, Holzschnitzereien, kunstvollste Altargeräte und Lampen von Silber und Gold. Dazwischen flammten die Kerzen und zogen die sonnebeleuchteten Weihrauchwolken duftig durch die Hallen, in denen der Kirchengesang und die Klänge der Orgel seelenerschütternd wirkten und leise die kleine Meßglocke ertönte.

Es lag ein unwiderstehlicher Reiz, eine hohe Poesie in diesem Zusammenwirken aller Künste für den würdigen Dienst des Herrn. Die Phantasie konnte dem Eindrucke nicht widerstehen; man fühlte den Zauber eines Kultus, der durch die Kunst die Phantasie beschäftigt und gefangennimmt und dem Menschen statt wirklicher Begriffe und klarer Anschauungen Symbole gibt, sich daran zu erbauen. Muß der Katholizismus darauf ausgehen, die Phantasie dermaßen zu beschäftigen, daß sie, vorherrschend, die kritische Tätigkeit des Verstandes unterdrückt, so ist hier das Höchstmögliche geleistet, und selbst in Sankt Peter zu Rom habe ich diesen Eindruck nicht stärker empfunden.

Unter den schönen Fresken del Sartos, die ich, als der Gottesdienst beendet war, wiederzusehen eilte, war mir besonders die sogenannte Madonna del Sacco wert, welche ich seit meiner Kindheit in einem guten Kupferstiche geliebt hatte. Die Madonna sitzt auf einem Sacke, gleichsam rastend, das Christkind auf dem Schoße, der heilige Joseph ihr zur Seite. Man sagt, der Künstler habe das Bild um einen Sack Getreide während einer Hungersnot gemalt. Nur der Kopf des heiligen Joseph hat durch die Witterung gelitten, das übrige ist vortrefflich erhalten, und die Madonna sieht in ihrer stillen, in sich begnügten Mütterlichkeit noch so ruhig und sanft auf die Nachwelt hinab, wie die Seele des Künstlers sie erschuf.

Fanny Lewald (1811–1889)

Wachsfigurenkabinett

Die Kirche Santissima Annunziata verlieh an die Mächtigen der Stadt und an vornehme Fremde das eifrig nachgesuchte Privilegium, zu Lebzeiten die eigene Figur in getreuer lebensgroßer Nachbildung in Wachs und angetan mit den eigenen Kleidern in der Kirche selbst aufstellen zu dürfen. Zur Zeit des Lorenzo de' Medici war die Fabrikation solcher Wachsfiguren (Voti) ein ausgebildeter hochstehender Kunstzweig und in den Händen der Benintendi, Schüler des Andrea Verrocchio, die Generationen lang eine ausgedehnte Votifabrik zum Nutzen der Kirche leiteten und deshalb den Namen „Fallimagini" führten. Lorenzo selbst ließ, nachdem er 1478 glücklich den Dolchen der Pazzi entronnen, seine lebensgroße Wachsfigur, von Orsino Benintendi angefertigt, dreimal in florentinischen Kirchen in verschiedenem Kostüm aufhängen. In denselben Kleidern, die er am Tage der Ermordung seines Bruders Giuliano trug, als er sich gerettet, aber selbst verwundet, dem Volke am Fenster zeigte, hing seine Figur in einer Kirche der Via San Gallo; im florentinischen Bürgerstaatsgewand, im Lucco, erblickte man ihn dann noch über einer Tür in der Annunziata, und eine dritte derartige Porträtwachsfigur schickte Lorenzo als Dankesvoto nach der Kirche Maria degli Angeli in Assisi. Die Menge dieser Voti schwoll schon gegen Anfang des 16. Jahrhunderts derartig an, daß in der Kirche selbst Platzmangel eintrat und die Figuren der Stifter an Stricken oben am Gebälk aufgehängt und deswegen die Mauern durch Ketten verstärkt werden mußten, und erst als durch das öftere Herabfallen eines Voto Andächtige erheblich gestört wurden, verbannte man das Wachsfiguren-Kabinet in einen seitlichen Hof, wo Reste des Panoptikums noch bis Ende des 18. Jahrhunderts zu sehen waren.

Aby Warburg (1866–1929)

Verkündigung

Das Fresko der Verkündigung in der Kirche Santissima Annunziata in Florenz, das in ganz Italien wegen seiner Heilkraft berühmt ist, wird in einem kleinen, von Michelozzo entworfenen Marmortempel beherbergt. Das Bildnis ist mit einer Silberscheibe abgedeckt und mit einem kostbaren Vorhang verhüllt, der nur einmal im Jahr, zum Fest der Verkündigung, entfernt wird. Man glaubt von diesem Bild, wie von den meisten wundertätigen Ikonen, daß es eine übernatürliche

Macht geschaffen habe. Im 13. Jahrhundert sei ein Mönch mit der Aufgabe betraut worden, ein Fresko der Verkündigung zu malen, und als sein Werk bis auf den Kopf der Madonna fertig gewesen sei, habe den Mönch ein tiefer Schlaf überfallen; ein Engel habe währenddessen den Kopf gemalt. Mit anderen Worten: Keine irdische Macht hätte das Bildnis so treffen können, und die Art, wie es verhüllt wird, läßt an ein Tabu denken, denn als Schutz hätte wohl auch eine Glasscheibe genügt.

Mary McCarthy (1912–1989)

Die Weisen aus dem Morgenland

In der anderen Szene stellte Andrea die drei Weisen aus dem Morgenland dar, die vom Stern geleitet herbeikommen, um das Kindlein namens Jesus Christus anzubeten. Er zeigte sie, wie sie aus dem Sattel steigen, so als seien sie dem vorbestimmten Ort nahe: Und tatsächlich liegt zwischen ihnen und der Geburt Christi, die man dort von der Hand Alesso Baldovinettis sieht, nur der Raum der beiden Türen. In dieser Szene malte Andrea den Hofstaat der drei Könige, der ihnen mit Wagen, vielen Gerätschaften und den sie begleitenden Menschen folgt. Unter ihnen sind in einer Ecke die nach dem Leben gemalten Porträts dreier Personen dargestellt, die in florentinischer Tracht gekleidet sind: Einer ist Jacopo Sansovino, der in voller Größe zu sehen ist und sich dem Betrachter des Bildes zuwendet; der andere, der sich an ihn lehnt und mit einem in Verkürzung wiedergegebenen Arm [aus dem Bild] deutet, ist Andrea, der Meister dieses Werks; und ein anderer Kopf hinter Jacopo im Profil stellt den Musiker Aiolle dar. Darüber hinaus sind dort einige Knaben, die auf die Mauer klettern, um den Zug der Herrlichkeiten und sonderbaren Tiere, die diese drei Könige mit sich führen, vorbeiziehen zu sehen.

Giorgio Vasari (1511–1574)

SANTA CROCE

Piazza Santa Croce

Wir sind auf der Piazza Santa Croce angelangt. Die Mittagssonne prallt voll auf die Kirchenfassade. Aus der Stille des Innenhofs ragen die in einem Viereck eingeschlossenen Zypressen auf. Am Fuße der Dichterstatue hocken die Insassen des Altersheims und genießen den Sonnenschein. Sie plaudern mit den alten Freudenmädchen, die sich das Haar ordnen und die Brotkrumen vom Schoß schütteln, auf die sich die Tauben stürzen. Die Buchdrucker und die Mosaikleger in ihren schwarzen und gelben knielangen Kitteln lungern in Erwartung der Mittagspause auf den Bänken herum. An der Ecke der Via de' Benci stehen die Droschken im Schatten, und die Pferde haben die Mäuler in den Futtersack versenkt. Die Kutscher sitzen an den letzten Tischen des Wirtshauses am Rande der Piazza, essen und behalten die Tiere im Auge.

Vasco Pratolini (1913–1991)

Dante-Statue

Die Arme stumm verschränkt, sah er zurück,
die schmalen Braun gesenkt.
Mit diesem Blick
war ein Gericht verhängt.

Richard von Schaukal (1874–1942)

Viertel einfacher Leute

Wir selbst waren zufrieden mit unserem Stadtviertel. Vom Rande der Innenstadt, an die es anschloß, erstreckte es sich bis zu den ersten Häusern der Peripherie, bis dorthin, wo die Via Aretina mit ihren Gärten und der Eisenbahnlinie, den ersten Bürgerhäusern und Villen begann. Via Pietrapiana hieß die Straße, die das Viertel durchschnitt, als wollte sie es in Santa Croce und den Arno auf der rechten und den Stadtpark und die Annunziata auf der linken Seite teilen. Aber die Gegend dort war schon hochherrschaftlich, sie hüllte sich in vornehmes Schweigen und strebte mehr zu San Marco und zur Universität hin; das einfache Volk mied sie, es hieß seine Kinder auf seinen Straßen mit den Namen von Engeln, Heiligen und Berufen, den altehrwürdigen Namen mächtiger Familien aus dem vierzehnten Jahrhundert spielen. Eine dieser Verkehrsadern und zugleich eine Mahnung war die Via de' Malcontenti, eine andere war die verrufene Via dell'Agnolo, in die der Borgo Allegri mündete, wo vor langer Zeit ein von einem unsterblichen Mitbürger gemaltes und in der Prozession mitgeführtes Madonnenbild so gnädig gewesen war, mitten unter dem Volk ein Wunder zu tun und es zu erfreuen.

Wäschestücke an den Fenstern, nachlässig gekleidete Frauen. Aber auch mit Stolz ertragene Armut, verbissen verteidigte Neigungen, Arbeiter, oder besser gesagt Tischler, Schuster, Hufschmiede, Mechaniker, Mosaikleger. Und Kneipen, verräucherte und strahlende Läden, Cafés im Stile des zwanzigsten Jahrhunderts.

Die Straße. Florenz. Der Stadtteil Santa Croce.

Arglos konnte sich der Junge auf die Stufen des Freudenhauses in dem Via Rosa genannten Gäßchen setzen und seine Murmeln zählen; der Mann aus dem Volke konnte ungeniert an die Mauern unter der Gedenktafel pinkeln, die daran erinnerte, daß in diesem Haus einst Giacomo Leopardi gewohnt hatte; das hübsche Mädchen konnte stolz darauf sein, in der Via delle Pinzochere zu wohnen, die eine der saubersten Straßen unseres Viertels war.

Wir waren ganz gewöhnliche Menschen. Eine Geste genügte, Zorn oder Liebe in uns zu wecken. Unser Leben strömte auf jenen Straßen und Plätzen dahin wie in einem Flußbett; die bestbedachte unserer Auflehnungen war wie ein Wasserstrudel, der uns auf den Grund zog. Nicht von ungefähr lag das Stadtgefängnis mitten in unserem Viertel. Beizeiten hatten wir gelernt, unsere durch gegenseitige Gehässigkeiten und gegenseitigen Verzicht miteinander verflochtenen Leidenschaften zu unterdrücken. Wir waren eine Insel in dem Strom, der irgendwie zwischen den Karren des Kaldaunenverkäufers und des Gemüsehändlers und der Bude des Mannes, der Kastanienkuchen feilbot, die Via Pietrapiana entlangfloß. Vom Arco di San Piero bis zur Porta alla Croce.

Nach sechs Uhr abends kamen wir von der Arbeit, und richtiges Leben, echte Geselligkeit, das Gefühl der Wärme stellte sich erst dann ein, wenn wir auf unseren Straßen und unseren Plätzen waren. Wären wir den Corso weitergegangen, der genau am Arco di San Piero anfing, wären wir in die Stadt gelangt, ins Zentrum mit den schönen Kaffeehäusern und den Musikkapellen; doch sooft wir diese wenigen Schritte zurücklegten, machten wir uns unbewußt darauf gefaßt, etwas Fremdem entgegentreten zu müssen. Unschuldige Geschöpfe waren wir, durch Melancholie, Gewohnheit oder Liebe oder aus Anhänglichkeit und Streitsucht an unser Stadtviertel gefesselt. Auch wer in einer der Fabriken im Randgebiet arbeitete, der radelte geschwind die Alleen entlang, um das Viertel zu erreichen und den Abend zu genießen, der ihm gehörte.

Vasco Pratolini (1913–1991)

Pantheon der würdigsten Art

Santa Croce ist ein Pantheon der würdigsten Art. Die Kirche, ein Bau des Arnolfo vom Jahre 1294, ist von einer ernsten und düstern Feierlichkeit, wahrlich eine große Totenhalle, die kein denkender Mensch ohne Ehrfurcht betreten wird.

Gleich am Eingange zur rechten Seite erhebt sich Michelangelos Mausoleum, ein Denkmal, welches seiner Größe nicht würdig ist, weil er es sich nicht selber setzen konnte. Seine Nachfolger haben daran bewiesen, daß die Skulptur ihren Meister verloren hatte. Ein Sarkophag voll grauem Marmor trägt Michelangelos Büste. Selten prägt sich eines Menschen Kopf gleich beim ersten Anblick so tief dem Gedächtnisse ein wie der Michelangelos, denn er ist in höchstem Grade eigentümlich. Die Stirne, breit, knorrig und fest, wie aus Erz heraus gehämmert, scheint ein einziges Organ der Bildhauerei zu sein; die Augen sind tiefsinnig, die Mienen verraten einen leidenschaftlichen und melancholischen Schmerz. Überhaupt hat Michelangelos Antlitz etwas Leidendes und Schwermutvolles, welcher Ausdruck noch dadurch verstärkt wird, daß seine Porträts ihn schon als Greis darstellen. Man erkennt in ihm wohl den Dichter jener Sonette im Geiste des Dante, welche die Endlichkeit aller Größe der Welt und die Sehnsucht nach Ruhe aussprechen. Dies mächtige Greisenantlitz eines so gewaltsam ringenden Menschen aber trägt in sich selbst einen Widerspruch; denn indem alle Fülle des Genies über Stirn und Nase thront, fällt der untere Teil des Gesichts, die Nase, der Mund, der zwiegeteilte Bart schroff in das Materielle ab und verrät einen Zug, wenn nicht von Haß, so doch von bitterer Satire. Michelangelo hat in der Tat etwas von einem antiken Faun oder Satyr in seinem Gesicht, und dies fällt zum größten Teil der Mißbildung seiner Nase zu. (...)

Michelangelos Büste also steht auf dem Sarkophag – an den Ecken und in der Mitte desselben sind sitzende Figuren angebracht, rechts die Muse der Architektur, links die Muse der Malerei, in der Mitte die trauernde Bildhauerkunst. Alle drei Gestalten sind höchst mangelhaft, barock und kleinlich gedacht. Der Ungeschmack des ganzen Mausoleums wird endlich noch dadurch vermehrt, daß man über ihm selbst einen Baldachin in Farben gemalt hat. Und so würde man den Florentinern, die doch wie keine andere Nation ihre großen Toten zu ehren wissen, ob dieses geringfügigen Monuments mit Grund zürnen dürfen, wäre nicht Michelangelos Haus in der Straße Ghibellina zu einem würdigen Denkmal seines Lebens umgeschaffen worden.

Ehrendenkmal für Dante

Nun das Ehrendenkmal Dantes, auf Michelangelos Monument folgend und von ihm nur wenige Schritte entfernt. Die Nachbarschaft ist passend, denn Michelangelo war der Dante der Skulptur und der Malerei. Als Florenz im Jahre 1519 den Papst Leo X. aufforderte, Dantes Gebeine von Ravenna in die Vaterstadt zu schaffen, unterzeichnete das Gesuch Buonarotti mit den Worten: „Ich, Michelangelo, Bildhauer, erflehe dasselbe von Eurer Heiligkeit, mich erbietend, dem göttlichen Poeten sein passend Grab zu machen und an einem ehrenden Orte in dieser Stadt." Aber es tragen die Bürger lumbus denken, dessen Schicksal so viel Ähnlichkeit mit dem Galileis hat.

Ferdinand Gregorovius (1821–1891)

Michelangelos Lied von der Vergänglichkeit

Neunzig Jahre war Michelangelo alt, als er starb. Ein Freund aus Florenz fand den alten Mann, den „Greisen, der fast am andern Ufer angekommen", kurz vor seinem Tode im strömenden Regen allein auf der Straße. Wie ein Gespenst lief er, der nicht mehr arbeiten konnte, unter den Menschen umher. „Nun muß ich sterben", sagte er herzergreifend, „da ich eben anfange, die ersten Laute in meiner Kunst stammeln zu können!" Drei Tage darauf fand er die Ruhe, nach der er sich so lange gesehnt hatte. In der Kirche Santa Croce in Florenz wurde er bestattet, unweit des Friedhofes, dessen Tote er einstmals in dem herrlichen „Lied von der Vergänglichkeit", das in Hugo Wolfs Seele zu Musik geworden ist, so besungen hat:

„Alles endet, was entstehet.
Alles, alles rings vergehet.
Denn die Zeit flieht;
Und die Sonne sieht,
Daß alles rings vergehet:
Denken, Reden, Schmerz und Wonne.
Und die wir zu Enkeln hatten
Schwanden wie bei Tag die Schatten
Wie ein Dunst im Windeshauch.
Menschen waren wir ja auch,
Froh und traurig, so wie ihr,
Und nun sind wir leblos hier,
Sind nur Erde, wie ihr sehet.
Alles endet, was entstehet,
Alles, alles rings vergehet."

Herbert Eulenberg (1876–1949)

Ohne Baedeker in Santa Croce

Tränen der Empörung stiegen Lucy in die Augen – teils, weil Miss Lavish sie hatte sitzen lassen, und teils, weil sie ihren Baedeker mitgenommen hatte. Wie sollte sie – Lucy – nach Hause und wie sich in Santa Croce zurechtfinden? Ihr erster Vormittag in Florenz war verpatzt, und vielleicht kam sie nie wieder hierher. Noch vor wenigen Minuten war sie in einer Hochstimmung ohnegleichen gewesen, hatte sie geredet wie eine hochgebildete Frau und war fast davon überzeugt gewesen, voll von originellen Gedanken zu sein. Jetzt betrat sie niedergeschlagen und gedemütigt die Kirche und konnte sich nicht einmal mehr erinnern, ob diese nun von den Franziskanern oder den Dominikanern erbaut worden war.

Selbstverständlich, es sollte ein herrliches Bauwerk sein. Und doch wirkte es wie eine Scheune! Außerdem war es so kalt darin. Allerdings barg sie Fresken von Giotto, und angesichts von deren taktilen Farbwerten war sie bestimmt imstande, die richtigen Gefühle zu hegen. Nur – wer wollte ihr sagen, welche Fresken es denn nun waren? Hochmütig ging sie umher, nicht bereit, angesichts von Werken ungewisser Autorschaft oder ungewisser Datierung in Begeisterung auszubrechen. Es war nicht einmal jemand da, der ihr sagte, welche von den vielen Grabplatten, die Haupt- und Seitenschiffe pflasterten, denn nun diejenige war, die wirklich schön war – diejenige, die Mr. Ruskin am allermeisten gepriesen hatte.

Dann begann der verruchte Charme Italiens zu wirken, und statt sich zu erkundigen, fühlte sie sich auf einmal einfach glücklich. Sie tüftelte den Sinn italienischer Bekanntmachungen aus – etwa jener, derzufolge es den Menschen untersagt war, Hunde in die Kirche mitzubringen – und jener, auf der die Besucher sowohl im Interesse der Hygiene, als auch aus Achtung vor dem Gotteshaus, in dem sie sich befanden, ersucht wurden, das Spucken zu unterlassen. Sie beobachtete die Touristen: ihre Nasen waren genauso rot wie der Einband ihres Baedekers, so kalt war es in Santa Croce. Mit eigenen Augen wurde Lucy Zeugin des schrecklichen Mißgeschicks, das drei Papisten widerfuhr – zwei kleinen Jungen und einem kleinen Mädchen –, die ihren Rundgang damit begannen, daß sie sich gegenseitig mit Weihwasser bespritzten, und dann triefend, aber geheiligt – weitergingen zum Grabmal Machiavellis. Sich diesem sehr langsam und aus weiten Fernen nähernd, berührten sie den Stein mit den Fingern, mit dem Taschentuch und mit dem Kopf, um sich dann wieder zurückzuziehen. Was hatte das zu bedeuten? Sie wiederholten dies viele Male. Dann ging Lucy auf, daß sie Machiavelli mit irgendeinem Heiligen verwechselten und hofften, durch wiederholten Kontakt mit dem Schrein Tugend zu erlangen. Die Strafe folgte auf dem Fuße. Das kleinste Kind stolperte über eine der von Mr. Ruskin so hochbewunderten Grabplatten und blieb mit den Füßen in den Gesichtszügen eines ruhenden Bischofs stecken. Protestantin, die sie war, schoß Lucy voran. Sie kam zu spät. Der kleine Mann fiel plumps auf die aufgerichteten Zehen des Prälaten.

„Gräßlicher Bischof!" ließ sich die Stimme des alten Mr. Emerson vernehmen, der gleichfalls vorgeschossen kam. „Hart im Leben, hart im Tod. Geh hinaus in die Sonne, kleiner Junge, und wirf dieser eine Kußhand zu, denn dort solltest du sein. Unerträglicher Bischof."

Das Kind zeterte bei diesen Worten aus Leibeskräften, und über die schrecklichen Leute, die ihm aufhalfen, ihm den Staub von den Kleidern klopften und ihm liebevoll über die Stellen strichen, wo es sich wehgetan hatte – und ihm bedeuten, es solle nicht so abergläubisch sein.

„Sehen Sie ihn sich an!" wandte Mr. Emerson sich an Lucy. „Eine schöne Bescherung: ein kleines Kind tut sich weh, es friert und bekommt es mit der Angst! Aber was will man in einer Kirche schon anderes erwarten?"

Die Beine des Kindes waren weich wie Wachs. Jedesmal, wenn der alte Mr. Emerson und Lucy es aufrecht hinstellten, fiel es aufbrüllend wieder hin. Zum Glück eilte ihnen eine italienische Dame, die eigentlich beten sollte, zur Hilfe. Kraft irgendeiner geheimnisvollen Eigenschaft, wie nur Mütter sie besitzen, stärkte sie dem Kerlchen das Rückgrat und verlieh seinen Knien wieder Standfestigkeit. Der Junge fiel nicht wieder hin. Immer noch aufgeregt plappernd, marschierte er davon.

„Sie sind eine kluge Frau", sagte Mr. Emerson. „Sie haben mehr bewirkt als alle Reliquien der Welt. Zwar gehöre ich nicht Ihrem Bekenntnis an, aber ich glaube an diejenigen, die ihre Mitmenschen glücklich machen. Es gibt keinen Heilsplan, der hinter dem Universum steht."

Er hielt inne, suchte nach dem rechten Wort.

„*Niente*", sagte die Italienerin und wandte sich wieder ihren Gebeten zu.

„Ich glaube nicht, daß sie englisch versteht", sagte Lucy.

Gedemütigt, wie sie war, konnte sie auf die Emersons nicht mehr herabsehen. Sie war vielmehr entschlossen, freundlich zu ihnen zu sein, mehr schön als taktvoll und – wenn möglich – Miss Bartletts eisige Höflichkeit durch ein paar freundliche Worte über die wunderbaren Zimmer vergessen zu machen. „Die Frau versteht alles", lautete Mr. Emersons Antwort. „Aber was machen Sie hier? Besichtigen Sie die Kirche? Können Sie sie jetzt abhaken?"

„Nein", rief Lucy, der plötzlich wieder einfiel, welcher Groll in ihr wütete. „Ich bin mit Miss Lavish hergekommen, die mir alles erklären sollte; und eben vor dem Portal – es ist wirklich *zu* schade! – ist sie einfach auf und davon, und nachdem ich ziemlich lange gewartet hatte, blieb mir nichts anderes übrig, als allein hineinzugehen."

„Ja, warum auch nicht?" sagte Mr. Emerson

„Ja, warum sollten Sie nicht allein hineingehen?" sagte der Sohn und wandte sich damit zum erstenmal an die junge Dame

„Aber Miss Lavish hat meinen Baedeker mitgenommen!"

„Ihren Baedeker?" sagte Mr. Emerson. „Bin ich froh, daß *das* der Grund Ihrer Traurigkeit ist! Eines verlorenen Baedekers wegen kann man schon traurig sein. Da hat man allen Grund, traurig zu sein."

Lucy wußte nicht recht, was sie davon halten sollte. Abermals spürte sie, daß irgend etwas Neues sie bewegte, doch war sie sich nicht sicher, wohin sie das führen mochte

„Wenn Sie keinen Baedeker haben", sagte der Sohn, „sollten Sie sich besser uns anschließen."

War es das, wohin das Neue sie führen sollte? Sie verschanzte sich hinter ihrer Würde.

„Haben Sie vielen Dank, aber das geht auf gar keinen Fall. Hoffentlich denken Sie nicht, ich wäre hergekommen, um mich Ihnen anzuschließen. Ich bin wirklich hergeeilt, um dem Kind zu helfen – und um Ihnen zu danken, daß Sie gestern abend so freundlich waren, uns Ihre Zimmer zur Verfügung zu stellen. Hoffentlich haben wir Ihnen damit keine allzu großen Unannehmlichkeiten bereitet."

„Meine Liebe", sagte der alte Mann sanft, „meiner Meinung nach plappern Sie nach, was Sie ältere Leute haben sagen hören. Sie tun so, als wären Sie überempfindlich, aber in Wirklichkeit sind Sie das gar nicht. Hören Sie auf, so etepetete zu sein, und sagen Sie mir lieber, welchen Teil der Kirche Sie gern sehen möchten. Es wird mir ein ausgesprochenes Vergnügen sein, Sie hinzubringen."

Nun, dies war ja wohl der Gipfel an Impertinenz, und eigentlich hätte sie wütend sein sollen. Aber manchmal ist es ebenso schwierig, aus der Haut zu fahren, wie bei anderen Gelegenheiten, es nicht zu tun. Lucy konnte ihm einfach nicht böse sein. Mr. Emerson war ein alter Mann, und da konnte ein junges Mädchen wohl nachsichtig sein. Andererseits – sein Sohn war ein junger Mann, und eigentlich mußte sie sich von ihm beleidigt fühlen oder ihm gegenüber zumindest so tun, als wäre sie es. Infolgedessen sah sie zunächst ihn an, ehe sie antwortete. „Ich bin nicht überempfindlich, zumindest hoffe ich das. Die Giottos sind es, die ich sehen möchte, wenn Sie so freundlich wären, mir zu sagen, welche Fresken es sind."

Der Sohn nickte, und mit einer Miene trübsinniger Genugtuung zeigte er ihr den Weg zur Peruzzi-Kapelle. Er hatte etwas von einem Lehrer; jedenfalls kam sie sich vor wie ein Schulkind, das eine Frage richtig beantwortet hatte.

Die Kapelle war bereits voll. Aus der Mitte einer ernsten Besucherschar erhob sich die Stimme eines Vortragenden und wies sie im Predigerton an, wie sie Giotto zu würdigen hätten – jedenfalls nicht nach taktilen Werten, sondern nach geistigen Maßstäben.

„Bitte bedenken Sie", sagte er gerade, „was es mit dieser Kirche Santa Croce auf sich hat: daß sie das Werk mittelalterlicher Inbrunst ist, wie sie waltete, ehe der verderbliche Einfluß der Renaissance einsetzte. Bitte sehen Sie selbst, daß Giotto sich in diesen – inzwischen leider durch die Restaurierung in Mitleidenschaft gezogenen – Fresken noch in gar keiner Weise um die Fallstricke von Anatomie und Perspektive kümmerte. Ist etwas Majestätischeres, zu Herzen gehenderes, Schöneres und Wahrhaftigeres auch nur vorstellbar? Wie wenig – dieses Gefühls können wir uns hier nicht erwehren –

bedeuten Wissen und technisches Können bei einem Manne, der wahrhaft fühlt?"

„Nein!" rief Mr. Emerson mit einer Stimme, die viel zu laut war für eine Kirche. „Bitte bedenken Sie nichts dergleichen! Vom Glauben gebaut – jawohl! Aber das bedeutet nur, daß die Handwerker nicht anständig bezahlt wurden. Und was die Fresken betrifft, so erkenne ich keinerlei Wahrheit in ihnen. Sehen Sie sich doch nur den dicken Mann in Blau an! Der wiegt mindestens soviel wie ich, und dabei steigt er in den Himmel auf wie ein Luftballon!"

Er bezog sich auf das Fresko mit der Himmelfahrt Johannis. Die Stimme des Mannes im Inneren der Kapelle verriet plötzlich Unsicherheit, und das war nicht verwunderlich. Seine Zuhörer traten von einem Fuß auf den anderen, und Lucy erging es nicht anders. (...)

Edward Morgan Forster (1879–1970)

Giottos Fresken

In dieser Kirche [Santa Croce] hat man die kleinen Fresken von Giotto unter dem Mörtel wiedergefunden. Die Geschichte Johannes des Täufers, Johannes des Evangelisten und des heiligen Franziskus; sind sie von Giotto und ist der Restaurator treu gewesen? In jedem Falle stammen sie aus dem vierzehnten Jahrhundert und sind seltsam. An Mannigfaltigkeit fehlt es ihnen nicht, man sieht zahlreiche Gestalten in allen Haltungen, knieend, liegend, stehend, sitzend, kauernd und bewegt. Die kindliche Frömmigkeit des Mittelalters ist darin gut betont und der Ausdruck der Empfindungen lebhaft. Rings um den heiligen Franziskus, welcher soeben verschieden ist, stehen die Mönche mit Kreuz und Banner; ein Geistlicher neben dem Kopf hält das Gebetbuch. Einige berühren, um sich zu heiligen, die Kreuzeswunden an Füßen und Händen, ein anderer taucht in seinem Mönchseifer seine Hand in die Wunde der Flanke. Der dritte ergreift am meisten: mit gefalteten Händen und verzerrtem Antlitz spricht er noch zu ihm.

Hippolyte Taine (1828–1893)

Pazzi-Kapelle: Vollendeter Mikrokosmos

Die großen Kirchen Brunelleschis, besonders San Lorenzo, die frühere Gemeindekirche der Medici, sind durch spätere Änderungen etwas verpfuscht worden. Die Pazzi-Kapelle jedoch, die für das Geschlecht der Pazzi als eine Art Privatbetstätte direkt neben der Franziskanerkirche Santa Croce erbaut worden war, ist seit dem 15. Jahrhundert unangetastet geblieben, und hier findet man Brunelleschi in seiner reinsten Ausdrucksform. Es ist eine kleine, stille quadratische Kirche in gelblichen Farben, die von außen fast wie ein kleines Mausoleum aussieht oder wie eine jener kleinen braunen etruskischen Urnen in Hausform, von denen man heute noch eine im Archäologischen Museum betrachten kann – die *„aedes tuscanica"*. Sie hat einen Pronaos, eine Vorhalle mit schlanken korinthischen Säulen, über denen ein Fries von Desiderio mit Cherubimköpfen in kleinen Medaillons entlangläuft. Unter den Dachvorsprüngen befindet sich eine Attika und darüber eine Kuppel mit einer zerbrechlich wirkenden hohen Laterne. Das Tondo in glasierter Terrakotta über der Tür stammt von Luca della Robbia und stellt den heiligen Andreas dar; denn die Kapelle wurde für Andrea de' Pazzi erbaut.

Das Innere ist ein einfaches Rechteck mit vier hohen, schmalen Fenstern, kahlen weißen Wänden und einer kleinen Apsis. In den vier Ecken sind mit dunkelgrauer *pietra serena* hohe Rundbögen auf die weiße Wand gezeichnet, wie eine Erinnerung an frühere Fenster. Kannelierte Pilaster mit korinthischen Kapitellen, gleichfalls aus *pietra serena*, bezeichnen an den glatten Wänden die Stützstellen, ebenso sind die Lünetten und Stützbögen der Kapelle mit dunklen Steinbändern im weißen Stuck nachgezogen. Dazwischen befinden sich Rechtecke mit Steinrosetten in der Mitte. Über den Rechtecken des unteren Teils erheben sich die Halbkreise der Lünetten und Bögen, die ihrerseits von dem Halbrund der Kuppel gekrönt sind. Dieses endlose Spiel mit den Grundformen und ihren Variationen – rechteckig und rund, tief und flach gleicht einem großen Konzert – der Musik des Universums, gespielt in einem kleinen Raum.

Den Wänden entlang sind dunkelblau-weiße, mit *pietra serena* umrahmte Tondi mit Darstellungen der zwölf Apostel von Luca della Robbia verteilt, dicht unter einem Fries aus Cherubimköpfen und Lämmern in abwechselnd blauer und blaßrosa Terrakotta. In den Pendentifs der Apsis finden sich wunderbare riesige graue Muscheln, und in den Pendentifs des Hauptraumes sitzen die vier Evangelisten, nach Brunelleschis Entwürfen von Luca della Robbia in glasierter Terrakotta ausgeführt, jeder mit seinem Symbol und Gefährten: Sankt Lukas mit dem Stier, Sankt Markus mit dem Löwen, Sankt Johannes mit dem Vogel und Sankt Matthäus mit dem Engel in Menschengestalt. Die Farben der Glasur sind klar und von intensiver Leuchtkraft in dem ernsten grau-weißen Raum. Der Vogel ist rabenschwarz, der Löwe schokoladenfarben, der Stier dunkelbraun. Die Gewänder der Evangelisten glitzern in glasigem Weiß oder Gelb und durchscheinendem Grün. Der Untergrund ist wellig blau, als säßen die vier großen Lehrmeister mitsamt ihren Büchern bequem auf einem leichtbewegten Meer. – In der blauen Kuppel über der kleinen Apsis mit dem schlichten tischähnlichen Altar befindet sich eine „Erschaffung des Menschen und der Tiere". Man kann sich keinen vollendeteren Mikrokosmos vorstellen als diese Kapelle; denn hier ist alles vorhanden, in richtiger Ordnung und Proportion, wie am siebenten Schöpfungstage, als Gott von seinen Werken ausruhte und sah, daß die Werke gut waren. (...)

Brunelleschis Architektur ist Weisheit, in der – wie auch in der sokratischen und platonischen Philosophie – Formen in ihrem eigentlichen Wesen verwirklicht sind: in der Rundheit des Runden, der Eckigkeit des Eckigen, der Schlankheit des Schlanken. Ein Fenster zum Beispiel, das Brunelleschi herausgeschnitten hat, ist die platonische „Idee" des Fensters: nicht irgendein besonderes Fenster, sondern das einzige, unvergängliche Modell des Fensters. Das ist etwas anderes als die sogenannten „Idealformen" aus Michelangelos Bildhauerei, wo „ideal" „geistig" heißt, „imaginär", „nicht dem Leben entsprechend", oder mit einem anderen Wort: „idealisierend", wie die Herzöge auf den Medici-Gräbern. Brunelleschis Fenster sind in diesem Sinne ganz und gar nicht idealisiert. Sie sind ganz einfach die Verwirklichung des Begriffs „Fenster", geformt mit einer so nachdrücklichen Endgültigkeit, daß andere Fenster daneben wie Zufallsprodukte aussehen. Diese gerahmten Öffnungen im Raum rufen eine Bemerkung Leonardos ins Gedächtnis, die gleichzeitig tiefsinnig und sehr einfach ist, daß nämlich die Augen die Fenster im Gefängnis des Körpers sind. – Mit Brunelleschi wurde die Florentiner Architektur *tief*, im einen wie im andern Sinne. Jeder Gegenstand – sei es ein Kragstein, ein Kapitell, ein Bogen, eine Säule, ein Gewölbe – ist so intensiv er selbst, so in sein eigenes Wesen versenkt, daß es außer Freude auch einen gewissen Schmerz bereitet, ihn zu betrachten, so als erinnere dieses In-sich-selbst-Ruhen an irgend etwas anderes, an etwas aus dem verlorenen Bereich der vollkommenen, unveränderlichen Formen. Es gibt keine bessere Anschauung für die alte Lehre von den allgemeinen und einzelnen Begriffen und ihrer mysteriösen Blutsverwandtschaft als die Pazzi-Kapelle und den Zweiten Kreuzgang von Santa Croce mit den herben, schlanken Säulen und den scharf eingeschnittenen Verzierungen in Form von Urnen, Kränzen, Muscheln und Ornamenten.

Mary McCarthy (1912–1989)

DER ARNO UND SEINE BRÜCKEN

Eigentlich ein Bach

Im Val d'Arno, nach Incisa zu, ist der Arno ein entzückender Gießbach, der mit Poussin'scher Anmut dahineilt. Ich habe manche Stunde lesend unter einer Weide gesessen und mich an seinen lebhaften farbigen Wellen gefreut, die so munter zwischen den weißen Felsen herumspringen. Es war ein Genuß. Der kleine Strom hat Charakter – denselben Charakter wie die ganze Hügellandschaft, die sich nach Arezzo zu aufbaut. An gewissen Stellen befreit er sich ganz von Feldern und Büschen (wie eine Frau, die in der Wärme ihren Pelz ablegt) und fließt dann dürftig, aber quicklebendig über gelbe Tonschichten. Woanders spielt er – wie sich's gehört – mit Ruinen, Mühlen, alten Brücken und Gärten. Er ist ein Fluß – kein Zweifel! denn er fließt geradewegs ins Meer; aber er ist ein Fluß, so wie eine Katze ein Tiger ist. Er ist offenherzig; man sieht ihm bis auf den Grund; und wenn ich nach dem urteile, was klar zutage liegt, so ist es sein Hauptgeschäft, den Samen der Bäume, die die Hügel von Pergine und Castiglione krönen, mit sich zu führen und ihn längs seines Tales auszustreuen. Ich kenne keinen eifrigeren Pflanzer von Pappeln, Weiden, Zedern, Kiefern, Buchs- und Mispelbäumen. Wenn er sich freimacht von bloßen Worten und von geschichtlichen Erinnerungen, dann ist er ein Bach – und eben deshalb möchte ich, daß er auch als Bach durch Florenz fließt. Hier aber läßt man sich gern durch Worte blenden, und ich muß mich anstrengen, meine Geschichtskenntnisse zu vergessen. Denn man wünscht einen Fluß, der allem Rechnung trägt, was man sich bei den Worten Oltr' Arno denkt. Daher auch die Talsperre beim Hippodrom, die meinen Bach übertreibt und einen Kilometer lang einen 'falschen Fünfziger' aus ihm macht, der keine klare Auskunft über sich geben kann und in seiner honetten Umgebung ein Fremdling bleibt.

Man hat ihn mit hohen soliden Quaimauern ausgestattet, als

handle es sich darum, den Mississippi in eigner Person zu bänd und zwischen diesen Kaimauern schläft das stagnierende Stau ser. Man braucht nur nach Lung' Arno del Tempio zu gehen, o halb der letzten Brücke: dann sieht man den lustigen, durchtrie nen Bach, von dem ich erzählt habe, bäurisch und ehrlich dah kommen, sich zwischen strahlenden Bäumen aufschäumend dur die letzten Felsen hindurchschlängeln, um dann ebenso plötzli wie kläglich zu sterben. Fortan ist es der Arno, so wie alle Welt ih kennt und wie er an den Uffizien vorbeiströmt.

Man würde einen ganz andern Eindruck von der Stadt gewinnen wenn ein klar und ungestüm durch seine Felsen und Bäume dahinströmender Gießbach sie durchquerte. Vor allem müßte die Landschaft, in die man flußauf vom Ponte Vecchio hineinblickt, mit ein paar Weiden und vor allem ein paar Pappeln – ein wenig verquer, wie nur der Arno sie zu pflanzen weiß – belebt werden; dann würden all die ehrwürdigen Steine dieser Stadt aufatmen.

Jean Giono (1895–1970)

Sinnlose Zerstörung

Man kann vom Arno nicht sprechen, ohne seine Brücken zu nennen. Man sollte seine Brücken nicht nennen, ohne von ihrem Schicksal zu erzählen, und, wenn man ein Deutscher ist, beschämt zu sein. Denn alle Florentiner Brücken, bis auf den Ponte Vecchio, wurden von den deutschen Truppen vor ihrem Abzug gesprengt. Sinnlose, symbolische Art des Untergangs! Man rettete zwar aus Pietät die älteste und malerischste der Brücken und meinte es sehr gut, aber diese Rettung kostete den Uferstraßen an beiden Enden des Ponte Vecchio das Leben. Was da an Geschichte und mittelalterlicher Schönheit in Trümmer sank, bleibt unersetzlich und eine Wunde im Herzen von Florenz, die sich schwer schließen läßt.

Monika von Zitzewitz (geb. 1923)

Ponte Vecchio: Durchsicht auf den Himmel

Von den vier alten Brücken über den Arno ist der Ponte Vecchio mit den Juwelier- und Goldschmiedeläden besonders reizvoll. Dadurch daß in der Mitte der Raum eines Hauses ausgespart wurde, ist der Blick darüber hinaus wie in einen Rahmen gefaßt. Und diese köstliche Durchsicht auf Himmel, Wasser und prächtige Gebäude zwischen den kauernden Dächern und Giebeln auf der Brücke ist wahrhaft unübertrefflich. Über den Läden der einen Seite verläuft der Korridor des Großherzogs. Er wurde gebaut, um die beiden großen Paläste (Uffizien und Pitti) durch einen geheimen Gang zu verbinden. Bezeichnend für echten Despotismus schleicht er sich dolchesfürchtig über den Fluß durch Straßen und Häuser und setzt sich über alle Hindernisse hinweg.

Charles Dickens (1812–1870)

Ponte Santa Trinità: Kopflose Primavera

Die Santa-Trinità-Brücke, ein Bauprojekt Cosimos I., die nach einer Hochwasserkatastrophe wieder von Ammannati aufgebaut wurde (...), gilt als die schönste Brücke von Florenz, sie ist vielleicht sogar die schönste der Welt. Sie wurde im letzten Kriege zerstört, und als sie vor einigen Jahren in ihrer alten Schönheit wiedererstehen sollte, sahen sich die Restaurateure, die nach Fotografien und nach Ammannatis Plänen vorgingen, vor ein Rätsel gestellt. Die Führung der drei breiten, schwingend ausladenden Bögen, die der Brücke ihre besondere Schönheit verleihen, stimmt mit keiner geometrischen Kurve oder einer ähnlichen Berechnung überein und scheint aus freier Hand von einem genialen Künstler entworfen, als der Ammannati kaum in Betracht kommt. In der ganzen Stadt ergingen sich Wissenschaftler und Kunstsachverständige in Mutmaßungen über das Geheimnis der Brückenbogen. Manche sagten, sie bildeten eine Kettenlinie, das heißt, sie seien jeweils der Rundung einer durchhängenden Kette nachgezeichnet; andere hingegen vermuten, ihnen läge der gekurvte Umriß eines Geigenkörpers zugrunde. Kurz vor der Einweihung der neuerrichteten Brücke wurde dann eine

Theorie laut, die man mit Hilfe von Fotos sehr überzeugend in den Zeitungen demonstrierte. Danach soll der Entwurf der Brücke von Michelangelo stammen, den Cosimo I. zu der betreffenden Zeit wegen anderer Projekte durch Vasari konsultierte. Das Vorbild der Bogenlinie fand man, wo es niemand gesucht hatte, nämlich an den Sarkophagen der Medici-Gräber, auf denen „Der Tag" und „Die Nacht", „Der Morgen" und „Der Abend" ruhen. Wenn diese Theorie zutrifft – und weite Kreise haben sich schon angeschlossen –, dann würde ein Detail eines bildhauerischen Werkes, das zur Glorifizierung eines despotischen Geschlechtes bestimmt war, ins Große übersetzt, das Eigentum der gesamten Bevölkerung von Florenz. Die Bildhauerkunst wäre damit zur Architektur zurückgekehrt wie eine Pflanze, die sich in ihre Urform zurückverwandelte, und ein schöner, dreifach geschwungener Bogen, dessen Ursprung so geheimnisvoll war, daß man glauben konnte, er stamme von einem Gott, trägt nun auf seinem Rücken das Verkehrsgewühl der Stadt.

Ohne Zweifel gab es in Florenz jedesmal, wenn eine Brücke neu erbaut wurde, Streit um das Unternehmen von der Zeit an, da die Statue des Mars in verkehrter Richtung auf der Ponte Vecchio stand. Die Auseinandersetzungen über die Ponte Santa Trinità dauern schon seit Kriegsende an und sind noch immer nicht beendet. Zuerst wurde die Frage aufgeworfen, ob man die alte Brücke überhaupt wiederherstellen solle. Warum durfte es nicht eine moderne sein? Als man sich geeinigt hatte, nahm man die alten Steinbrüche in den Boboli-Gärten, die goldfarbene Steine lieferten, wieder in Betrieb. Ein Sechstel der alten Bausteine wurde aus dem Arno geborgen. Dann aber gab es Schwierigkeiten mit den Steinschneidern, die man davon abhalten mußte, die neuen Steine „besser", also mit scharfen Kanten, zuzuschneiden, eine Arbeit, die erst seit der Erfindung moderner Maschinen möglich geworden ist. Schon begann die Geduld der Baumeister zur Neige zu gehen, ähnlich wie es Michelangelo ergangen war, der schrieb:

„Ich habe vor, Tote zu erwecken, diese Berge zu erforschen und nutzbar zu machen und die Kunst des Steinschneidens in dieser Gegend einzuführen." Als die Steine schließlich geschnitten waren, wurde die Zusammenstellung ihrer Farbtöne kritisiert. Auch die Fundamente im Arno bemängelte man. Versehentlich wurde einmal ein Stück flußaufwärts eine Schleuse geöffnet, wodurch der Brückenunterbau in Gefahr geriet, und das zu einem Zeitpunkt, als sie fast fertiggestellt und schon für den Fußgängerverkehr freigegeben war. Der Herbstregen würde das übrige schon besorgen, unkten die Pessimisten und schauten zum Himmel auf. In der Tat sah es ein paar Tage lang so aus, als sollten sie recht behalten. Die Wiederherstellung der Santa-Trinità-Brücke erwies sich als beinahe ebenso schwierig wie der Versuch, „Tote zu erwecken". Und in den Stolz der Florentiner auf die endlich vollbrachte Tat, die in unserer Zeit wohl einmalig ist, mischte sich die Sorge, daß am Ende noch irgendein Unheil passieren könnte. Je schöner sich die neuerstehende Brücke wölbte, bis sie dann eines Tages vorhanden war und sich wie eine Fata Morgana über dem grünen Fluß erhob, desto mehr stritt, prophezeite und krittelte man, aus lauter Furcht, daß womöglich doch noch etwas schiefgehen könnte.

Der letzte Streit ging seltsamerweise um den Statuenschmuck. Die Brücke trug früher vier Eckfiguren des Franzosen Pietro Francavilla aus dem späten 16. Jahrhundert, die die Jahreszeiten verkörperten. Sie besaßen keinen großen künstlerischen Wert, aber man hatte sich an sie gewöhnt, ähnlich wie an den alten Wächter Mars auf der Ponte Vecchio. Drei Figuren waren heil und unversehrt gerettet worden – eine sogar, wie man erzählt, von einem einheimischen Bildhauer (andere behaupten, es sei ein fremder gewesen), der in den Arno tauchte, um sie zu bergen –, die vierte aber, die „Primavera", hatte den Kopf eingebüßt. Es ging das Gerücht um, diesen Kopf habe ein amerikanischer Negersoldat im Lärm und Durcheinander der letzten Kriegswochen fortgeschleppt. Andere behaupteten, ein neuseeländischer oder australischer Soldat habe ihn davongetragen: Man ließ Suchanzeigen in neuseeländischen Zeitungen veröffentlichen mit der Bitte, den Kopf zurückzuschicken, doch vergeblich. (...)

Als man schließlich die Hoffnung aufgab, den Kopf der „Primavera" jemals wiederzufinden, beschlossen die Autoritäten der Belle Arti, die vier Figuren nicht mehr aufzustellen. Darauf reagierte das Volk mit allgemeiner Empörung. Es wollte die Statuen wiederhaben. Die Belle Arti bestanden auf ihrem Entschluß, und so wurde eine Volksbefragung durchgeführt, mit dem Ergebnis, daß eine erdrückende Mehrheit für die Aufstellung der Figuren war. Da gaben die Belle Arti nach, scheinbar wenigstens, und nun begann man die Frage zu erörtern, ob die „Primavera" verstümmelt aufgestellt werden sollte, als Erinnerung an den Krieg, oder ob es angehe, ihr einen neuen Kopf aufzusetzen. Abermals schieden sich die Geister, diesmal fast unversöhnlich, und die Belle Arti benutzten das als Vorwand, das ganze Projekt aufzuschieben. Die Bevölkerung schöpfte Verdacht, als sie feststellte, daß man, obwohl Zeit genug verstrichen war, nicht einmal Anstalten machte, die Sockel an ihre alten Plätze zu bringen. Zeitungen riefen zum Handeln auf und deuteten an, die Belle Arti hätten die Kopffrage in böser Absicht nur deshalb zur Sprache gebracht, um Streit zu entfachen und den Beschluß der Öffentlichkeit nicht ausführen zu müssen. Man verlangte die Sockel sofort herbeizuschaffen, als Zeichen des guten Willens. [Fußnote:] Der Kopf wurde schließlich bei Brückenbauarbeiten an der Ponte Vecchio im Arno gefunden. Nachdem man sich sorgfältig von seiner Echtheit überzeugt hatte, trug man ihn in einer Prozession zurück und setzte ihn der *Primavera* wieder auf.

Mary McCarthy (1912–1989)

Auf dem Ponte alla Carraia

Wir hatten zur Linken den Ponte alla Carraia aus dem 13. Jahrhundert, eine der ältesten Brücken von Florenz. Einst von einem Hochwasser zerstört, war sie von Ammanato, dem Architekten des Ponte de la Trinità, wieder aufgebaut worden.

Mit dieser Brücke verbindet sich eine sonderbare Geschichte. Im Mai 1304 wurde in Florenz die seltsame Ankündigung verbreitet, daß diejenigen unter den Einwohnern, „die Neues aus dem Jenseits zu erfahren wünschten, sich nur auf den Ponte alla Carraia begeben müßten".

Diese einzigartige Einladung – so wunderlich, wie sonst nur in England üblich – lockte eine enorme Menschenmenge auf die Brücke, deren Pfeiler zwar aus Stein, deren Bögen jedoch aus Holz waren.

Damals war die Vorstellung von der Hölle, wie sie einige Jahre später in dem großen zyklischen Gedicht von Dante dargestellt wurde, in allen Köpfen vorhanden; die Maler bedeckten die Mauern von Kirchen und Klöstern mit phantastischen Höllenbildern, die später im „Jüngsten Gericht" von Michelangelo höchste Vollendung finden sollten.

Es war also eine Darstellung der Hölle, die auf dem Fluß stattfand (...). Der Arno, vorübergehend in den Höllenfluß Acheron verwandelt, wurde von schwarzen Barken in der Art des Charon durchkreuzt; die Passagiere waren arme Seelen; sie wurden mit Gabelstößen empfangen von Teufeln, ausgestattet mit Hörnern, Krallen, klauenbewehrten Flügeln und Spiralschwänzen. Eine Mischung heidnischer und christlicher Strafen – siedende Kessel, Feuerroste, Räder, Zangen, Wippgalgen, Scheiterhaufen – alle Spielarten möglicher und unmöglicher Torturen wurden mit Flammen und Qualm, griechischem Feuer und anderem Feuerwerk vorgeführt. Riesige Höllenschlünde nach mittelalterlicher Art öffneten und schlossen sich und ließen durch einen rötlichen Schein hindurch die Menge der Verdammten erkennen, wie sie von den Teufeln gequält und gemartert wurden.

Dieses bizarre Schauspiel gaben die Bewohner des Viertels San Frediano für die Bürger von Florenz – die teuer dafür bezahlten mußten: Die Brücke stürzte unter dem Gewicht der Menge ein, eine große Zahl von Zuschauern fiel ins Wasser und in die Flammen, ertrank und verbrannte zugleich und erfuhr auf diese Weise, wie in der Ankündigung versprochen, durch eigene Anschauung direkte Neuigkeiten aus dem Jenseits.

Nach dieser Katastrophe wurde die Brücke ganz aus Stein wieder aufgebaut – in der Form, wie man sie heute sehen kann.

Théophile Gautier (1811–1872)

AUF DER ANDEREN SEITE DES ARNO

San Frediano

Die Leute von Sanfrediano

Der Stadtbezirk von Sanfrediano liegt im „Jenseits des Arno", er ist der große Häuserhaufe zwischen dem linken Flußufer, der Chiesa del Carmine und den Hängen von Bellosguardo; von oben her umgrenzen ihn, wie Bollwerke, der Palazzo Pitti und die Bastionen der Medici, der Arno fließt hier durch sein breitestes Bett, macht hier die sanfte, weite, herrliche Biegung, die die Cascinen entlangstreift. Was es in einer Kultur an Vollkommenheit gibt, die selbst Natur geworden, die schreckliche und betörende Regungslosigkeit des Gotteslächelns, umhüllt Sanfrediano und erhebt es. Aber es ist nicht alles Gold, was glänzt. Dafür ist Sanfrediano der ungesündeste Teil der Stadt; im Herzen seiner wie Ameisenhaufen bevölkerten Straßen befinden sich die zentrale Müllabfuhr, das Obdachlosenasyl, die Kasernen. Ein Großteil seiner Läden beherbergt Lumpensammler und Leute, die die Innereien der Rinder kochen, um damit Handel zu treiben, wie mit der Suppe, die sie daraus gewinnen. Und die köstlich ist; immerhin verachten sie die Bewohner von Sanfrediano, aber sie ernähren sich damit, kaufen sie fiaschiweise.

Die Häuser sind alt, sowohl von ihren Steinen her als auch, und noch mehr, von ihrem verkommenen Aussehen her; eines an das andere gelehnt, bilden sie ein ungeheures Bauwerk, hie und da unterbrochen vom Verlauf der Straßen und vom plötzlichen, unglaublichen Atemholen des Flußufers und der Plätze, die weit und luftig sind wie Truppenübungsplätze, wie harmonisch ausgebreitete Umfriedungen. Sie zu beleben, dafür sorgt der lustige, streitbare Lärm ihrer Menschen: vom kleinen Krämer und Lumpenverkäufer bis zum Arbeiter der nicht weit entfernten Fabriken, zum öffentlichen Angestellten, Marmorarbeiter, Goldschmied, Lederwarenhändler, deren aller Frauen größtenteils auch einer Arbeit nachgehen. Sanfrediano ist die kleine Republik der Heimarbeiterinnen: es sind Flechterinnen, Hosennäherinnen, Büglerinnen, Polsterinnen, deren Mühe, der Hausarbeit abgekargt, ihnen das gibt, was sie als „Überflußminimum" bezeichnen, das eine fast immer zahlreiche Familie braucht, der die Arbeit des Mannes, wenn er sie hat, nur das Brot und den Brotbelag verschafft.

Diese Menschen von Sanfrediano, die den gewöhnlichsten und lebendigsten Teil der Florentiner bilden, sind auch die einzigen, die unversehrt den Geist eines Volkes bewahrten, das sogar aus seiner rohen Ausgelassenheit Beschwingtheit herauszuholen verstand, und aus seiner Begabung in Wahrheit eine andauernde Zudringlichkeit. Die Menschen in Sanfrediano sind sentimental und erbarmungslos in einem, ihr Gerechtigkeitssinn gibt sich im Balge ihres Feindes zu erkennen, der an einem Laternenpfahl hängt; und ihre Vorstellung vom Paradies, bildhaft gemacht in einer Redensart, ist poesievoll und vulgär: ein utopischer Ort, wo Überfluß an Hirse herrscht und Mangel an Vögeln. Sie glauben an Gott, wie sie sagen, weil sie „an die Augen und an die Hände dessen" glauben, „der uns gemacht hat", und logischerweise halten sie letzten Endes die Realität für den bestmöglichen Traum. Ihre Hoffnung ist das, was sie sich Tag für Tag erringen können, und was ihnen nicht genügt.

Vasco Pratolini (1913–1991)

Santa Maria del Carmine

Sprung in die Zukunft

Es war an einem dieser Tage, als ich nach Carmine, in das Florenz des anderen Ufers zurückkehrte und im Abenddämmerschein durch die kleinen Straßen schlenderte, wo die Ladenschaufenster mit Glaswaren, Damastwäsche, Schuhen und Lederwaren, Holzschnitzereien in einem etwas gelblichen elektrischen Licht erstrahlen. Auf der Brücke der Santa Trinità ließ das Licht der untergehenden

Sonne den Arno wie einen Lavastrom erglühen, und die Statuen an beiden Enden der Brücke schimmerten wie dunkelorange Indienne. Die Brancacci-Kapelle in Santa Maria del Carmine ist mit Fresken bedeckt, man befindet sich im Inneren einer dekorierten Schachtel, aber von da an hört jeder Vergleich auf, denn hier gibt es nicht das geringste Fleckchen, das das Auge vergessen könnte. Masaccio und Masolino haben alle Deckengemälde der Paläste und Kirchen mit recht gekünstelten Apotheosen und Gloriendarstellungen ausgeschmückt, und selbst auf den Wänden der Medici-Kapelle wirkt Gozzolis florentinische Reiterparade der Heiligen Drei Könige wie eine Kostümschau. Aber hier erleben wir einen Augenblick, da die Malerei ihre Wahrheit herausschreit und nicht mehr ans Gefallen denkt. Sie macht einen Sprung in die Zukunft. Die Farbe ist ihr eigenes Helldunkel, und in allen Registern, Körpermodellierungen, in der Anordnung der Figuren, ihrer dramatischen Intensität, der Vereinfachung der Perspektiven, der Echtheit räumlicher Darstellung und empfundener Emotion trotzt die Souveränität Masaccios allen Gesetzen der Epoche und beweist einmal mehr, daß das Genie sich von vorneherein über alle Regeln hinwegsetzt. Draußen im nächtlichen Licht beginnt Florenz dem zu ähneln, was wir soeben gesehen haben, aber schließlich ahmt hier die Kunst die Kunst nach.

Julien Green (1900–1998)

Leben, Wahrheit und Natur in Masaccios Fresken

Er [Masaccio] machte den Anfang damit, den Gestalten schöne Stellungen, Beweglichkeit, Kraft und Leben und den Gegenständen eine eigentümliche und natürliche Rundung zu geben, wie es vor ihm kein Maler getan hat. Außerdem ließ ihn sein richtiges Urteil erkennen, alle Figuren, deren Füße auf den Spitzen zu stehen scheinen und nicht auf dem Boden aufruhen, seien im wesentlichen schlecht; wer dergleichen zeichne, beweise, daß er nichts von Verkürzung wisse. Hierin hatte zwar schon Paolo Uccello den Anfang gemacht und vieles geleistet, was die Schwierigkeit dieser neuen Methode der Malerei erleichterte. Masaccio aber, der in manchen

Dingen von ihm abwich, zeichnete Verkürzungen in den verschiedensten Ansichten und besser als irgendeiner vor ihm. Er gab seinen Werken schöne Einheit und Zartheit, brachte die Hautfarben der Köpfe und der Körper mit den Farben der Gewänder in Übereinstimmung, die er mit wenigen Falten, leicht wie im Leben und in der Wirklichkeit, wiedergab. Dies war den Künstlern von großem Nutzen, und er verdient als Erfinder dieser Darstellungsweise genannt zu werden, da man die Werke, die vor seiner Zeit ausgeführt sind, zwar Malereien, die seinigen im Vergleich dazu aber Leben, Wahrheit und Natur nennen kann. (...)

Masaccio kehrte nunmehr zur Arbeit in die Kapelle der Brancacci zurück, wo er die von Masolino angefangene Geschichte des heiligen Petrus weiter ausführte und zum Teil beendete. In dem Bild, worin Sankt Petrus tauft, wird eine nackte Gestalt sehr gerühmt, die vor Kälte zitternd zwischen den Täuflingen steht. Diese Figur, mit voller Rundung und in zarter Manier ausgeführt, ist von alten und neueren Künstlern stets mit Ehrfurcht und Bewunderung betrachtet worden, wie denn bis auf den heutigen Tag unzählige Meister jene Kapelle besuchen und betrachten, in der einige Köpfe fürwahr so schön und lebendig gemalt sind, daß man sagen kann, kein Künstler jener Zeit habe sich so sehr den Neueren genähert. Masaccios Bestreben verdient das größte Lob, da er in seiner Kunst die Bahn zu der schönen Darstellungsweise unserer Tage eröffnete. Hierfür gibt es kein besseres Zeugnis, als daß alle berühmten Bildhauer und Maler, die nach ihm lebten, in jener Kapelle sich übten und ihre Studien machten. So groß der Ruf ist, in dem zu allen Zeiten die Arbeiten Masaccios standen, so ist es doch die Ansicht oder richtiger der feste Glaube vieler, daß er noch weit Größeres erreicht hätte, wenn er nicht schon in seinem siebenundzwanzigsten Jahre uns vorzeitig durch den Tod geraubt worden wäre.

Giorgio Vasari (1511–1574)

Palazzo Pitti und Boboli-Gärten

Erdrückender und erhebender Anblick

Nachts 10 Uhr rollten unsere Wagen durch die schönsten Straßen der Welt, d.i. in Florenz; trunken betrachte ich im Vorüberflug einige der gewaltigen Paläste, die herrlichsten, die es gibt; hinweg geht's über die stolze Brücke und zehn Schritte von unserem Gasthof am Arno stürzen die sechs Pferde vor unserem Wagen, wie vom Blitze getroffen, zugleich zu Boden. Ohne Beschädigung stunden sie alle wieder auf und keine üble Vorbedeutung soll es uns sein; vielmehr sehen wir darin eine höchst ehrfurchtsvolle Verbeugung, welche die stolzen Tiere machten dem Kronprinzen von Bayern und seiner würdigen Reisegesellschaft.

25. Oktober bei Sonnenaufgang. Himmlisches Licht, das die schönste der Städte vor meinem Blick entfaltet! Und im Glanze dieses Lichtes, kühn und gewaltig dahinrauschender Arno! Ihr schönen Brücken, ihr hohen Bogen, und ihr, stolzeste, ungeheuerste aller Paläste, unsterbliche Zeugen einer stärkeren, kühneren, riesenhaften Vergangenheit! ...

Vor Palast Pitti, der jetzigen Residenz. O welch ein Werk, o welch ein Werk! Das Herz schlägt mir gewaltig und ich möchte vergehen vor Scham, Wehmut und unaussprechlichem Verlangen, aus unserer Zeit heraus auf diese Werke hinblickend! – Sehet des Palastes Vorderseite 3- bis 400 Fuß lang, 150 Fuß hoch, aus 1 bis 2 Klafter großen, roh behauenen Steinen wie aus übereinandergesetzten Felsen aufgerichtet; über dem ersten Stock die ganze Breite des Palastes hinlaufend, eine steinerne Galerie; in großen Entfernungen von einander die Fenster wie Palasttore; im Innern gegen die Gartenseite 3 Bogengänge in ebensovielen Säulenordnungen übereinander, so heiter und freundlich, als es der erstaunende Ernst und die außerordentliche Würde des Ganzen gestattet. Alle Verhältnisse des Gebäudes sind ungeheuer, sein Anblick erdrückt und erhebt in wechselnden Augenblicken; kein anderes Werk aus der alten und neuen Zeit, sei sein Umfang auch viel bedeutender, erscheint mir in so großen Verhältnissen; auf mich hat keines den Eindruck gemacht, keines in Rom, in Sizilien, in Pästum. Und hört es, dieses außerordentliche Werk war das Haus eines florentinischen Bürgers! – In ähnlichem Stil sind gebaut die Paläste Strozzi, Riccardi, Ruccellai, Medici, lauter Paläste aus den großen Zeiten des Freistaates und des Krieges zwischen den mächtigen Bürgerfamilien, alle gleich Festungen, so tüchtig, so gediegen, so trotzig, nicht wie aus einzelnen beweglichen Steinen errichtet, nein, wie im Ganzen aus dem Urfels der Erde gehauen, aus einem Stücke Metall gegossen.

Johann Nepomuk von Ringseis (1785–1880)

Stille, sonnige Stunden im Boboli-Garten

Sosehr ich bemüht war, die Zeit meines Florentiner Aufenthaltes fleißig auszukaufen, bereue ich es doch nicht, einige halbe Nachmittage im Boboli-Garten verbummelt und verträumt zu haben. Vom Besuch mancher wichtigen Kirche, ja von ganzen, flüchtig besuchten Städten nahm ich nur eine vage, konturlose Erinnerung mit, die Stunden im Boboli-Garten aber hoffe ich nie zu vergessen.

Wer den Garten richtig genießen will, darf ihn nicht an den Sonntagnachmittagen aufsuchen, wo die Wege und Bänke von Besuchern wimmeln. Man muß ihn sehen, wenn er in grünem Schweigen liegt, am besten in der heißen Stille einer Mittagsstunde. Dann vermag er einen Begriff zu geben von jenen italienischen Fürstengärten, die man erst in Rom sucht und die jeder aus den träumerischen Versen Eichendorffs kennt, von jenen klassischen Gärten, wo tiefschattige Wege sich durch hohe immergrüne Gebüsche winden, wo kühle Brunnen und weiße Statuen aus dunkeln Hainen blicken. Wer den Boboli-Garten in solch einer stillen, sonnigen Stunde allein besucht, dessen Phantasie kann nicht widerstehen, die Wege und Rasenplätze mit lustwandelnden oder ballspielenden adligen Jünglingen in der Tracht des 16. Jahrhunderts, die Bänke mit konversierenden Gentildonne und adligen Liebespaaren zu bevölkern.

Dort lag ich manchmal rücklings auf einer Bank oder im Grase, von den großblumigen, bunten Anemonen und Narzissen umgeben, und folgte mit gedankenlosen Blicken den weißen Frühlingswolken, die hoch über den schwarzen Zypressenwipfeln am reinen Himmel wanderten. Ich dachte mir den ersten Besitzer des Gartens hier wandeln, den Herzog Cosimo I., oder die Künstler, die seine Anlage besorgten, den Tribolo und den famosen liebenswürdigen Giovanni da Bologna; und ich schämte mich nicht, mich einem leicht zu verspottenden, dennoch eigenartig beglückenden Rausch von Schönheit und Vergangenheit hinzugeben. Dann ging ich überall umher, die malerischen Durchblicke aufzusuchen, an denen der große Garten reich ist. Man kann von einer glücklichen Stelle aus den Dom und Kampanile in einem Rahmen von Lorbeer und Zypressen erblicken, oder, über die dunkelgrünen Gebüsche auftauchend, das in der Sonne glänzende Fiesole, fern und friedlich wie ein Traumbild, vom klaren Himmel überwölbt.

Hermann Hesse (1877–1962)

San Miniato al Monte

Hinauf zum Piazzale Michelangelo

Die Sonne, die durch die dunstige Frühe dringt, verlockt zum Spazierengehen. So biege ich in die erste Straße ein, die zwischen Boboligarten und Fluß auf die Höhen oberhalb der Stadt zu führen scheint. Dieses Stadtviertel auf dem linken Ufer, nahe dem Ponte Vecchio, hat für mich einen besonderen Reiz. Hier steht das Haus Machiavells, nicht weit davon wohnte im vorigen Jahrhundert Elisabeth Barret-Browning, und als ich den Berg hinaufzusteigen beginne, komme ich am Hause Galileis vorüber. Bald wandere ich in der linden Sonne, zwischen Gartenmauern auf einer schmalen steinernen Straße und in sonntäglicher Stille. Hinter den Mauern ahnt man die Gärten, mit Zypressen und Oliven grüßen sie herüber, und ab und zu sieht man durch ein Tor oder eine Pforte in ein herrschaftliches Haus. Es ist ein köstliches Miteinander von Villenviertel und bäuerlicher Abgeschiedenheit, in der Nähe der großen Stadt geradezu bezaubernd. Man möchte noch lange durch diese schweigsamen Gäßchen gehen, über die Steinplatten des Pflasters und dann dem Locken der Bäume und Sträucher folgen und durch eine eiserne, in den Angeln kreischende Pforte in den sonnigen Hügelgarten treten, in das verborgene, wartende Haus – man meint, das liebliche Glück müßte einen dort empfangen. Ich gelangte auf die breite Promenadenstraße Viale dei Colli, die sich sechs Kilometer lang die Hügel südlich der Stadt entlangzieht, und nun gewann ich auch Aussicht. Die Stadt lag im Morgendunst, in jenem leichten duftigen Blau, durch das die Sonne sickert. Aber eine Lust war es, die Täler und Höhen zu betrachten, die sich vom Flußufer und von den Häusern zu mir heraufzogen. Da gibt es Wiesengründe, die sich unmittelbar hinter der Stadt friedlich und ländlich erstrecken, mit Oliven bestanden, deren silbergrünes Laub in der Luft zu flüstern scheint. An den Flanken des Hügelrückens, über den mich mein Mauerweg geführt hatte, sah ich jetzt die weißen Villen liegen, und ich begriff, daß es herrlich sein müsse, in dieser sorgsam gehüteten Einsamkeit nahe der Stadt zu wohnen. Meine Aussichtsterrasse entlanggehend, gelangte ich zum Piazzale Michelangelo, jenem etwas nackten Terrassenplatz, von dem man eine berühmte Aussicht hat. Ein wenig höher den Berg hinauf steht S. Miniato. Auf die Brüstung gelehnt, sah ich den Fluß im Morgenlicht, die Brücken schon im Dunst, und die Domkuppel war nur zu ahnen. Die mächtige Masse von S. Croce dagegen lag gerade gegenüber. Ich stand und ließ mich von der Sonne überrieseln, neidisch auf ein Liebespaar blickend, das dicht aneinandergedrängt miteinander plauderte. Lange träumte ich in die milde Wärme hinein, ach, immer den gleichen lieben Traum. Steil führt ein Treppenweg in die Stadt hinunter, und bald saß ich wieder in dem öden Café bei einem „Cappucino“ und schrieb.

Karl Eugen Gass (1912–1944)

Der Schöpfer war ein Florentiner

„Was Sie hier vor sich sehen, steht einzig in seiner Art da. Nirgends ist die Welt so fein, so durchgeistigt, so elegant wie hier. Der Gott, der die Hügel von Florenz erschaffen hat, war ein Künstler. O, er war ein Juwelier, ein Bildhauer, er verstand in Bronze zu arbeiten, und er war auch noch Maler. Kurz, er muß ein Florentiner gewesen sein. Es ist das Einzige, was er von der Welt selbst gemacht hat. Alles andere ist unvollkommener gearbeitet, als ob es von einer gröberen Hand herrührte. Was meinen Sie? – dieser Hügel von San Miniato mit seinen festen, reinen Formen und der zarten violetten Färbung, sollte der von demselben Meister herrühren wie der Mont Blanc? Und wissen Sie, es ist noch etwas, – aber ich weiß nicht, wie ich es in Worte kleiden soll. Ich verstehe es selbst nicht recht und doch ist es wirklich so. Ich fühle mich hier in dieser Gegend, und Sie werden ebenso fühlen, als ob ich nur halb lebte und halb schon gestorben wäre. Es ist ein sehr vornehmes, sehr trauriges und dabei doch wohltuendes Gefühl. Sehen Sie nur, – sehen Sie immer wieder hin und Sie werden die Melancholie entdecken, die über diesen Hügeln von Florenz liegt. Sie werden fühlen, wie eine wunderbare Traurigkeit von diesen Totengefilden emporsteigt."

Anatole France (1844–1924)

Das Martyrium des heiligen Minias

In der Zeit, in der Decius das römische Reich regierte, verwüstete ein grausamer Sturm der Verfolgung weithin die Kirchen Gottes. (...)

In jenen Tagen starb der selige Papst Sixtus in einer ruhmreichen Passion wegen seines Bekenntnisses zum Herrn. Sein Archidiakon Laurentius aber, der verbrannt wurde, bewies das größte Beispiel für einen gänzlich unbesiegbaren Glauben. Von dieser blutigen Speise einer gräßlichen Mahlzeit wird der Tyrann aber nicht satt: Sondern wie ein Tiger, wenn er einmal Blut geleckt hat, seinen besudelten Rachen nicht sanft werden läßt, betritt er Florenz mit noch größerer Gier nach dem Tod von Christen, falls er dort welche finde. (...)

Es wohnte dort ein auserwählter Offizier, der einen vom Glauben gewobenen Panzer in seiner kräftigen Brust trug. Er wurde in der Vorstadt von den Dienern des Decius festgenommen, und auf die Frage nach seiner Stellung und seinem Namen sagte er: „Ich bin ein Anhänger des christlichen Glaubens und heiße Minias." Das furchtlose Bekenntnis der Verehrung des wahren Gottes entflammt bei den Leuten, die sich nach ihm erkundigt hatten, eine gewaltige Wut, und die verbrecherischen Gesellen freuen sich, jemanden gefunden zu haben, den zu bestrafen dem grausamen Kaiser Freude machen würde. Er wurde also von der Straße weggebracht und vor Gericht gestellt, und Decius fuhr ihn mit drohender Miene und Stimme an und sagte: „Du bist Minias, der in übler Gesinnung die Erhabenheit der unsterblichen Götter herabsetzt und die ganze Provinz in Aufruhr versetzt, indem du die Leute zu irgendeiner albernen christlichen Religion überreden willst?" Darauf sagte er: „Ja, ich bin Minias, ein Sklave und Gefangener Jesu Christi, des lebendigen und wahren allmächtigen Gottes, der dich als Verächter seiner Lehre für das ewige Feuer bestimmen wird, wenn du nicht die Verehrung dieser Götter aufgibst, vor denen du, obwohl sie keinen Lebensgeist besitzen, blind in gottloser Torheit Gebete sprichst und deine Knie beugst. Denn das ist schließlich der äußerste Wahnsinn, Metallstücke und Holzteile anzubeten, denen der Künstler, auch wenn er ein menschliches Bild ausgedrückt hat, nicht Bewußtsein und göttliche Kraft einflößen konnte: Wenn du diesen Ehre und Opfer gelobst, ist es sehr viel passender, die Künstler, die sie hergestellt haben, anzubeten, damit diesen nicht wegen offensichtlicher Mißachtung die Lust vergeht, Götter herzustellen, die, wie du glaubst, dich und dein Reich in immerwährendem Frieden und Wohlstand erhalten können."

Da glaubte der Tyrann, er verliere sein Gesicht, wenn er die unerschütterliche Standhaftigkeit des jungen Mannes unbezwungen lasse. Daher rüstete er sich zuerst mit den Waffen der Schmeichelei und versuchte sie zu besiegen, indem er folgendermaßen anhob: „Ich scheue mich, deine feurigen Jugendjahre vorzeitig zu beenden; die Blüte deiner Schönheit zu bestrafen, halte ich für unwürdig. Der Beleidigung der Götter jedoch, die du hartnäckig und mit gotteslästerlicher Rede beschimpfst, nicht entgegenzutreten, ist gottlos. Sorge also für das Beste für uns alle: Wende dich hin zur Verehrung der Götter, denen die ganze Welt untertan ist, und bring mich nicht in die Zwangslage, an dir ein unliebsames Exempel zu statuieren! Erwäge gründlich, daß du von unseren Vätern mehr Klugheit gesehen hast und daß nicht wertlos sein konnte, was sie selber so gottesfürchtig verehrt haben. Wenn du wieder zur Vernunft kommen willst, werde ich dir Reichtum im Überfluß und glanzvollen Ruhm geben, und ich werde dir den Genuß jeder Freude, die dein Herz verlangt, zum Geschenk machen."

„Und welche Freude", antwortete Minias, „wirst du mir erweisen, der du im Verlangen nach Verbrechen verharrst und die Erde vom Blut der Heiligen trunken machst und so dem Elend ewiger Trauer nicht entgehen kannst?"

Da wird Decius von wildem Zorn gepackt und er läßt eine schreckliche Bestie herbeiholen, der Minias zum Fraß vorgeworfen werden soll. Man gehorcht, und ein riesiger Panther wird herbeigeführt. Aber der Sklave Christi weicht dem Schrecken nicht, sondern ergreift den Schild des Gebetes und spricht: „Herr Gott, sei mein Helfer und verlaß mich nicht, Herr, Gott meines Heiles."

Er hatte seine Worte kaum beendet, da haucht das wilde Tier, vom göttlichen Geschoß getroffen, sein Leben aus. Der heilige Mann wird beschuldigt, dies mit Zaubermitteln bewirkt zu haben: Man sagt, er habe sich dies im Vertrauen auf den Schutz durch unreine Geister gegen die Götter herausgenommen. Und so wird ein Verdienst des Glaubens und der Tugend zum Beweis für einen schändlichen Ruf und Fanatismus, und was Ungläubige zum Glauben berufen und die Herzen sanftmütig hätte machen sollen, das führte zu Verblendung und verschärfte ihre Wut.

Daher ergeht der Befehl, einen Ofen zu entzünden, in den der heilige Mann geworfen werden soll, wenn er nicht an die Götter glaubt und ihnen opfert. Trotzdem verspricht Decius auch da noch, daß Minias, wenn er sich mit ihm einigt, nichts von den Dingen, die die Menschen für wichtig halten, vergeblich von ihm verlangen werde. Da ruft der heilige Minias, er wolle keine Schätze besitzen, die zum Untergang bestimmt seien, und fügt hinzu, sein Besitz sei der Glaube an den, der Himmel und Erde erschaffen habe und alles, was im Himmelskreis enthalten sei, und er erwarte einen Lohn für jede Art von Folter. Und er behauptet, er werde in der Not nicht von dem abfallen, der die Söhne Israels nach dem Abzug aus Ägypten trockenen Fußes durch das Rote Meer geführt, Susanna von ihrer falschen Beschuldigung freigesprochen, Daniel aus der Löwengrube und die drei Jünglinge mitten aus dem Feuer herausgeholt habe.

Schon lodert der Ofen, weil man mehr Holz als üblich aufgeschichtet hat, und die zahlreichen Diener des Alleinherrschers ziehen den Heiligen aus, reiben ihn mit Öl ein und werfen ihn ins Feuer. Aber ein Engel des Herrn schreitet mit ihm einher, und die Flammen weichen, besiegt von dem so starken Glauben. Und das irdische Feuer konnte dem nichts anhaben, der das Zeichen göttlicher Glut trug, und der Engel sprach zu ihm: „Der Herr hat dich besucht, indem er mich zu dir schickte, damit du es schaffst, auf der Folter nicht abtrünnig zu werden. Und er selbst wird dir heute den Kranz der Gerechtigkeit aufsetzen."

Da warf sich der Märtyrer Christi auf der Stelle nieder und betete folgendermaßen: „Ich danke dir, Herr Jesus, der du mich, deinen Deiner, durch einen Engel stärken wolltest. Durch dich, Herr, haben Ananias, Azarias und Misael den Rauch des Ofens, der siebenmal stärker brannte als üblich, nicht gespürt: Du gingst mitten unter ihnen und verschafftest ihnen Kühlung. Und jetzt, Herr, kannst du auch mich von jedem Druck befreien." Nach diesen Worten bekreuzigte er sich mit dem Zeichen des heiligen Kreuzes, und das ganze Feuer wurde so gänzlich erstickt, daß nicht einmal mehr eine matte Glut von dem Brand übrig war. Und befreit entfernt sich der Soldat des Herrn, vor Siegesfreude jubelnd.

Der gottlose Kaiser ärgert sich, daß er besiegt ist, und läßt ein noch viel schrecklicheres Untier herbeibringen, das den Heiligen verschlingen und so dem Streit ein Ende machen soll. Sofort wird ein wilder Löwe herbeigeführt, und er macht sich bereit, den heiligen Mann zu töten. Doch augenblicklich geht auch er zugrunde, als ihm das Kreuzzeichen entgegengehalten wird.

Minias hat gesiegt und mit freier Stimme verkündet er, er fürchte sich im Vertrauen auf den Namen des Herrn weder vor wilden Tieren noch vor der Folter. Zorn und Wut des rasenden Königs steigern sich daher, und der drohende Ton gegen den Heiligen verstärkt sich. Der aber betrachtet die Himmelserscheinungen und bleibt fest, eine unerschütterliche Säule.

Der grausame Tyrann beschließt nunmehr, ihn aufzuhängen und auf dem hölzernen Pferd zu foltern, und sagt, er wolle herausfinden, ob der Gott, an den jener glaube, stärker sei als er, oder ob er, auf den er vertraue, ihn endlich aus seiner Gewalt und Marter befreie. Minias, der tapfere Glaubenskämpfer, hatte davor keine Angst, weil die Erinnerung an seine Vorgänger und die Kraft Gottes, der in seinen Heiligen bewundernswürdig ist, sein Herz stärkte.

Er wurde also an das Marterholz gebunden, und gefragt, worin die Macht dessen bestehe, den er als seinen Gott preise, sagte er: „Jesus, als dessen Sklave ich mich bekenne, hat den Blinden das Augenlicht gegeben, die Gelähmten geheilt und bewirkt, daß die Hinkenden wieder gehen; Aussätzige hat er vom Aussatz befreit, böse Geister vertrieben, Tote zum Leben erweckt, eine Frau vom Blutfluß geheilt; er hat den Winden geboten, er ist trockenen Fußes über das Meer gewandelt, er hat mit zwei Fischen und fünf Broten fünftausend Menschen gesättigt, und um es kurz zu sagen: Kein Verstand reicht aus, seine Wohltaten darzulegen.

Der grausame Zuschauer ertrug es nicht länger, daß der ruhmreiche Soldat das Zeugnis für Christus so freimütig verkündete. Er ließ ihn vom Folterpferd herunternehmen, ließ zugespitzte hölzerne Spieße unter seine Nägel treiben und alle seine Finger durchbohren. Es freut sich der Krieger des Herrn bei dieser Folter, weil er weiß, daß die Leiden dieser Zeit dem künftigen Ruhm nicht entsprechen. Und es ertönte die Stimme eines Engels, der zu ihm sagte: „Sei standhaft, Minias, weil der Herr dich in der Versuchung nicht ohne Hilfe lassen wird."

Da befahl der Tyrann, den standhaften Mann wieder mit der Androhung einer neuen Folter zu erschrecken. Doch der verkündet mit größter Zuversicht, er habe niemals weniger Furcht gehabt, weil er wisse, daß das Erbarmen des Herrn in der Not den größten Beistand leiste. Vergeblich ruft der wütende Kaiser: „Meine Absichten haben keinen Erfolg.Wenn mir nicht ein klügerer Einfall hilft, werde ich, schändlich besiegt, von Schmach bedeckt sein. Mit magischer Kunst, mit der ihn sein Gott in der Stunde der Folter ausgestattet hat, treibt er diesen Spott mit uns. Gießt glühendes Blei in seine Ohren, damit er die Stimme seines Gottes, der ihn diese Zaubermittel lehrt, nicht hören kann!"

Die Diener gehorchen und sagen, sie empfänden Schmerz mit ihm und hätten Mitleid mit seiner Jugend. Sie mahnen und beschwören ihn, an ihre Götter zu glauben und ihnen Opfer darzubringen.

Der Heilige aber antwortete, verabscheuenswert sei diese Irrlehre, deren Anhängern nur soviel Lohn geschuldet werde, daß sie ohne Glauben zugrunde gingen. Und er breitete die Hände aus und betete: „Herr Gott, mach, daß deine Hilfe nicht fern von mir ist!"

„Was kann man dieser Verstocktheit noch hinzufügen?" sagte Decius. „Hängt ihn auf und bindet einen Stein von großem Gewicht an seine Füße, damit er, auf diese Weise auseinandergerissen, aufhört mich zu reizen!"

Jener aber erhob die Augen zum Himmel und sagte: „Herr, erhöre meine Bitten!" Und es schien ihm ein Engel beizustehen, der das Gesicht eines jungen Mannes hatte und aussah, wie wenn er in den Kampf ziehe. Er fordert ihn auf, zuversichtlich zu sein, indem er verspricht, was er danach noch ertragen müsse, würden leichte Versuchungen sein.

Man meldet dem Alleinherrscher, ein junger Mann in glänzendem Gewand und mit strahlendem Antlitz sei neben ihm erschienen. Scham und Zorn streiten in ihm, ängstlich sucht er neuen Rat.

Er läßt seine Ohren mit scharfem Schwert durchbohren und immer noch versucht er ihn mit Schmeicheleien umzustimmen. Aber der Mann Gottes kennt kein Weichen, er sagt, der Glaube an Jesus könne ihm nicht entrissen werden. Ein Engel des Herrn, betont er, habe ihm beigestanden, der ihm dazu geraten habe.

Decius erkennt, daß der heilige Märtyrer keine Angst vor den Folterwerkzeugen hat, und wieder versucht er ihn weich zu machen durch Schätze, Edelsteine und kostbare Gewänder, die er vor ihn hinlegt. Da antwortet der heilige Märtyrer Minias, wie er seine Götter als blind, stumm und taub verwerfe, so halte er Reichtum für Dreck. Und er erhob die Augen zum Himmel und sagte: „Meine Seele hat nach dir gedürstet, Herr, wieviel mehr mein Fleisch."

Nun erhörte ihn Christus, ihn, der der Märtyrerkrone würdig war und begehrte, frei zu werden und mit Christus zusammen zu sein. Denn als er sich endlich dem Todesurteil unterziehen mußte, verließ er am 25. Oktober glücklich den trübseligen Kerker dieses Lebens, um für alle Zeit mit dem zu herrschen, der Ehre, Kraft und höchste Macht besitzt von Ewigkeit zu Ewigkeit, Amen.

Martyrium des heiligen Minias (anonym)

Blick von S. Miniato

Immer noch schlafen die Toten in gefaßt-schweigendem Glanz: oben, vor der Marmorkirche San Miniato, auf dem heiligen Feld.

Während etwas tiefer ein dem Michelangelo nachgebildeter David auf jenem bergumdämmert linden Platz in den ruhevollen Himmel ragt; und während ganz unten die zarte Stadt mit braunroter Kuppel neben der durchbrochenen Nadelbüchse von Elfenbein und Ebenholz (was man Campanile heißt) am sommerlichen Fluß verschwebt.

Immer noch … immer noch.

Alfred Kerr (1867–1948)

AUSSERHALB VON FLORENZ

Spaziergang nach Fiesole

Nachmittags brach ich nach Fiesole auf. Die Straßenbahn brachte mich bis in die Vorstadt hinaus, bis an den Fuß der Berge, und fuhr zuletzt am verlassenen Ufer des Flüßchens Mugnone entlang durch den Trübsinn der letzten Häuser, bis die Geleise endeten. Die Straße, die sich im Bogen den Hügel hinaufwand, brachte mich aber bald in den gleichen Bezirk der Villen wie heut morgen, nur war jetzt alles größer und herrenmäßiger in den Ausmaßen. Die Gärten und Häuser lagen nicht mehr in der silbrigen Morgenluft, sondern im wallenden milchigweißen Dunst. Aus ihm traten der steil ansteigende Berg, die Stützmauern der Gärten, die schloßartigen Palazzi, die Zypressen überraschend hervor. Hier lag die Villa, in der Boccaccio während der großen Pest seine munteren Damen und jungen Männer sich Novellen erzählen ließ, hier tagte die Platonische Akademie, dort wohnte Böcklin, und jenes dort ist die Villa der Medici. Auf einem Absatz des Hügels liegt S. Domenico, und von hier gelangte ich, einen Seitenweg sanft abwärtssteigend, zur Badia, auf einer Terrasse über dem Tal des Mugnone, Kirche und Kloster, eine Zeitlang Aufenthalt des Pico della Mirandola. Rückwärts blickend sah ich nun in einem Sattel der Hügel sich Fiesole breiten, glänzend vor dem blauen Himmel. Je höher ich stieg, desto klarer wurde es, und so gelangte ich auf steilen Pfaden und Treppenwegen, zwischen Mauern und Gärten auf den Platz der alten Etruskerstadt, Todfeindin von Florenz, bis sie 1125 erobert ward und die Mauern der Etrusker geschleift wurden. Gerade bewegte sich der Bischof zur Messe in feierlichem Zug von seinem Palast in die Kirche. Ich stieg gleich links weiter auf den alten Burgberg, heute von einem kleinen Kloster und einer Kirche gekrönt. Winzige Häuser und ein schattiger Garten ziehen sich den Hügel hinauf, auf halber Höhe ist eine Terrasse mit einem Brunnen, mit Bäumen und einem herrlichen

Blick. Die Stadt, die an klaren Tagen sich wunderbar vor einem breiten muß, lag völlig verschleiert, aber es war schön genug, von dem hohen Standpunkt, in klarer Sonne und unter blauem Himmel, in das hügelige, abgestufte und reich bebaute Gelände hinabzuschauen, das so schweigsam sich in dem schwebenden Dunst, seinen Schwaden und Schleiern verlor.

Ich stieg das letzte Stück Weg bis zur Höhe hinauf ohne zu ahnen, daß ein tiefer Eindruck meiner wartete. Andern Besuchern folgend trat ich in eine Tür neben der Kirche, stieg eine Treppe hinauf und fand mich vor den Zellen des kleinen Franziskanerklosters, das hier zu Anfang des 15. Jahrhunderts gegründet wurde. Es ist nicht mehr bewohnt, und es widerstrebte mir, mit andern Neugierigen einen flüchtigen Blick auf diese Stätte asketischer Entsagung zu werfen, aber einige Minuten war ich allein und ging tief erregt in dem schmalen Gang auf und ab. Etwa zehn kleine Zellen öffneten sich mit einer rohen Holztür auf den mit Ziegelsteinen gepflasterten Gang, eine jede etwa zwei auf drei Meter groß. In der einen hatte einer gehaust, der Heiligenbilder zu schnitzen verstand, und sein Werkzeug und die fertigen Figuren lehnten noch an der Wand, ein anderer hatte in seiner kleinen Zelle auf einem schmalen Schemel gesessen und Handschriften abgeschrieben und mit Tusche die Initialen ausgemalt, noch standen auf dem kleinen Holztisch die Farbennäpfe. Die alte Frage nach dem richtigen Leben erhob sich in mir quälend und ruhelos, und ich atmete nicht neidvoll, aber grübelnd diese Atmosphäre von lächelnder Entsagung, von Genügsamkeit, von stiller Zufriedenheit, die um die armseligen Räume schwebte. Da war gar nichts Erzwungenes, Verbissenes, Herbes, sondern so roh und karg alles aussah, hatte es einen rührenden Hauch von Güte und Glück.

Das wurde erst recht deutlich, als ich in den winzigen Kreuzgang hinunterstieg, in das zierliche Gärtchen, das sich sauber gepflegt unter dem Stück freien Himmels breitete, ein einziges Lieblingsbeet, und freundlich öffnete sich von allen Seiten der Umgang mit seinem luftigen Ziegeldach auf dies Stück blühende Welt. Dies Gärtchen, auf der Spitze des Berges, in der Mitte des windumzogenen Klosters, hatte einen verführerischen holden Reiz – so leuchtete es der Seele ein, daß nur die Entsagung, die Stille, das Abseitige ihr

Glück bereitet, nicht die Fülle, das Laute, das Öffentliche. An der besonnten Mauer flatterten in einem Bauer gelbe zwitschernde Vögel, Gefährten des Einsamen, seine schmale Freude. Die entschiedene Einfachheit und Echtheit dieser ganzen Welt ließ mich in wenigen Minuten schärfer die verderbte Willkür unserer gewöhnlichen Umwelt erkennen als langes Nachdenken und Sinnen: wie man beginnen müsse, um sein Leben in der Wahrheit zu führen, lernte ich hier nicht im guten Rat, sondern im Beispiel, und all mein Denken über diesen Gegenstand nahm hier eine neue Richtung, indem ich erkannte, daß die Wirklichkeit eines solchen Kreuzgangs ungleich wichtiger sei als hundert gute Vorsätze. Auf die Weise des Existierens kommt es an, auf das Schaffen einer Welt: im Essen und Trinken, im Wechsel von Arbeit und Entspannung, im Wohnen und Spazierengehen muß sich die gefundene Wahrheit ausprägen, oder sie ist nicht wirklich.

Karl Eugen Gass (1912–1944)

Toskanische Landschaft

Durch Hügel, überhaucht vom sanften Grau
Vielreihig hingebreiteter Oliven,
Verliert der Blick sich in das reinste Blau,
Indes der Ebene erhellte Tiefen,
Besät mit winziger Häuser weißer Saat,
Sich in den Bord der fernen Berge dehnen,
Und der Zypressen schwarzer Schattengrat
Vielzackig aufragt, von den nahen Lehnen
Die Ebene hinab bis an den Rand
Des Horizonts, wo seine Türme bleichen:
Dort nimmt ein Himmel, milde ohnegleichen,
Zu sich das große, heiligmäßige Land.

Josef Weinheber (1892–1945)

Bäuerliches Land

Wer die Toskana betritt, dem fällt sofort auf, daß er sich in einem Lande befindet, wo jedermann Bauer ist. Bauer zu sein, das bedeutet bei uns nicht bloß, daß man ackern, graben, pflügen, säen, ernten, Bäume beschneiden, Wein keltern kann; es bedeutet vor allem, Schollen und Wolken zu mischen, aus Himmel und aus Erde ein einzig Ding zu machen. Nirgendwo, kann ich behaupten, ist der Himmel so nah der Erde wie in der Toskana, du begegnest ihm im Laub der Bäume wieder, im Gras, im Auge der Rinder und der Kinder, auf der glatten Stirn der jungen Frauen. Ein Spiegel ist der toskanische Himmel, so nah, daß er unter deinem Atem beschlägt: Berge und Hänge, die Wolken, und zwischen diesen die walddichten Täler, die grünen Wiesen, die Felder mit den graden Furchen, und wenn er blank ist, erkennst du auf dem Grund, wie in klarem Wasser, die Häuser, die Strohhaufen, die Straßen, die Wassergräben, die Kirchen. Bei jedem Spatenstich mischt sich die Luft mit der Erde, und augenblicks sprießt aus den Schollen ein Flaum grünen und blauen Grases, entstehen Zikadenlarven, entstehen unvermutet Lerchen.

Es genügt, sie zu berühren, um zu fühlen, wie unsere Erde voll kleiner Luftblasen ist, und an bestimmten Tagen schwillt sie an und gärt, es ist, als müßten jeden Augenblick Brotlaibe daraus werden. Sie ist leichte, ganz reine Materie, solche, aus der man Statuen und Menschen bilden kann. Aus diesen Schollen wurde sicherlich der erste Mensch geknetet, jener Adam, der vor dem Sündenfall ein Gemisch aus Luft und Erde war und der erst nach seinem denkwürdigen Fehler zu Fleisch wurde. (...)

Mannigfacher Natur ist diese unsere Erde. Da ist die von Lucca, getränkt mit Wasser und Dung, überreich an weißen und rosigen kleinen Würmern. Die echten Toskaner mögen sie nicht sehr, denn allzu gute Erde verdirbt die Menschen schnell, läßt sie fett werden im Geiz und im Hochmut. Dann ist da die Maremme. Wo der Pflug Scherben etruskischer Krüge aufwühlt und Medaillen, Gold- und Bronzeschmuck, Spiegel aus Silber. An manchen Stellen riecht Maremmenerde nach Eisen, anderswo nach Schwefel, denn sie ist mit Metallen und mit Feuer gemischt. Dann ist da die Erde von Siena, genau von der Farbe, die die Maler Terra di Siena nennen, und du findest sie im Haar der Frauen wieder, an den Wolken, am Laub der Bäume, am Himmel selbst, an jenem erdigen Himmel über den Tonbergen um Asciano: wegen der besonderen Gabe der Sienesen, Himmlisches mit Irdischem zu mischen, den Himmel aus der gleichen Materie nachzubilden, aus der die Erde gemacht ist. Längs der Flußläufe Arbia, Elsa und Orcia sitzen seltsame alte Männer ausruhend zu Füßen der Oliven, sprechen von Saaten, Ernten, Wundern, und ihre Augen sind weiß und starr. Sie sehen aus wie hohle Körper, wie leere Form, wie silbrige, bleiweiße Häute.

Da ist dann die Erde von Florenz, von Pisa, von Arezzo. Die Hügelerde, grau und blau, von der gleichen Farbe wie der helle Stein, der nichts anderes ist als gehärtete, von der Sonne gekochte Erde. Aus dieser klaren, heiteren Erde sind nicht nur Kirchen, Hausschwellen, Statuen gemacht, sondern auch die Bäume, die Reben, das Gefieder der Vögel, die Hände der jungen Mädchen. Von gleicher Farbe sind die Wolken, und ihr Widerschein verleiht den Gesichtern ein so reines Licht, daß es in dem Betrachtenden einen eigenartigen Abstand von Menschen und Dingen erzeugt, eine seltsame Hoffnung. Es gibt die Erde von Tal und Ebene, in der Blau mit Grün sich mengt, sie scheint nicht nur mit Luft, sondern auch mit Gras angerichtet zu sein: es ist Erde von pflanzlicher Natur. Selbst die Bauern bestehen aus grünem Holz, und haben Haare aus Gras, Gesichter aus zarter Weidenrinde, Augen wie zarte Gemmen. Die Körper scheinen leer von Blut, die Glieder holzig, keine Spur von Fleisch und Knochen. Im Alter werden die Körper trocken und leicht, die Menschen scheinen alte Bäume, glatt und silbrig, die Finger Rebschößlinge, knotig und mager. Sie haben nur zu ihrer Erde Zutrauen, zu dem, was sie säen, zu dem, was sie ernten. Und wenn sie prüfend in den Himmel schauen, so tun sie es ohne nutzloses Auflehnen und ohne Geiz, im ironischen Bewußtsein, den Gesetzen der Natur untertan zu sein.

Stets ist bei ihnen dieses uralte Vertrauen in die Erde vom Empfinden ihrer menschlichen Bedeutungslosigkeit begleitet. So sehr auch vor allem bei den Toskanern ein gewisser Stolz offenkundig ist, eine gewisse innerste Überzeugung von der eigenen Überlegenheit über dieselben Naturkräfte, denen sie unterworfen sind und gegen die sie dauernd ankämpfen, eine gewisse Verachtung möchte ich sagen für all das, was der Herrschaft ihrer vorsichtigen, sparsamen Berechnung entzogen ist, so ist doch in ihnen auch jene Bescheidenheit ganz deutlich, die aus dem Sinn für Maß, für Verhältnis, für Zusammengehöriges entsteht. Die Welt, in der die Toskaner leben, ist eine menschliche Welt, die menschlichste aller Welten, in denen die verschiedenen Völker leben. Eine Welt, wo jedes Ding, jede Person, jedes Wesen, jede Kraft, jedes Tier oder jede Pflanze ihren bestimmten Platz haben, der ihnen nicht allein von den Gesetzen der Natur, sondern von den Gesetzen des Menschen zugewiesen ist, von jenen vor allem, denen die besondere, einsichtige Vernunft der Toskaner, eine Vernunft ohne Phantastik, die Richtung gibt. Alles ist gelenkt in dieser Welt, nicht bloß von physischen Gesetzen, sondern von moralischen Normen: von den Regeln einer Architektur, die für Kuppeln, Bogen, Häuser, Form und Farbe der Berge und der Bäume, Gedanken, Handlungen, Empfindungen der Menschen die gleiche ist.

Curzio Malaparte (1898–1957)

Freundliche Regierung

Florenz, 27. Dezember 1826
Hier in Toskana ist das einzige Land in Italien, wo gar nicht geklagt wird. Die Regierung ist durchaus mild und freundlich, und es herrscht hier eine Freiheit im Bücherverkehr, wie in ganz Italien nicht. Unter dem Landvolk herrscht in den fruchtbaren Gegenden, d.h. in den Tälern, großer Wohlstand, auch in den Städten in den Gewerbsklassen. Das Leben der höheren Stände aber macht den Eindruck einer schauderhaften Nichtigkeit. Nur wenige Familien sind reich. Niemand beschäftigt sich mit Landwirtschaft, weil alle Güter in kleine Pachthöfe verteilt, und gegen Abgabe der Hälfte der Früchte in natura verpachtet sind, jedoch so daß der Eigentümer Vieh und Geschirr liefert und erhält.

Friedrich Karl von Savigny (1779–1861)

Toskanischer Frühling

Nun kommt die Zeit der großen Anemonen,
Mit denen alle Haine sich bekränzen;
In warmen Gärten reifen die Limonen,
Die Mauern dampfen und die Hügel glänzen.

Schon such' ich wieder die Zypressenschatten
Und dehne träg im Grase meine Glieder
Und labe mich im lauen Duft der Matten
Und summe meine deutschen Frühlingslieder.

Ermüdet streift mein Blick die weißen Villen,
Die heißen Straßen und die gelben Felder;
Mein Herz ist nicht dabei – es denkt im Stillen
An Lindenduft und deutsche Buchenwälder.

Hermann Hesse (1877–1962)

RÜCKBLICK

Besitz fürs Leben

In keiner Stadt der Welt lebt man so mit ihren großen Männern wie in Florenz. Wer denkt im Menschengewühl Londons an Bacon, Shakespeare oder Milton? Ist ja auch vom London Dickens' beinahe nichts mehr übrig. In Paris sind Richelieu, Ludwig XIV. und Napoleon, Pascal, Molière und Voltaire lebendiger, weil die einen der Stadt den unvergänglichen Stempel ihrer Taten aufgeprägt haben und weil die anderen, bei dem natürlichen Hange des Franzosen zur Gloire, in bildlichem Monument, in Straßennamen, in zahlreichen Verknüpfungen mit Platz und Gebäude immer aufs neue gegenwärtig werden. In Rom spricht so sehr das geschichtliche Gesetz von Größe und Verfall, daß der einzelne Mensch, mag er auch so groß sein wie Julius Cäsar und Augustus, nur als einzelne Stimme in dem riesigen Chor erscheint.

Aber in Florenz, das keine große Stadt ist, begegnet man an Straßenecken, Plätzen und Palästen der alten Geschlechter den sich auf sie beziehenden Versen Dantes, und im linken Seitenschiff des Doms hängt sein Bild mit der symbolischen Darstellung seines Gedichts. Wie man in Jerusalem so von dem Gedanken an Christus erfüllt ist, daß man nicht überrascht wäre, wenn er kreuztragend in irgendeiner schmalen Gasse daherkäme, so ist Dante in den Straßen von Florenz so gegenwärtig, als schritte er plötzlich leibhaftig stolz ablehnend durch die Menge. Beinahe jeden Tag geht man an der Stelle vorbei, auf der Savonarola verbrannt wurde, und man kennt sein Bild in der Mönchszelle von San Marco. Ein Palast nach dem anderen und zuletzt am ergreifendsten Kreuzgang, Bibliothek, Kirche und Sakristeien von San Lorenzo sprechen von Cosimo dem Alten und Lorenzo dem Prächtigen Medici, und jedesmal wenn ich einen Freund, der seinen Wein von einem Fattore in San Casciano bezog, auf seinem Baroccio dahinbegleitete, besuchte ich dort das wohlerhaltene Zimmer, in dem Machiavelli wenige Meilen vor den Toren von Florenz in der Verbannung gelebt hat und in dem er, wie er selbst erzählt, ein Festkleid anzog, um, während draußen die Bauern lärmten, einen römischen Schriftsteller zu lesen.

Es gibt keine Stadt der Welt, die wie Florenz von der Künstlerfamilie der Robbia gleichsam mit einer überall sichtbaren Blumengirlande umzogen ist, keine, wo wie dort, an Or San Michele, am Domturm, am Baptisterium ganze Künstlergeschlechter in Werken ersten Ranges zusammenarbeitend sich ausgesprochen haben, die zur lebendigen Straße gehören und die man jeden Tag erleben kann, ohne in ein Museum zu gehen. Unzählige Male habe ich diese Stadt genossen, jedesmal erschüttert sie mich aufs neue. Denn wenn dort alle die großen Künstler von Giotto bis Michelangelo in heute nicht bloß musealem, sondern noch lebendigem Gebilde von Statue und Freske an Fassade und in Kirchenkapelle, im noch lebendigen Gebäude von Palast, Dom, Turm, Kuppel und Bibliothek zu uns sprechen und wenn sich Kreuzgang, Villa und Boskett in der geschichtlichen Erinnerung wieder durch die Novellen des Boccaccio, den Canzoniere des Petrarca, die philosophischen Gespräche der Platoniker, das erste Griechisch der Humanisten, die neue Orpheusmusik des melodischen Madrigals und der beginnenden modernen Arie, durch die erste europäische Prosa, durch die große zu Galilei führende Physik beleben, wird Florenz nach Athen zum heiligsten Fleck der Welt. Diesen einmal als solchen erlebt zu haben, ist ein Besitztum für das ganze Leben.

Ludwig Curtius (1874–1954)

Man wird sich selbst ganz entfremdet

Tage und Abende in Florenz sind in einer gewissen Weise das Schönste, was ich je erlebt habe. Ich sage in einer gewissen Weise, weil verschiedenartige Erlebnisse sich ja untereinander nie vollkommen vergleichen lassen und die Gehobenheit, die ganz grundlos von innen kommt, etwas anderes ist wie die Erregung und Freude über Erlebnisse oder über den Anblick schöner Dinge. Die Vormittage haben wir in den Uffizien oder dem Pitti zugebracht, die Abende in der Landschaft auf den Hügeln von Fiesole oder San Miniato oder Settignano. Den letzten Nachmittag habe ich in der Villa von d'Annunzio verbracht. Nun sind diese Gemäldesammlungen doch ganz völlig etwas anderes, als ich bisher gesehen habe. Denn sonst sieht man wohl das eine oder das andere besonders starke und ergreifende Bild; hier aber ist Bild an Bild nichts anderes als der erschütternde Ausdruck der reifsten Seelenkraft und des vollkommensten künstlerischen Vermögens, wie Blitz auf Blitz bei einem großen Gewitter. Was die menschliche Größe ist, kommt von diesen Wänden heruntergedonnert, daß man vollkommen von allen inneren Gewohnheiten losgerissen und sich selbst ganz entfremdet wird. Kaum auszudrücken ist aber erst, was diese Landschaft für Gefühle erregt. Sie hat nichts Historisches, Venedig erscheint neben ihr wie eine Operndekoration, die Spuren der Menschen, die ewigen unveränderten Hügel und Täler, ja die untergehende Sonne und die Wolken werden hier zu einer Einheit, die Olivenbäume, die Mauern und Burgen, die Friedhöfe, auf denen man sitzt, alles gehört zusammen, ist von keiner Zeit und greift so in einen hinein wie nichts anderes auf der Welt.

Hugo von Hofmannsthal (1874–1929)

AUTOREN- UND QUELLENVERZEICHNIS

Archenholtz, Johann Wilhelm von: England und Italien. Leipzig 1785. *Seiten 6, 113*

Beevor, Kinta: Der Garten im Himmel. Eine Kindheit in der Toskana. Aus dem Englischen von Sylvia Höfer. © Kinta Beevor, Der Garten im Himmel. Eine Kindheit in der Toskana, erschienen in deutschsprachiger Übersetzung von Sylvia Höfer im Diana Verlag, München, einem Unternehmen der Verlagsgruppe Randon House GmbH. *Seite* 103

Bisticci, Vespasiano: Das Leben des Florentiners Cosimo de' Medici In: Vespasiano da Bisticci: Große Männer und Frauen der Renaissance. Achtunddreißig biographische Porträts. Ausgewählt, übersetzt und eingeleitet von Bernd Roeck. Verlag C. H. Beck, München 1995. *Seite 133*

Boccaccio, Giovanni: Das Dekameron. Mit 110 Holzschnitten der italienischen Ausgabe von 1492. Übersetzt von Albert Wesselski. © Insel Verlag 1967. *Seite 15*

Bruni, Leonardo: Laudatio Florentinae Urbis. In: Hans Baron: From Petrarch to Leonardo Bruni. Studies in Humanistic and Political Literature. The University of Chicago Press, Chicago und London 1968 (mit Ausl.). Übersetzung: Peter Staucher. *Seite 3*

Buonarroti, Michelangelo: Michelangelo. Lebensberichte, Briefe, Gespräche, Gedichte. Hrsg. und aus dem Italienischen übersetzt von Hannelise Hinderberger. Deutscher Taschenbuch Verlag, München 1996. © 1985 by Manesse Verlag, Zürich, in der Verlagsgruppe Random House GmbH, München. *Seiten 118, 120*

Camerani, Sergio: Cronache di Firenze Capitale. Leo S. Olschki Editore, Florenz 1971. Übersetzung: Peter Staucher. *Seite 26*

Cellini, Benvenuto: Leben des Benvenuto Cellini. Von ihm selbst geschrieben. Übersetzt von J. W. Goethe. Deutsche Buch-Gemeinschaft, Berlin 1924. *Seiten 70, 77*

Collodi, Carlo: Der Florentiner als Reisender. In: Firenze e la Toscana. Cronache dell' 800. A cura di Pier Francesco Listri. Stanze del Granduca, Florenz 1989. Übersetzung: Peter Staucher. *Seite 115*

Curtius, Ludwig: Deutsche und antike Welt. Lebenserinnerungen. © 1950 Deutsche Verlags-Anstalt, München in der Verlagsgruppe Random House GmbH. *Seite 196*

Dante, Alighieri: Die Göttliche Komödie italienisch und deutsch. Übersetzt und kommentiert von Hermann Gmelin; Band I. Erster Teil. Inferno – Die Hölle. München 1988 (dtv). © 1949 Ernst Klett Verlag, Stuttgart. *Seiten 57, 98, 112*

Deschner, Karlheinz: Florenz ohne Sonne. Paul List Verlag, München 1958. *Seite 86*

Dickens, Charles: Bilder aus Italien. Herausgegeben und ins Deutsche übertragen von Ulrich C. A. Krebs. Heinrich Hugendubel Verlag, München 1981. © by Diederichs im Heinrich Hugendubel Verlag, Kreuzlingen/München. *Seiten 3, 166*

Dufay, Guillaume: Domweihmotette. Nachdichtung von Hans Brock. In: Wolfgang Braunfels: Der Dom von Florenz. Mit einem Beitrag von Rolf Dammann über die Florentiner Domweihmotette Dufays. Urs Graf-Verlag, Olten, Lausanne und Freiburg im Breisgau 1964. *Seite 47*

Erffa, Dagmar von: Bericht über die Flut und ihre mutmaßlichen Ursachen. In: Florenz, 4. November 1966. Einer Stadt wird geholfen. Erlebnisbericht und Dokumentation von Dagmar von Erffa. Stifterverband für die deutsche Wissenschaft, Jahrbuch 1968/69. Essen 1969. *Seite 28*

Eulenberg, Herbert: Michelangelo in seinen Gedichten. In: Herbert Eulenberg: Schattenbilder. Eine Fibel für Kulturbedürftige in Deutschland. Verlag von Bruno Cassirer, Berlin 1911. *Seite 153*

Feuerbach, Anselm: Anselm Feuerbachs Briefe an seine Mutter. Erster Band. Aus dem Besitz der Königlichen National-Galerie zu Berlin. Herausgegeben von G. J. Kern und Hermann Uhde-Bernays. Meyer u. Jessen, Berlin 1911. *Seite 83*

Filipepi, Simone: Estratto della Cronaca di Simone Filipepi novamente scoperto nell´ Archivio Vaticano. I. Alcuni Memorie notabili di fra Girolamo Savonarola. In: P. Villari – E. Casanova: Scelta di prediche e scritti di fra Girolamo Savonarola, con nuovi documenti intorno alla sua vita. G. C. Sansoni editore, Firenze 1898. Übersetzung: Peter Staucher. *Seite 63*

Forster, Edward Morgan: Zimmer mit Aussicht. Eine Liebesgeschichte. Aus dem Englischen von Werner Peterich. Rechte an der Übersetzung von Werner Peterich: © 1986, 2002 by Nymphenburger in der F. A. Herbig Verlagsbuchhandlung GmbH, München. © The Provost and Scholars of King's College, Cambridge and The Society of Authors as the Literary Representatives of the Etsate of E. M. Forster. *Seite 154*

France, Anatol: Die rote Lilie. Autorisierte Übersetzung von F. Gräfin zu Reventlow. Albert Langen, Paris, Leipzig, München 1899. *Seite 179*

Gass, Karl Eugen: Pisaner Tagebuch. Aufzeichnungen/Briefe. Aus dem Nachlaß eines Frühvollendeten. Herausgegeben und mit einem Nachwort versehen von Paul Egon Hübinger. Verlag Lambert Schneider, Heidelberg–Darmstadt 1961. *Seiten 34, 48, 57, 102, 129, 137, 178, 188*

GAUTIER, Théophile: Voyage en Italie. Nouvelle édition considérablement augmentée. Charpentier et Cie, Paris 1876. Übersetzung: Barbara Schneider-Herde. *Seiten 96, 107, 169*

GHIBERTI, Lorenzo: Denkwürdigkeiten des florentinischen Bildhauers Lorenzo Ghiberti, zum erstenmal ins Deutsche übertragen von Julius Schlosser. Verlag Julius Bard, Berlin 1920. *Seite 37*

GIONO, Jean: In Italien um glücklich zu sein. Ein Reisebuch. Aus dem Französischen von Peter Gan. © Éditions Gallimard, Paris. *Seite 164*

GOETHE, Johann Wolfgang von: Italienische Reise. In: Goethes Werke. Hamburger Ausgabe in 14 Bänden. Band XI. Christian Wegner Verlag, Hamburg 1961. *Seite 7*

GREEN, Julien: Meine Städte. Ein Reisetagebuch 1920–1984. © für die deutschsprachige Übersetzung von Helmut Kossodo: 1986 List Verlag in der Ullstein Buchverlage GmbH, Berlin. *Seiten 34, 81, 136, 142, 173*

GREGOROVIUS, Ferdinand: Die öffentlichen Monumente von Florenz. In: Ferdinand Gregorovius: Wanderjahre in Italien. Verlag C. H. Beck, München 1967. – San Marco in Florenz. A. a. O. *Seiten 62, 76, 121, 124, 132, 150*

GRILLPARZER, Franz: Autobiographisches/Studien. Kritische Ausgabe besorgt von Reinhold Backmann. Liechtenstein Verlag, Vaduz 1949. *Seite 2*

GUTKIND, Curt Sigmar: Herren und Städte Italiens. Eine Wanderchronik von Curt Sigmar Gutkind. Allgemeine Verlagsanstalt, München 1928. *Seite 58*

HEINE, Heinrich: Florentinische Nächte. In: Heinrich Heine: Sämtliche Schriften in zwölf Bänden. Herausgegeben von Klaus Briegleb. Band I: 1817–1840. Hanser Verlag, München 1976. *Seite 124*

HESSE, Hermann: Italien. Schilderungen, Tagebücher, Gedichte, Aufsätze, Buchbesprechungen und Erzählungen. Herausgegeben und mit einem Nachwort von Volker Michels. © Suhrkamp Verlag Frankfurt 1983. *Seiten 177, 194*

HILDEBRAND, Adolf von: An seine Eltern, 5. 1. 1867. In: Deutsche Briefe aus Italien. Von Winckelmann bis Gregorovius. Gesammelt und herausgegeben von Eberhard Haufe. Christian Wegner Verlag, Hamburg 1965. *Seiten 70*

HOFMANNSTHAL, Hugo von: Tage und Abende in Florenz. In: Florenz. Ein Farbbildbuch mit ausgewählten Texten berühmter Florenzfahrer. Gräfe und Unzer Verlag, München 1958. *Seite 197*

JAMES, Henry: Brief vom 14. Januar 1870. In: Henry James, The Letters, Vol. I. Zitiert in: Gli anglo-americani a Firenze. Idea e costruzione del

Rinascimento. A cura di Marcello Fantoni. Bulzoni Editore, Roma 2000. Übersetzung: Peter Staucher. *Seite 11*

KAPP, Gottfried: Die Sklaven des Michelangelo. In: Horch! Eine tiefe Saite singt … Gedichte von Gottfried Kapp. Der vier Groschen Bogen. Blätter für zeitnahe und zeitgenössische Literatur. Sonderausgabe Nr. 28. Herausgegeben von: Kreis der Freunde. Dülmen 1963 (unpaginiert). Ursprünglich in: Gottfried Kapp: Gedichte. A. Laumannsche Verlagsbuchhandlung, Dülmen i. W. 1961. *Seite 142*

KERR, Alfred: Florenz ein Jahr später IV. In: ders., Es sei wie es wolle, Es war doch so schön! © S. Fischer Verlag, Berlin 1928. *Seite 186*

KLEE, Paul: Tagebücher von Paul Klee 1898–1918. Herausgegeben und eingeleitet von Felix Klee. © 1957 DuMont Literatur und Kunst Verlag, Köln. *Seiten 124*

KRANITZ VON WERTHEIM, Georg: Delitiae Italiae. Chypeus, Köln 1600. Abgedruckt in: Auch ich in Arkadien. Kunstreisen nach Italien 1600–1900. Katalog von Dorothea Kuhn unter Mitarbeit von Anneliese Hofmann und Anneliese Kunz. Stuttgart 1966. *Seite 99*

LANDUCCI, Luca: Ein florentinisches Tagebuch 1450–1516. I. Nebst einer anonymen Fortsetzung 1516–1542 übersetzt, eingeleitet und erklärt von Marie Herzfeld. Eugen Diederichs, Jena 1912. *Seiten 24, 104*

LARBAUD, Valery: A. O. Barnabooth. Tagebuch eines Milliardärs. Roman. Aus dem Französischen von Georg Goyert. © 1956 by Limes Verlag, Wiesbaden. Übersetzung von Georg Goyert. Mit Genehmigung der F. A. Herbig Verlagsbuchhandlung GmbH, München. *Seiten 8, 9, 92*

LEAVITT, David: Gebrauchsanweisung für Florenz. Aus dem Amerikanischen von Thomas Gunkel. © 2003 Piper Verlag GmbH, München. *Seite 67*

LEWALD, Fanny: Italienisches Bilderbuch. Rütten & Loening, Berlin 1983. *Seiten 5, 56, 65, 83, 143*

LUZI, Mario: Giubbe Rosse. In: Firenze: dalle „giubbe rosse all' antico fattore". Herausgegeben von Marcello Vannucci. Le Monnier, Florenz 1973. Übersetzt von Lorenzo Bonosi. Abgedruckt in: Florenz. Eine literarische Einladung. Herausgegeben von Marianne Schneider. Verlag Klaus Wagenbach, Berlin 2002. *Seite 59*

MACHIAVELLI, Niccolò: Geschichte von Florenz. Deutsch von Alfred von Reumont. Phaidon-Verlag, Wien 1939; Brief an Ricciardo Becchi: In: Friederike Hausmann: Machiavelli und Florenz. Eine Welt in Briefen. Deutscher Taschenbuch Verlag, München 2001. © 1987 Verlag Klaus Wagenbach, Berlin. *Seiten 21, 126, 139*

MALAPARTE, Curzio: Verdammte Toskaner. Deutsch von Hellmut Ludwig. Stahlberg Verlag Karlsruhe 1957. *Seite 191*

Manganelli, Giorgio: Florenz oder die geometrische Rauferei. Übersetzt von Marianne Schneider. In: Florenz. Eine literarische Einladung. Herausgegeben von Marianne Schneider. © 2002 Verlag Klaus Wagenbach Berlin. *Seite 35*

Mark Twain: Ausgewählte Werke in zwölf Bänden. Hrsg. von Karl Heinz Schönfelder, Bd. 5: Bummel durch Europa. Aus dem Amerikanischen von Ana Maria Brock. © Aufbau Verlagsgruppe GmbH, Berlin. *Seite 97*

Martyrium des heiligen Minias. In: De probatis sanctorum historiis (…) nunc recens optima fide collectis per F. Laurentium Surium Carthusianum, Tomus Quintus (…). Köln 1574. Übersetzung: Peter Staucher. *Seite 180*

McCarthy, Mary: Florenz. Aus dem Amerikanischen übertragen von Ursula Bethke. © 1993, 1995 by Kiepenhauer & Witsch, Köln. *Seiten 10, 41, 105, 145, 159, 166*

Meyer, Conrad Ferdinand: Michelangelo und seine Statuen. In: Conrad Ferdinand Meyer: Sämtliche Werke. Vierter Band. Th. Knaur Nachf. Verlag, Berlin 1950. *Seite 143*

Nicolai, Gustav: Italien wie es wirklich ist; Bericht über eine merkwürdige Reise in den hesperischen Gefilden, als Warnungsstimme für Alle, welche sich dahin sehnen. Otto Wigand'sche Verlags-Expedition, Leipzig 1834. Erster Theil. *Seite 8*

Platen, August Graf von: Wappen der Medici. In: Platens Werke. Herausgegeben von G. A. Wolff und V. Schweizer. Erster Band. Bibliographisches Institut, Leipzig und Wien o. J. *Seite 125*

Poliziano, Angelo: Giotto. In: Florenz in der Dichtung von Dante bis Goethe. Gedichte, Briefe und Tagebuchblätter über Florenz. Herausgegeben von K. Emil Hoffmann. Wiegandt & Grieben, Berlin 1911. *Seite 53*

Pratolini, Vasco: Das Quartier. Aus dem Italienischen von Egon Wiszniewsky und E.-A. Nicklas. Beck & Glückler Verlag, Freiburg 1988. – Die Mädchen von Sanfrediano. Aus dem Italienischen von Pan Rova. Steinberg-Verlag Zürich 1957. *Seiten 148, 172*

Rilke, Rainer Maria: Der Bettler und das stolze Fräulein. In: Geschichten vom lieben Gott. Sämtliche Werke Bd. 4. Insel Verlag, Frankfurt am Main 1986. *Seite* 125

Ringseis, Johann Nepomuk von: Erinnerungen des Dr. Johann Nepomuk v. Ringseis, gesammelt, ergänzt und herausgegeben von Emilie Ringseis. Zweiter Band. Druck und Verlag von J. Habbel, Regensburg & Augsburg 1886. *Seite* 176

Rucellai, Giovanni: Ricordo del 1473. In: Giovanni Rucellai ed il suo Zibaldone. I „Il Zibaldone Quaresimale". Pagine scelte a cura di Alessandro Perosa. London, The Warburg Institute, University of London 1960. Übersetzung: Peter Staucher. *Seite 105*

Savigny, Friedrich Karl von: Brief an Lützow vom 27. Dezember 1826. In: Dorothea Kuhn (unter Mitarbeit von Anneliese Hofmann und Anneliese Kunz): Auch ich in Arcadien. Kunstreisen nach Italien 1600–1900. Sonderausstellung des Schiller-Nationalmuseums. Katalog Nr. 16. Stuttgart 1966. *Seite 193*

Savonarola, Girolamo: Über die Regierung der Stadt Florenz. In: Ernst Piper: Savonarola. Prophet der Diktatur Gottes. Pendo Verlag, Zürich 1998. *Seite 25*

Schaukal, Richard von: Dante über Florenz. In: Gedichte. Werke in Einzelausgaben. © by LangenMüller in der F. A. Herbig Verlagsbuchhandlung GmbH, München. *Seite 148*

Schlegel, August Wilhelm von: Die Statuen in der Mediceerkapelle. In: Florenz in der Dichtung von Dante bis Goethe. Gedichte, Briefe und Tagebuchblätter über Florenz. Herausgegeben von K. Emil Hoffmann. Wiegandt & Grieben, Berlin 1911. *Seite 123*

Settimani, Francesco: Tagebuch. In: Wolfgang Braunfels: Der Dom von Florenz. Mit einem Beitrag von Rolf Dammann über die Florentiner Domweihmotette Dufays. Urs Graf-Verlag Olten, Lausanne und Freiburg im Breisgau 1964. *Seite* 50

Seume, Johann Gottfried: Spaziergang nach Syrakus im Jahre 1802. Herausgegeben und kommentiert von Albert Meier. Deutscher Taschenbuch Verlag, München 1985. *Seite 85*

Stendhal: Rom, Neapel und Florenz im Jahre 1817. Aus dem Französischen von Katharina Scheinfuß und Bernhard Frank. Insel Verlag, Frankfurt 1988. © Verlag Rütten & Loening, Berlin. *Seite 114*

Strozzi, Filippo: In: Luca Landucci (s. o.) S. 88, Anm. 2. *Seite 104*

Taine, Hippolyte: Reise in Italien. Aus dem Französischen übertragen von Ernst Hardt. Eugen Diederichs Verlag, Düsseldorf/Köln 1967. © by Diederichs im Heinrich Hugendubel Verlag, Kreuzlingen/München. *Seiten 52, 73, 158*

Thiele-Dohrmann, Klaus: Michelangelo macht krank. Zuviel Kunst, dann fällt man um. In: DIE ZEIT, Nr. 15, 6. April 1990, *Seite 93*

Thoma, Ludwig: Käsebiers Italienreise. In: Gesammelte Werke. Vierter Band. Piper Verlag München 1968, *Seiten 88, 100*

Tieck, Ludwig: Anblick von Florenz. In: Gedichte. Dritter Theil. P. G. Hilscher, Dresden 1823. *Seite 2*

Vasari, Giorgio: Künstler der Renaissance. Herausgegeben und zusammengestellt von Fritz Schillmann. E. Vollmer Verlag, Wiesbaden, Berlin o. J.;

Das Leben des Andrea del Sarto. Neu übersetzt von Victoria Lorini herausgegeben, kommentiert und eingeleitet von Sabine Feser. © 2005 Verlag Klaus Wagenbach Berlin. *Seiten 44, 68, 74, 88, 106, 146, 174*

Villani, Giovanni: Nuova Cronica, di Giovanni Villani, edizione critica a cura di Giovanni Porta, 3 Bände, Fondazione Pietro Bembo, Ugo Guanda Editore in Parma, 1991. Buch 2, Kap. 1, und Buch 9, Kap. 26: Übersetzung Peter Staucher. *Seiten 14, 74*

Warburg, Aby: Gesammelte Schriften Bd. I. Unter Mitarbeit von Fritz Rougemont herausgegeben von Gertrud Bing. Teubner, Leipzig, Berlin 1932. *Seite 144*

Warhol, Andy: In: The Philosophy of Andy Warhol. New York 1975. Übersetzung: Peter Staucher. Andere deutsche Fassung in: Lenin by Warhol. Herausgegeben von Bernd Klüser. Galerie Bernd Klüser, München 1987. *Seite 11*

Weinheber, Josef: Toskanische Landschaft. In: Werner Riemerschmid und Karlheinz De Bruyn (Hrsg.): Italien im deutschen Gedicht. Verlag Karl Alber, München 1943. *Seite 190*

Winckelmann, Johann Joachim: Gedanken über die Nachahmung der griechischen Werke in der Malerei und Bildhauerkunst. In: Johann Joachim Winckelmann: Kleine Schriften und Briefe. Hermann Böhlaus Nachfolger, Weimar 1960. *Seite 123*

Zitzewitz, Monika von: Verzaubert in Florenz. Drei Mohren Verlag, Hamburg 1962. *Seiten 40, 165*

ZU DEN BILDERN

Alle Fotos, wenn nicht anders angegeben, von Franz Peter Waiblinger.

Umschlagbild
Blick von Nordwesten auf den Dom Santa Maria del Fiore (1296 von Arnolfo di Cambio begonnen, 1436 von Papst Eugenio IV. geweiht) mit der Kuppel von Filippo Brunelleschi (1461 vollendet), auf den Campanile (1334 von Giotto di Bondone begonnen, 1359 vollendet) und das Dach des Baptisteriums San Giovanni. © picture-alliance.

Seite 1
Blick auf Florenz von San Miniato al Monte: links der Palazzo Vecchio, in der Mitte die Kuppel der Capella dei Prinicipi bei San Lorenzo, daneben das Dach des Baptisteriums, der Campanile und der Dom. Im Vordergrund ein Teil des 1857 angelegten Friedhofs Cimitero delle Porte Sante.

Seite 13
Piazza della Repubblica, Triumphbogen (1895) an der Westseite mit der Inschrift „Das antike Zentrum der Stadt aus jahrhundertelanger Öde neuem Leben wiedergegeben". Eigentliches Herz der Stadt, weil sich hier das römische Forum befand. Bis 1888 wurde der Platz als Markt (Mercato Vecchio) genutzt. An der Stelle des Triumphbogens stand die Fischhalle (Loggia del Pesce), die an der Piazza dei Ciompi wieder aufgebaut wurde.

Seite 33
Baptisterium San Giovanni, zwischen 1059 und 1150 entstanden, Vorgängerbauten gehen bis in frühchristliche Zeit zurück (lange hielt man das Gebäude für einen römischen Marstempel). Die Taufkirche ist ein Bindeglied zwischen antiker/mittelalterlicher und neuzeitlicher Baukunst. Sie übernimmt Elemente des römischen Pantheon und wird zu einem wichtigen Vorbild der Renaissancearchitektur. Vor allem Brunelleschi ließ sich davon inspirieren. Zu den Höhepunkten der italienischen Skulptur gehören die Reliefs der Türen aus dem 14. und 15. Jh.: Südportal (1328–1338) von Andrea Pisano, Nord- und Ostportal (sog. Paradiestür) von Lorenzo Ghiberti (ab 1403 bzw. ab 1424).

Seite 55

Bargello, ältester Florentiner Kommunalpalast, 1254–1261 entstanden, Sitz der Regierung des „primo popolo" und des „capitano del popolo", seit 1502 der Gerichtsbehörde und seit 1574 des Polizeihauptmanns („bargello"). Seit 1859 Museum für Skulpturen und Kleinkunst, in dem sich bedeutende Werke von Cellini, Donatello, Giambologna, Ghiberti, Michelangelo, Luca und Andrea della Robbia, Verrocchio u.a. befinden. © akg-images/Rabatti Domingie.

Seite 61

David von Michelangelo vor dem Palazzo Vecchio an der Piazza della Signoria (Kopie, das Original befindet sich seit 1887 in der Galleria dell'Accademia). 1501 erhielt der 26-jährige Michelangelo den Auftrag, aus einem über 4 m hohen Steinblock, den ein anderer Steinmetz schon verhauen hatte, den David zu meißeln, der zum Symbol der Autonomie und Stärke der Republik Florenz wurde.

Die Piazza della Signoria ist das politische Zentrum der Stadt. Der Palazzo Vecchio (um 1300 erbaut) war der Sitz der höchsten Amtsträger, der „signori", und wurde nach dem Untergang der Republik zur Residenz der Medici-Herzöge. Die Loggia dei Lanzi (1374–1381 errichtet) diente ursprünglich als Repräsentationsbau für politische Kundgebungen. An sie schließen sich die Uffizien an (ursprünglich Verwaltungsgebäude des Großherzogtums Toscana, 1559 von Vasari begonnen). Außer dem David befinden sich auf der Piazza noch weitere Kunstwerke von Ammanati, Bandinelli, Cellini, Donatello, Giambologna u.a. Vor dem Neptunsbrunnen gibt eine Porphyrplatte im Pflaster die Stelle an, an der Savonarola mit zwei Mitbrüdern am 23. Mai 1498 hingerichtet wurde.

Seite 91

Touristen auf den Stufen der Domfassade mit Blick auf die gegenüberliegende Loggia del Bigallo, 1351–1358 für die Erzbruderschaft der Misericordia errichtet, eines der ältesten Wohltätigkeitsinstitute der Stadt.

Seite 101

Palazzo Rucellai, nach Plänen von Leon Battista Alberti um 1450 von Bernardo Rossellino errichtet, wohl der schönste Renaissance-Palast von Florenz. Mit der Gliederung der Fassade durch Pilaster (mit verschiedenen Kapitellen in den drei Geschossen) und Gebälk werden zum ersten Mal antike Architekturelemente auf ein Renaissancegebäude übertragen. Die Eleganz der durch die Verbreiterung der Portalachsen rhythmisierten Fassade entsteht vor allem durch die glatten Steinquader in allen Geschossen an Stelle rustikaler Bossenquader wie etwa beim Palazzo Medici-Riccardi. Auftraggeber war der reiche Kaufmann Giovanni di Paolo Rucellai, der von Alberti auch die Fassade der Dominikanerkirche Santa Maria Novella errichten ließ.

Seite 111
Eine Florentinerin radelt über die Piazza della Signoria.

Seite 117
San Lorenzo, in der Mitte die Kuppel der Capella dei Principi, des Mausoleums der Medici-Großherzöge (1605 begonnen), rechts die Kuppel der von Michelangelo erbauten sog. Neuen Sakristei, in der die Medici-Herzöge Giuliano (1479–1516) und Lorenzo (1492–1519) bestattet sind. San Lorenzo wurde 393 von Bischof Ambrosius geweiht und im 11. Jh. erneuert. Von 1421 an wurde die Kirche, finanziert von den Medici, von Brunelleschi erweitert und umgebaut. Mit der sog. Alten Sakristei errichtete Brunelleschi den ersten Zentralraum der Renaissance. Die Bibliotheca Laurentiana wurde von Michelangelo entworfen, der auch Pläne für die Kirchenfassade vorlegte, die jedoch nicht verwirklicht wurden.

Seite 131
Giambolognas Bronze-Reiterstatue des Großherzogs Ferdinando I. (1587–1609), vollendet 1608, auf der Piazza della Santissima Annunziata. Auf der Ostseite des Platzes befindet sich die Vorhalle des Ospedale degli Innocenti (Findelhaus), 1419–1426 von Brunelleschi erbaut, das wie die Alte Sakristei von San Lorenzo zu den ersten Bauten der Renaissance gehört. An der Nordseite des Platzes steht die Kirche Santissima Annunziata (Neubau 1444) mit Fresken von Andrea del Sarto u. a.

Seite 147
Kreuzgang von Santa Croce (Secondo Chiostro oder Chiostro Grande), von Brunelleschi unter Mitwirkung von Bernardo Rossellino erbaut (vollendet 1453).
Die Franziskanerkirche Santa Croce entstand 1294–1385. Sie ist berühmt für ihre Kunstwerke (Giotto-Fresken in der Cappella Bardi und der Cappella Peruzzi, Pazzi-Kapelle von Brunelleschi) und die Grabstätten von Michelangelo, Machiavelli, Galilei, Ghiberti, Alfieri, Rossini, Foscolo u. a.

Seite 163
Ponte Vecchio aus dem Jahr 1342. Hölzerne Brücken an dieser Stelle seit römischer Zeit. Schon im 13. Jh. gab es Läden und Werkstätten auf der Brü-

cke, seit 1593 wurden nur noch Goldschmiede und Juweliere geduldet. Im August 1944 ließen die deutschen Besatzer beim Einmarsch der Alliierten alle Brücken sprengen außer dem Ponte Vecchio.

Seite 171
San Miniato al Monte wurde über dem Grab des heiligen Minias errichtet, der um 250 unter Kaiser Decius enthauptet wurde und der Legende nach mit seinem Kopf in der Hand an die Stelle ging, an der die Kirche steht. Der heutige Bau wurde um 1150 begonnen und ist wie das Baptisterium ein hervorragendes Beispiel für die Protorenaissance. © Universität Stuttgart, Institut für Kunstgeschichte.

Seite 187
Konvent San Francesco auf der höchsten Erhebung von Fiesole. Die Stadt, von den Etruskern im 8./7. Jh. v. Chr. gegründet, wurde im 1. Jh. v. Chr. von den Römern erobert und 1125 von den Florentinern zerstört.

Seite 195
Blick auf Florenz vom Viale Galilei unterhalb von San Miniato al Monte aus. In der Mitte der Turm des Palazzo Vecchio.

ZEITTAFEL

59 v. Chr.	Für die Veteranen Cäsars wird die Kolonie Florentia gegründet.
um 220	Beginn der Christianisierung.
250	Martyrium des Minias unter Kaiser Decius.
393	Ambrosius, Bischof von Mailand, weiht die Kirche San Lorenzo.
4.–7. Jh.	Vordringen germanischer Stämme nach Italien.
7./8. Jh.	Langobardisches Herzogtum in der Toskana, Hauptstadt Lucca.
774	Karl der Große erobert das Langobardenreich. In Florenz wird ein Graf eingesetzt.
um 1000	Wirtschaftlicher Aufschwung der Stadt.
um 1060	Bau des Baptisteriums und der Kirche San Miniato al Monte.
1107	Florenz bekämpft den Landadel und erobert Kastelle im Umland.
1125	Zerstörung von Fiesole.
1138	Die Patrizier wählen zwölf Konsuln als Regierungsorgan. Der „Rat der Hundert" und die Versammlung aller Bürger schränkt die Macht der Konsuln ein.
1207	Einsetzung des Podestà, eines Adeligen, der nicht aus Florenz stammen darf und über die Exekutivmacht verfügt.
1215–1240	Spaltung des Adels in die kaisertreuen Ghibellinen (Waiblinger) und die papsttreuen Guelfen (Welfen).
1250	Nach der Vertreibung der Ghibellinen gelangt das in Zünften („arti") organisierte Bürgertum an die Macht (Regierung des „primo popolo").
1254	Bau des Palazzo del Capitano del Popolo (später: Bargello).
1260	Rückkehr der Ghibellinen, Vertreibung der Guelfen.
1279	Baubeginn von Santa Maria Novella.
1282	Die Vorsteher der höheren Zünfte bilden zusammen mit zwei Räten die Regierung (Priorat, „secondo popolo").
1293	Auch die kleineren Zünfte werden an der Regierung beteiligt, der Adel wird ganz ausgeschlossen.

1294	Baubeginn von Santa Croce.
1296	Baubeginn des Doms.
1299	Bau der letzten großen Stadtmauer und des Priorenpalastes (später: Palazzo Vecchio).
1302	Dante (1265–1321) wird mit den „weißen" Guelfen aus der Stadt verbannt.
1300–1600	Blüte der Stadt, die etwa 100000 Einwohner hat. Bedeutende Maler, Bildhauer und Architekten (Arnolfo di Cambio, Giotto, Brunelleschi, Ghiberti, Donatello, Fra Angelico, Paolo Uccello, Luca und Andrea della Robbia, Masaccio, Filippo und Filippino Lippi, Benozzo Gozzoli, Botticelli, Ghirlandaio; Michelangelo, Vasari u. a.).
1348	Durch die Pest verliert die Stadt die Hälfte ihrer Einwohner.
1378	Aufstand der Wollarbeiter („ciompi"), die eigene Zünfte fordern und gemeinsam mit den unteren Zünften die Macht übernehmen.
1405	Unterwerfung von Pisa, dadurch Zugang zum Meer.
1434	Mit Cosimo de' Medici (d. Älteren) beginnt die Herrschaft der Medici, die mit Unterbrechungen bis 1737 besteht.
1464	Cosimo d. Ältere stirbt, sein Sohn Piero und, ab 1469, sein Enkel Lorenzo il Magnifico übernehmen die Herrschaft. Florenz wird zum Zentrum des italienischen Humanismus.
1478	Verschwörung der Pazzi gegen die Medici. Lorenzo überlebt, sein Bruder Giuliano wird ermordet.
1492	Lorenzo il Magnifico stirbt. Unter dem Einfluss des fanatischen Bußpredigers Girolamo Savonarola werden die Medici vertrieben. Savonarola gründet den „Großen Rat".
1498	Savonarola wird mit zwei Mitbrüdern auf der Piazza della Signoria erhängt und anschließend verbrannt.
1504	Michelangelo vollendet den David.
1513–1521	Erster Medici-Papst: Leo X.
1523–1534	Zweiter Medici-Papst: Clemens VII.
1530	Alessandro de' Medici wird von Karl V. als Regent eingesetzt und erhält die Herzogswürde. Er wird 1537 ermordet.
1537	Cosimo I. wird zum Herzog ernannt, 1570 wird er Großherzog der Toskana.
1559–1580	Errichtung der Uffizien unter der Leitung von Giorgio Vasari.
1574–1737	Herrschaft der Medici. Wirtschaftlicher Niedergang.

1737	Das Großherzogtum fällt nach dem Tod des letzten männlichen Medici an Franz Stephan von Lothringen.
1765–1792	Unter dem „aufgeklärten" Großherzog Peter Leopold wird die Toskana zum modernen Musterstaat: Abschaffung der Todesstrafe, Förderung von Bildung und Wirtschaft.
1799	Napoleon erobert Italien.
1809	Elisa Baciocchi, Napoleons Schwester, wird Großherzogin der Toskana.
1814	Die Toskana fällt wieder an das Haus Habsburg-Lothringen.
1848	Großherzog Leopold erlässt eine Verfassung. Ausrufung der Republik.
1859–1860	Unabhängigkeitskrieg des Königreichs Sardinien-Piemont gegen das Großherzogtum. Die Toskana schließt sich nach einer Volksabstimmung dem Königreich Sardinien-Piemont an.
1865–1871	Florenz ist bis zur Eroberung Roms Hauptstadt des Königreichs Italien. Die Stadtmauern nördlich des Arno werden abgerissen.
1881	Im Zuge der Altstadtsanierung werden 341 Häuser um den Mercato Vecchio und das Ghetto zerstört.
Beginn des 20. Jh.	Florenz ist Zentrum der italienischen Kultur.
1943	Die Front zwischen den Alliierten und den Deutschen verläuft durch Florenz.
1944	Alle Arnobrücken außer dem Ponte Vecchio werden von den Deutschen gesprengt.
1950–1970	Bevölkerungszuwachs durch die Landflucht von toskanischen Bauern und Süditalienern. Hohe Arbeitslosigkeit.
4. Nov. 1966	Größte Flutkatastrophe in der Geschichte der Stadt.
1970	Hauptstadt der neuen Region Toscana.

REGISTER

von Florenz noch bis auf den heutigen Tag die gerechte Strafe, Dante einst in die Fremde verstoßen zu haben, damit er lerne

wie salzen schmeckt
Des Fremden Brot und wie so hart die Straße,
Wenn auf und ab man fremde Treppen steiget.
come sa di sale
Lo pane altrui, e com' è duro calle
Lo scendere e il salir per l'altrui scale. (...)

Machiavellis Grab
Nun Niccolo Machiavelli. Auf seinem Grabmal sitzt die Göttin der Gerechtigkeit, in der Hand hält sie die Waage; sie scheint auf der einen Schale die Schriften des Geschichtschreibers, auf der andern, welche versteckt ist, vielleicht die Anklagen zu wiegen, die drei Jahrhunderte auf den großen Florentiner gehäuft haben, und dann ruft sie aus:

Tanto nomini nullum par elogium!
Einem so großen Namen kommt keine Lobrede gleich.
(...)

Galileis Grab
Jetzt aber treten wir mit einer gleich großen Teilnahme vor das Grabmal Galileo Galileis, des Fürsten Italiens im Reich der Astronomie und der Physik. Florenz beherbergte ihn elf Jahre lang bis zu seinem Tode, nachdem er in Rom den peinlichen Prozeß überstanden hatte und in jene Stadt verwiesen worden war. Glücklicher als Machiavelli entging er der Folter, denn so viele neue Untersuchungen haben das bewiesen. In Florenz wohnte er in anständiger Gefangenschaft auf dem schönen und lachenden Hügel von Arcetri, in der Villa eines Schülers, und noch heute hat das Landhaus die fromme Erinnerung an ihn bewahrt. Dort in der Nähe zeigt man auch den alten Turm del Gallo, von dessen Zinne Galilei den Himmel zu betrachten fortfuhr, solange ihm das Licht der Augen noch vergönnt war; trotz jener Mönche, welche in ihren Predigten so naiv und so witzig den Vers des Lucas gegen Galilei zum Grunde legten: Viri Galilei, quid statis aspicientes in coelum? (Galileische Männer, was steht ihr und gafft gen Himmel?) Man muß hier wohl an den Co-